Adelheid und ihre Mörder

Mein geheimes Tagebuch

Adelheid Möbius

ADELHEID UND IHRE MÖRDER

Mein geheimes Tagebuch

vgs

Die Deutsche Bibliothek – CIP-Einheitsaufnahme

Möbius, Adelheid:
Adelheid und ihre Mörder : mein geheimes Tagebuch /
Adelheid Möbius. - 1. Aufl.. - Köln :
vgs, 2000
ISBN 3-8025-2763-1

Das Buch »Adelheid und ihre Mörder –
Mein geheimes Tagebuch« entstand nach der gleichnamigen
Fernsehserie von Michael Baier, produziert von der
ndF mbH im Auftrag der ARD

1. Auflage 2000

Romanfassung: Waltraud Geuchen
Redaktion: Susanne George
Produktion: Wolfgang Arntz
Umschlaggestaltung: Sens, Köln
Titelfoto: © ARD/Thorsten Jander
Satz: Kalle Giese, Overath
Druck: Pustet, Regensburg
Printed in Germany
ISBN 3-8025-2763-1

Inhalt

Montag

Muttis Überraschung

Hätte ich mich nur nie darauf eingelassen!

Ich sitze im weitläufigen Garten des Hotels »Schönblick« im schwäbischen Kurort Bad Urach. Um mich herum nichts als Natur: hohe Eichen, in denen der Septemberwind leise rauscht, Vögel in einer Vielfalt, wie ich sie in Hamburg nie gesehen habe. – Das wäre was für den Kollegen Schubert und sein ornithologisches Lexikon. – Über mir ziehen weiße Wolken an einem strahlend blauen Himmel. Bilde ich es mir nur ein, oder ist der Himmel hier am Rand der Schwäbischen Alb tatsächlich blauer als in Hamburg? Eigentlich sollte ich mich freuen und den Kuraufenthalt in vollen Zügen genießen.

Auf der anderen Seite des Gartens, von hier nur durch die Büsche zu erahnen, spielt Mutti mit Frau Mauz Krocket. Von Zeit zu Zeit hört man Muttis Jauchzer bis hierher. Auch jetzt hat sie sicher gerade wieder ein Spiel gewonnen. Was die schrillen Ausrufe von Frau Mauz zu bedeuten haben, ist nicht eindeutig auszumachen. Ich hasse Krocket!

Mussten wir ausgerechnet Frau Mauz gestern, beim sonntäglichen Kurkonzert, in die Arme laufen? Frau Mauz war meine Handarbeitslehrerin, als ich noch in Klein-Flottbeck zur Schule ging. Seither hat sie sich kaum verändert. Außer dass sie ihren Pagenkopf inzwischen in einem kräftigen Kastanienbraun färbt. Und die Brille ist neu: Sie trägt jetzt ein geschwungenes Horngestell, das an der Seite mit Strass besetzt ist.

Das Verhältnis zu meiner Handarbeitslehrerin war, gelinde gesagt, immer sehr gespannt. »Adelheid! Ob du es glaubst oder nicht, sauber gesäumte Knopflöcher und ordentlich gestopfte Strümpfe gehören zu jedem Frauenleben dazu!«, hat sie mir vor der ganzen Klasse prophezeit. »Du willst doch später deine Kinder sicher nicht in Lumpen herumlaufen lassen? Oder hast du vielleicht schon einen Millionär als zukünftigen Gatten an der Hand, der löchrige Wäsche sogleich durch neue ersetzt?«

Frau Mauz konnte ja nicht ahnen, dass schon zehn Jahre später Socken in preiswerten Zehnerpacks Mode wurden und dass das Stopfen mittlerweile auf der roten Liste aussterbender Haushaltsarbeiten steht.

Im Gegensatz zu mir versteht sich Mutti blendend mit Frau Mauz – ganz besonders, wenn es um meine Zukunft als perfekte Gattin einer »guten Partie« geht. Wenn die beiden ihre Köpfe zusammenstecken und sich bedeutungsvolle Blicke zuwerfen, wird mir ganz schwummerig, wie gestern Abend, als ich mit ihnen im Clubraum des Hotels war. Ich glaube, auch Frau Mauz hat sich in den Kopf gesetzt, mich mit irgendeinem Kurgast zu verkuppeln. Gottlob werden Mutti und Frau Mauz, was das angeht, in unserem Hotel wohl wenig Erfolg haben. Die Besucher des Clubraums jedenfalls rekrutieren sich durchweg aus älteren Semestern und verheirateten Pärchen.

Über ein fehlendes Freizeitangebot für die Gäste kann man sich hier in Bad Urach wirklich nicht beklagen! Von Vorträgen über geführte Ausflüge bis hin zum Tanztee gibt es alles, was das Herz begehrt. Und Mutti verplant jede Minute unserer Tage.

»Ein bisschen Bewegung in der frischen Luft tut dir doch auch gut, Kind. Außerdem hast du mir doch versprochen, dass wir endlich mal wieder etwas gemeinsam unternehmen!«

Nach spätestens einer halben Stunde hat Mutti mich regelmäßig breitgeschlagen, sie zu begleiten. Gemeinsam haben wir in der vergangenen Woche die Burgen der Region erkundet, die Nebelhöhle besichtigt, an einer Ponykutschfahrt teilgenommen, einen Töpfermarkt besucht und Wanderungen mit Senioren in Kniebundhosen und roten Strümpfen unternommen. Aber zu all dem jetzt auch noch die Gesellschaft meiner Handarbeitslehrerin? Das war einfach zu viel des Guten. Da habe ich die Notbremse gezogen.

Es ist sonst nicht meine Art, schwierigen Diskussionen mit Mutti aus dem Weg zu gehen. Aber diesmal habe ich einfach keinen anderen Ausweg gesehen. Wäre ich doch bloß nicht auf diese unselige Idee mit dem Gutschein verfallen!

Für heute hatten Mutti und Frau Mauz eine geführte Wanderung zu den Uracher Wasserfällen und zur Ruine Hohenurach im Visier. Ich wusste schon, dass Mutti wieder nicht lockerlassen würde, bis ich zusagte, mitzugehen.

Heute Mittag habe ich mir also meine schicken Riemchensandalen angezogen, und an einer strategisch günstigen Stelle bin ich zuschauerwirksam umgeknickt – an der Jausenhütte oberhalb der Wasserfälle.

Der Führer unserer Wandergruppe hat sofort per Handy ein Taxi an die Hütte gerufen. So kam ich ganz bequem, und ohne den Umweg über die Ruine machen zu müssen, wieder im Tal an.

Zurück im Ort, habe ich mir zuallererst eine dicke Kladde gekauft. Irgendwie muss ich die zehn Tage bis zu unserer Heimfahrt nach Hamburg ja überstehen. Und da Mutti mich als ihre Begleiterin jetzt entbehren kann, werde ich viel Zeit haben, schreibend meinen Gedanken nachzuhängen und den ein oder anderen Mordfall noch einmal Revue passieren zu lassen.

Mein nächster Weg führte mich zu Dr. Fischer, dem Arzt unseres Kurhotels, um mir einen Verband anlegen zu lassen. Bei der Untersuchung des Knöchels hat er natürlich gleich festgestellt, dass eigentlich alles in bester Ordnung ist. Der Knöchel ist ja nicht mal blau. Aber er war so höflich, ihn trotzdem zu bandagieren. Wahrscheinlich hat er einige Erfahrung mit eingebildeten Kranken.

»Für Ihre Rückenmuskulatur sollten Sie allerdings dringend etwas tun«, hat Dr. Fischer mich sehr ernst ermahnt. »Sie gehen hoffentlich viel schwimmen?«

»Ich nehme es mir immer vor«, antwortete ich schuldbewusst, »aber meistens kommt mir etwas dazwischen.«

Dr. Fischer ließ es sich nicht nehmen, noch kurz meinen Schultergürtel abzutasten. »Das habe ich mir gedacht«, sagte er. »Arbeiten Sie viel am Computer? Schreibtischarbeit?«

Ich nickte.

»Gerade Menschen, die viel am Schreibtisch sitzen, sind prädestiniert für Rückenschäden, Frau Möbius«, hielt mir Dr. Fischer vor. »Wenn Sie dem nicht entgegenwirken, haben Sie in zwei Jahren den ersten ernsthaften Bandscheibenvorfall. Mein Rat: Nutzen Sie die Möglichkeiten, die Ihnen der Kuraufenthalt Ihrer Mutter bietet, schwimmen Sie, gehen Sie zur Rückengymnastik ...«

So hatte ich mir die Wirkung meines kleinen Täuschungsmanövers nicht vorgestellt: Dass ich zwar bei den Nachmittagswanderungen von der Gesellschaft meiner Handarbeitslehrerin befreit war, ihr dafür aber jeden Vormittag bei der Rückengymnastik begegnen würde.

»Ich kann ja mal schwimmen gehen«, bot ich dem Arzt deswegen an.

»Das wäre immerhin ein Anfang«, nickte Dr. Fischer.

Ich versprach es und atmete auf, als ich wieder vor dem Untersuchungszimmer stand. Ich war noch nie eine Wasserratte. Mit Mutti habe ich zweimal im warmen Wasser des Thermalbades herumgeplanscht. Das hat mir ganz gut gefallen. Bei 32 Grad Wassertemperatur war es fast wie in einer Badewanne. Aber der Hotelpool, wo schon morgens in aller Frühe die ersten Gäste eisern ihre Bahnen ziehen ... Ich muss ja nicht gleich heute mit der Rückenschulung anfangen. Wir bleiben schließlich noch zehn Tage.

Jetzt habe ich es mir jedenfalls erst mal gemütlich gemacht: Mit einer große Tasse Kaffee auf einer Liege in einem sonnigen Eckchen des Hotelgartens. Und endlich fange ich an, den Aufenthalt hier ein bisschen zu genießen. Vom Garten aus, der in Stufenterrassen am Hang liegt, hat man eine herrliche Aussicht auf das Tal. Ich kann sogar die Fachwerkgiebel des Ortes und die Kirchturmspitze sehen. Eigentlich wunderschön, hier in Bad Urach.

Was wohl gerade Pohl, Schubert und der Chef machen? Die Kaffeemaschine müsste dringend entkalkt werden. Aber wenn ich nicht da bin, kümmert sich sowieso niemand darum, dass im Büro alles läuft.

Ich hoffe nur, dass Schubert daran denkt, meinen Goldie in seinem Aquarium zu füttern. Wenn er das vergisst, könnte das genauso schlimme Folgen haben wie damals, als ich fast Muttis Geburtstag vergessen hätte.

Erst der Telefonanruf meines Sohnes Holger erinnerte mich siedendheiß daran. Er rief an ihrem Geburtstag um kurz nach sechs aus Marseille an, weil er der Erste sein wollte, der ihr gratulierte. Jetzt steckte ich ganz schön in der Klemme. Mutti hasst es, wenn man ihren Geburtstag vergisst. Das letzte Mal, als mir das passiert ist, war sie anschließend wochenlang beleidigt. Damals hat sie es sogar fertig gebracht, sich mit meinem Exmann Eugen gegen mich zu verbünden. Eine Wiederholung dieses Dauerstresses wollte ich mir auf jeden Fall ersparen.

Mutti war von dem Telefongeklingel im Flur zum Glück nicht wach geworden. Ich hatte also noch Zeit, mir etwas einfallen zu lassen: eine Dreiviertelstunde.

Das Erste, was mir in den Sinn kam, war natürlich, meiner Mutter ein wunderschönes Frühstück zu kredenzen, inklusive einiger Blütenstiele aus dem Garten und einer Kerze. Zu einem gelungenen Geburtstagsfrühstück gehören für Mutti Schokocroissants und Mohnbrötchen.

Auf dem Weg zum Bäcker überlegte ich fieberhaft, wo ich zu dieser frühen Uhrzeit ein Geschenk herzaubern sollte. Die anderen Geschäfte hatten ja noch alle geschlossen! Außerdem wäre mir sowieso nichts eingefallen.

Und dann, als ich mit der Brötchentüte in der Hand aus der Bäckerei trat, kam mir die Idee: ein Geschenkgutschein!

Mutti hat sich immer wieder bei mir darüber beklagt, dass wir so wenig gemeinsam unternehmen. Sie lag mir oft in den Ohren, dass sie gern mit mir ins Konzert oder ins Theater gehen würde oder einen Wochenendausflug zum Beispiel nach Westerland unternehmen wollte.

Und da kam mir eben diese Schnapsidee mit dem Blanko-Gutschein. Als ich wieder zu Hause war, habe ich mir sofort Papier und Füller genommen und den Gutschein verfasst.

Ich schrieb also: »GUTSCHEIN über einen gemeinsamen ...« Dann setzte ich noch hinzu: »Diese Gutschrift sticht gegen jeden Kriminalfall.« Sollte mir ein interessanter Mord dazwischenkommen, dann musste ich eben nach dem Konzertbesuch eine Nachtschicht einlegen oder vielleicht auch mal ein Wochenende mit der Recherche pausieren. – So dachte ich mir das.

Um die Sache hieb- und stichfest zu machen, unterschrieb ich gleich noch mit Datum. Im selben Augenblick hörte ich Mutti über den Flur ins Esszimmer kommen.

Mir war nicht ganz wohl bei der Sache, denn der Geschenkgutschein war leicht als Notlösung zu durchschauen.

»Alles Liebe zum Geburtstag, Mutti«, begrüßte ich sie und überreichte ihr den Gutschein. Die Tinte war noch nass. Muttis Gesicht leuchtete auf, als sie den Gutschein gelesen hatte. Dann nahm sie den Füller, der noch auf dem Tisch lag, und ergänzte: »... einen gemeinsamen Kuraufenthalt im September.«

Als ich sah, was Mutti an die Leerstelle geschrieben hatte, blieb mir der Mund offen stehen.

»So eine schöne Idee, Adelheid«, strahlte Mutti, als sie mir den Füller zurückgab. »Woher wusstest du, dass ich schon die ganze Zeit daran gedacht habe, mein Rheuma in einem Kurbad auszukurieren?« Bis dahin wusste ich nicht mal, dass Mutti unter Rheuma leidet. »Dass du das für mich tust!«, schwärmte sie. »Ich weiß doch, wie wichtig dir dein Beruf ist ...!«

Am liebsten hätte ich meine Blanko-Zusage rückgängig gemacht. Aber Mutti war so glücklich! Ich konnte es einfach nicht.

Eine Hoffnung hatte ich noch: Wenn Strobel mir keinen Urlaub gab ...

Aber Mutti machte gleich Nägel mit Köpfen. Sie wählte die Privatnummer vom Chef. »Hier Rosa Müller-Graf-Kleditsch«, sprach sie auf Strobels Anrufbeantworter. »Herr Strobel, ich als Adelheids Mutter möchte Sie dringend bitten, meiner Tochter für den September drei Wochen Urlaub zu geben. Ich finde, es ist höchste Zeit, dass sich das Kind mal erholt. Sollten Sie Einwände haben, dann bitte ich dringend ...«

So schnell ist Strobel noch nie ans Telefon gegangen wie bei dieser Nachricht meiner Mutter.

Mutti wirkte sehr zufrieden, als sie den Hörer wieder auflegte. »Ich weiß gar nicht, was du hast«, sagte sie, »Herr Strobel ist doch ein umgänglicher Mensch. Er findet auch, dass dein Gesundheitszustand in letzter Zeit zu wünschen übrig lässt, und er hat überhaupt nichts dagegen, wenn du dir im September deinen Jahresurlaub nimmst. Er hat sogar angeboten, dass du vier Wochen wegbleiben kannst – einen ganzen Monat!«

So kam es, dass ich in der ersten Septemberwoche meinen Koffer packte, um zusammen mit Mutti Richtung Schwaben aufzubrechen.

Amazonas! Der Duft des tropischen Regenwaldes!

Zehn lange Tage liegen noch vor mir. Zehn Tage Nichtstun, während die »Mord Zwo« sicher lauter interessante Fälle zu bearbeiten hat. Ob die wohl ohne mich auskommen? Bloß nicht dran denken!

Ich kann den Kollegen Schubert nicht verstehen. Schubert fährt leidenschaftlich gern zur Kur. Es gibt eigentlich kaum einen Kurarzt zwischen Flensburg und den Alpen, dem er noch nicht persönlich die Hand geschüttelt hat. Strobel hat schon gelästert: »Wieso hat der Kollege Schubert eigentlich keine Ausbildung zum Ergotherapeuten gemacht? Dann könnte er sich endlich den ganzen Tag in irgendwelchen Heilbädern mit allen Krankheiten der Welt auseinander setzen.«

Aber da tut Strobel Schubert Unrecht. Auch er ist mit Leib und Seele Kriminalbeamter, obwohl er – zugegeben – die Hälfte des Jahres fehlt.

Schubert kann stundenlang über die Vor- und Nachteile der verschiedenen Bäder berichten. Was die unterschiedlichen Anwendungen angeht, hat er sich mittlerweile auf das Niveau eines Fachmanns hochgearbeitet.

Als ich ihm erzählte, dass ich nach Bad Urach fahren werde, war er kaum noch zu bremsen. Selbst bei den Rheumaanwendungen wusste er bestens Bescheid.

»Schlammpackungen in Bad Urach«, schwärmte er, »Frau Möbius, ich sage Ihnen, das ist ein Gedicht! Und wenn Sie erst einen Schluck von diesem Heilwasser nehmen ... Ich spüre jetzt noch den Geschmack dieses wohltuenden Quells auf der Zunge, aus jahrtausendealtem Gestein, von der Urkraft der Mutter Erde ... Ich verspreche Ihnen, Ihre werte Frau Mutter wird innerhalb kürzester Zeit ihre Rheumabeschwerden vergessen.«

Schubert hat uns übrigens auch dieses Hotel vermittelt. Und das war wirklich ein guter Tipp. Es liegt ein wenig abseits am Hang, aber man ist in wenigen Minuten im Kurbad. Auch zur Stadt ist es nicht weit. Zum Service des Hauses gehören ein Schwimmbecken, ein behandelnder Arzt, eben Dr. Fischer, der mir den Fuß bandagiert hat, und sogar eine eigene Massagepraxis. Frau Gebhardt, die Inhaberin, ist eine sympathische Frau. Sie managt das Hotel in Eigenregie. Ein Ehemann ist nicht vorhanden – wozu auch? Sie wird etwa so alt sein wie ich. Mit den rotbraun gefärbten Haaren sieht sie vielleicht etwas jünger aus. Mir scheint, Herr Schubert und Frau Gebhardt haben sich recht gut verstanden, als er sich seinerzeit hier aufgehalten hat. Na ja, es geht mich ja nichts an …

Bloß: Den Bronchialkatarrh, den Schubert hier damals auskurieren wollte, schiebt er immer noch vor, wenn er nicht zum Dienst erscheint. Und seinen Kuraufenthalt damals in Bad Reichenhall verdankte er auch seinem Katarrh.

Obwohl er damals, wie ich zugeben muss, der richtige Mann am richtigen Ort war. Er hat neben seinen Anwendungen nämlich im Fall des ermordeten Studenten Jan Reiber ermittelt – was er mir später erbost vorgeworfen hat. Denn die Münzen für die Ferngespräche nach Hamburg hat ihm das Kommissariat nicht ersetzt. Außerdem hat er durch die Recherchen etliche Behandlungen verpasst.

Der Fall Jan Reiber! Ich erinnere mich noch genau. Das war die Zeit, als Holger bei Eugen wohnte. Ich hatte ihn zwei Wochen zuvor aus der Wohnung geworfen. Seit Holger das Abitur hatte, war er ziemlich unerträglich geworden. Holger fand, er müsste sich erst mal vom Abistress erholen, ehe er sich um einen Job kümmerte. Und das zog sich in die Länge.

Seit Monaten machte er die Nächte durch. Mittags gegen halb zwei erschien er dann im Wohnzimmer und beschwerte sich bei Mutti, dass sie schon den Frühstückstisch abgeräumt hätte. Das weiß ich nur vom Hörensagen, denn ich bin um diese Zeit ja im Büro. Ich bekam das Theater nur abends mit.

Dreimal im Monat stellte Holger uns eine neue Freundin vor, die sich bei uns einquartierte, das Wohnzimmer in Beschlag nahm und über den Kühlschrank herfiel. Als er dann aber mit dieser Chantal ankam, war das Maß voll.

Chantal hatte die Angewohnheit, eine durchtanzte Nacht mit einem ausgiebigen Vollbad zu beschließen. Als das fünfte Mal hintereinander morgens das Badezimmer blockiert war, hatte ich genug.

»Aufmachen! Ich muss zum Dienst!«, rief ich und rappelte an der Badezimmertür.

Da öffnete sich die Tür einen Spalt breit, und eine über und über mit Schaum bedeckte Gestalt sah mir entgegen. Ich roch es sofort: Muttis teurer Badezusatz, den sie sich zu Weihnachten selbst geschenkt hatte.

»Es dauert höchstens noch zwanzig Minuten«, ließ Chantal mich wissen, schlug mir die Tür wieder vor der Nase zu und verriegelte von innen.

Und dann hat es mir wirklich gereicht! Ich bin zu Holger und habe ihn aus dem Bett gezerrt. »Du sorgst jetzt dafür, dass deine Wochenendbekanntschaft schnurstracks das Badezimmer verlässt und direkt im Anschluss unsere Wohnung!«

Aber Holger stellte auf stur. »Wenn du meine Freundin nicht akzeptierst, akzeptierst du auch mich nicht. Und dann kann ich ja gleich gehen«, meinte er.

»Das ist eine gute Idee!«, hakte ich sofort ein. »Und zwar vor Feierabend! Wenn ich aus dem Büro zurück bin, will ich dich und deine diversen Freundinnen nicht mehr sehen!«

»Das ist Terror!«, rief Holger mir noch hinterher. Aber ich wusste, dass er mich verstanden hatte. Und als ich von der Arbeit kam, war er mit Sack und Pack zu seinem Vater gezogen.

»Bist du nicht ein bisschen zu streng mit dem Jungen?«, fragte Mutti mit feuchten Augen, als ich in die Küche kam. »Du hast doch früher auch hin und wieder über die Stränge geschlagen!« Aber mein Entschluss stand fest.

Seither wohnte Holger bei Eugen. Jeden Morgen, wenn ich ins Präsidium kam, fing mich mein Exmann auf dem Flur ab und bekniete mich, Holger endlich wieder bei mir aufzunehmen. Bei den beiden flogen nämlich schon am zweiten Tag die Fetzen. Aber das sah ich nun überhaupt nicht ein.

Und am vierzehnten Tag seines Exils war Holger endlich zu Zugeständnissen bereit. Als ich an diesem Morgen zur Arbeit kam, empfing er mich am Telefon.

»Ich verspreche dir alles, was du willst«, begann er. »Ich werde Oma immer beim Abwasch helfen, ich suche mir einen Job, und ich bringe nie wieder Chantal mit nach Hause. Wir haben uns sowieso getrennt ...«

»Das sind ja richtig gute Vorsätze«, stellte ich fest.

»Heißt das, ich darf wieder bei euch wohnen?«, fragte Holger hoffnungsvoll.

»Nein«, entgegnete ich, »das heißt, dass ich deine Vorsätze gut finde. Und jetzt entschuldige, ich muss arbeiten.«

»Adelheid!!«, hörte ich noch, als ich den Hörer wieder auflegte.

Das war keine schlechte Erfahrung für Holger, die Vollpension bei Mutti mal für eine Zeit mit Eugens Männerwirtschaft zu tauschen. Ich wusste ja, wie der Haushalt seines Vaters aussah: Im Kühlschrank herrschte ständig Leere. Eine Waschmaschine war nicht mal vorhanden.

Holger musste auf dem Sofa übernachten. Außerdem würde Eugen, wie ich ihn kannte, seinem Sohn jede Mark vorrechnen, die er bei ihm verbraucht hatte, vom Wasserpfennig bis zu den Mietkosten.

Ungerührt von Holgers Kummer, setzte ich die Kopfhörer auf und tippte das Tonbandprotokoll ab, das der Chef mir auf den Schreibtisch gelegt hatte.

Wenig später riss Strobel die Tür auf und schnappte sich die Akte Jan Reiber aus der Hängeregistratur. Der Jurastudent war vor drei Tagen tot in seiner Wohnung aufgefunden worden. Die Unterlagen waren sofort in die Ablage gewandert, da alle Indizien für Selbstmord sprachen.

»Kommen Sie bitte mit«, rief Strobel mir noch zu, ehe er wieder im Büro verschwand.

Ich griff mir Block und Bleistift und folgte ihm nach nebenan. Eine attraktive Südländerin saß vor seinem Schreibtisch und wartete darauf, ihre Aussage machen zu können. »Das ist unsere Sekretärin Frau Möbius«, stellte Strobel mich vor, als ich an der Wand Platz nahm. »Tun Sie einfach so, als wäre sie nicht da.« Er räusperte sich. »Dann waren Sie also die anonyme Anruferin, die den Tod von Jan Reiber gemeldet hat, Frau Kaitanides?«, eröffnete er die Befragung.

Die junge Frau nickte.

»Und warum kommen Sie erst jetzt zu uns?«, fragte er barsch.

Sie druckste ein bisschen herum. Dann gab sie zu: »Ich habe keine Arbeitserlaubnis. Ich bin Zypriotin.«

»Sie hatten also Angst vor den Behörden«, nickte Strobel streng. Ich hielt es für wenig günstig, einen Informanten derart einzuschüchtern, aber ich durfte mich ja leider nicht einmischen.

»Jan hat mir unter der Hand das zweite Zimmer seiner

Wohnung vermietet«, erklärte Sophia Kaitanides. »Ich glaube nicht, dass er sich umgebracht hat.«

»Ach, nein?«, bellte Strobel. »Und wie kommen Sie darauf?«

»Klar, Jan war ein depressiver Typ«, versuchte Sophia ihre Ahnung zu erklären. »Und er hat zu viel getrunken. Aber gerade jetzt, wo er endlich einen Studienplatz in Heidelberg gefunden hatte ...«

»Er hatte doch einen Platz hier an der Uni Hamburg«, bemerkte Strobel mit einem Blick in die Akte Reiber.

Sophia schüttelte den Kopf. »Jura war doch nur ein Ausweichstudium. Jan wollte immer Medizin studieren, aber der Numerus clausus ...«

»Also, davon steht hier nichts«, unterbrach Strobel sie ungeduldig. »Außerdem hat er einen Abschiedsbrief hinterlassen, der an Deutlichkeit nichts zu wünschen übrig lässt.« Triumphierend hielt er ihr den Brief vor die Nase, der neben der Leiche gefunden worden war. »Das ist laut Aussage seines Vaters seine Handschrift. Wir haben in der Küche Pillenschachteln gefunden. Die Obduktion hat ergeben, dass die Mischung von einem halben Liter Scotch und 44 Schlaftabletten tödlich war«, fasste er die Untersuchungsergebnisse zusammen.

Frau Kaitanides reichte Strobel den Brief zurück. »Aber warum hat er sich dann kurz vorher noch rasiert?«, beharrte sie. »Wer sich umbringt, braucht sich doch nicht mehr zu rasieren.«

»Wer weiß schon, was in einem verzweifelten jungen Mann vor sich geht«, winkte Strobel ab.

Sophia gab es auf, Strobel von ihrer Version der Dinge zu überzeugen. »Ich sehe, Sie haben kein Interesse«, stellte sie bitter fest. Damit verabschiedete sie sich.

»Zicke!«, warf Strobel ihr hinterher, als sie aus der Tür war. Dann sortierte er die Akte wieder zusammen, packte mein Gesprächsprotokoll obenauf und drückte mir den Ordner in die Hand. »Ab damit in die Ablage«, kommandierte er.

»Aber Chef«, wandte ich ein, »wenn es stimmt, was das Mädchen sagt ...?«

»Liebe Frau Möbius«, wies Strobel mich zurecht, »ich habe tonnenweise unerledigte Fälle. Wenn ich mich auch noch um die erledigten kümmern soll, können wir den Laden hier zumachen.«

Damit entließ er mich an meinen Schreibtisch und widmete sich wieder seiner Messerstecherei, dem aktuellen Fall, den er gerade bearbeitete.

Natürlich habe ich die Akte Reiber nicht sofort in die Hängeregistratur zurückgelegt, sondern erst noch einen Blick hineingeworfen. Ich betrachtete das Foto, das die Spurensicherung von der Leiche gemacht hatte. Es zeigte einen glatt rasierten jungen Mann, etwa in Holgers Alter. Im Hintergrund konnte man das Chaos der Studentenbude erahnen – das ich nur zu gut aus Holgers Zimmer kannte.

Ich zog den Abschiedsbrief aus der Akte. »Liebe Mutter, lieber Vater«, stand da in blauer Tinte, »das Leben ist sinnlos. Mein Leben, euer Leben ... alles nur eine sinnlose Quälerei. Wofür? Um am Ende sowieso zu sterben? Ich kann nicht mehr. Haltet die Welt an! Ich will aussteigen. Weint nicht um mich! Ich gehe gern. Euer Jan.«

Ein Brief, wie ihn hundert andere Selbstmörder auch hätten schreiben können. Nichts, was eine weitergehende Vermutung auf einen Mord zugelassen hätte. Jan Reiber hatte offensichtlich beim Schreiben geweint, denn an einer Stelle war ein Tropfen auf das Papier gefallen, durch den die Tinte zerlaufen war.

Trotzdem: Mir schien, der Chef machte es sich zu einfach, wenn er die Befürchtungen von Sophia Kaitanides einfach vom Tisch wischte. Immerhin hatte die junge Frau mit dem Toten zusammengewohnt und kannte ihn sehr gut.

Ich beschloss, dass ich den Ahnungen der jungen Zypriotin nachgehen musste. Ich ließ die Akte in meine Tasche verschwinden. Dann rief ich in der Gerichtsmedizin an und sagte Bescheid, dass ich mir in der Mittagspause die Leiche von Jan Reiber ansehen wollte.

»Da haben Sie aber Glück, dass der noch da ist«, empfing mich Herr Tomasek in der Gerichtsmedizin und wies auf die zugedeckte Leiche. »Eigentlich sollte er schon vorgestern abgeholt werden.« Er schlug das Tuch bis zur Brust des Toten zurück. Dann packte er sein Leberwurstbrot aus, denn er machte auch gerade Mittag.

Ich betrachtete die Leiche eingehend. Jan Reiber hatte sich beim Rasieren ein paar Mal geschnitten. Und obwohl die Leiche drei Tage im Kühlregal gelegen hatte, roch sie immer noch deutlich nach Rasierwasser. Jan Reiber musste sich regelrecht eingenebelt haben, ehe er gestorben war. Dieses Detail passte nicht ins Bild. Da hatte Sophia durchaus Recht. Nur wenige Menschen machen sich ausgehfein, wenn sie dem Tod ins Auge blicken – die englischen Gentlemen auf der Titanic vielleicht ... Aber sonst?

Ich bedankte mich bei Herrn Tomasek. Jetzt musste ich mich beeilen, wenn ich noch vor Ende der Mittagspause einen Blick in die Wohnung des Toten werfen wollte. Sophia war um diese Uhrzeit sicher zu Hause und würde mich hereinlassen. Auf dem Weg machte ich noch einen kurzen Abstecher zum Metzger, um mir Leberwurstbrötchen für die Mittagspause zu kaufen und im Auftrag von Mutti Rippchen fürs Abendessen.

Je länger ich darüber nachdachte, um so sicherer war ich mir: Frau Kaitanides hatte Recht – das war kein

Selbstmord. Als Eugen seinerzeit pro Woche Unmengen Rasierwasser verbraucht hatte, war das gewesen, als er der Laborantin hinterhergestiegen war. Und das letzte Mal, als der Chef sich so eingenebelt hat, ermittelte er gerade bei den Dreharbeiten mit dieser attraktiven Hauptdarstellerin.

Jan Reiber hatte am Tag seines Todes noch etwas vorgehabt, das stand für mich fest, und zwar bestimmt keinen Selbstmord.

Ich fragte mich bis zu dem Haus durch, in dem Jan Reiber gewohnt hatte. Als ich in den fünften Stock kam, fand ich die Wohnungstür offen. Im hinteren Zimmer war ein älteres Ehepaar gerade dabei, die Hinterlassenschaften Jan Reibers in großen Pappkartons zu verpacken: die Eltern des Toten.

Erschrocken fuhren die beiden herum, als sie mich bemerkten. Zwei totenbleiche, von Trauer gezeichnete Gesichter sahen mir entgegen, wie sie vielleicht nur Eltern beim Tod ihres Kindes haben. Vor allem der Blick aus den großen fragenden Augen von Frau Reiber schnitt mir ins Herz. Sie schienen in einem fort zu sagen: »Warum? Warum? Warum?«

»Was wollen Sie hier?«, fragte Herr Reiber unfreundlich.

Ich stellte mich als Uniangestellte Möbius vor. »Ihr Sohn hat ein Stipendium beantragt«, erklärte ich mein Erscheinen. »Und auf dem Formular fehlen noch ein paar Angaben. Da ich in der Nähe war …«

»Jan ist tot«, kam es erstickt von Frau Reiber. Sie wandte sich ab und brach in leises Weinen aus. Ihr Mann nahm sie in den Arm. »Bitte gehen Sie«, forderte er mich auf.

Ich zog mich zurück. Da hörte ich Herrn Reiber zu seiner Frau sagen: »Du sollst aufhören zu weinen! Der Kerl ist es nicht wert!« Ich stutzte. Sprach man so über den eigenen Sohn – noch dazu, wenn er erst kürzlich verstorben war?

Das Telefon klingelte. Im Halbdunkel des Flurs blieb ich stehen und lauschte. Der Vater nahm ab. Der Anrufer war ein gewisser Garek, den Herr Reiber aber nicht kannte. Schon nach wenigen Sätzen beendete er das Gespräch. Ich prägte mir den Namen ein. Vielleicht führte er mich ja auf eine Spur.

Auch hier im Flur hing dieser Geruch, exakt derselbe Geruch, den ich an der Leiche von Jan Reiber festgestellt hatte. Und dann sah ich vor mir auf dem Regal die Rasierwasserflasche, die Jan kurz vor seinem Tod noch benutzt hatte. »Amazonas« stand darauf, »der Duft des tropischen Regenwaldes. Für Männer, die das Leben lieben«. Der Werbeslogan brachte es auf den Punkt. Hatte Jan zu den Menschen gehört, die das Leben lieben?

Ich schlich mich aus der Wohnung. Das Problem war, dass sich mein Verdacht auf nichts als vage Vermutungen stützte. Und wenn ich Strobel mit der Bitte kommen würde, er solle aufgrund eines Rasierwassers die Ermittlungen anleiern, würde der mich für verrückt erklären.

Vor dem Polizeipräsidium schoss Eugen auf mich zu. »Wann gedenkst du eigentlich, Holger wieder zurückzunehmen?«, schimpfte er los. »Zwei Wochen müssten doch eigentlich reichen, damit du dich wieder wie eine vernünftige Mutter benehmen kannst.«

Eugen kam mir gerade recht. Er verstand sich nämlich ganz gut mit unserem Gerichtsmediziner Dr. Dochnal. Bestimmt konnte er ihn dazu überreden, für mich eine Untersuchung durchzuführen. Aber zuerst ließ ich Eugen noch ein wenig zappeln.

»Ich habe deinen Sohn achtzehn Jahre lang großgepäppelt«, rechnete ich ihm vor, »da wirst du es doch länger als vierzehn Tage mit ihm aushalten!«

Eugen war sichtlich mit seinen Nerven am Ende. »Ich möchte dich daran erinnern, dass du die Scheidung wolltest«, ereiferte er sich, »und dass du das Sorgerecht für Holger hast. Ich darf ihn am Wochenende besuchen – nicht umgekehrt!«

»Ist gut«, gab ich jetzt nach. »Sag deinem Sohn, er kann zurückkommen.«

»Na endlich!«, seufzte Eugen erleichtert.

»Nicht so schnell«, bremste ich. »Ich habe zwei Bedingungen. Erstens: Holger lässt seinem Liebesleben mit ständig wechselnden Partnerinnen zu Hause nicht mehr freien Lauf.«

Eugens zog ein Gesicht. Er hatte offenbar wenig Lust, sich vor seinem Sohn als Moralapostel lächerlich zu machen. »Was willst du?«, versuchte er Bedingung eins zu kippen, »der Junge sieht gut aus. Die Mädels sind verrückt nach ihm.«

»Bitte«, sagte ich schulterzuckend, »dann sollen seine Mädels ihm die Unterhosen waschen.«

»Und zweitens?«, fragte Eugen.

Ich zog den Abschiedsbrief von Jan Reiber aus der Tasche. »Zweitens bringst du das zu Dr. Dochnal ins Labor und bittest um eine Analyse.«

Eugen sah misstrauisch auf das Papier. »Ich? Wieso?«

»Weil ich als Sekretärin von Dr. Dochnal keine Untersuchung anfordern darf«, betete ich Eugen vor.

»Das ist doch der Student?«, fragte er argwöhnisch. »Du machst doch nicht wieder Ärger, Adelheid?«

»Ärger oder nicht«, entgegnete ich. »Du kannst es dir aussuchen: Dr. Dochnal oder Holger.« Schnell griff Eugen nach dem Papier und zog leise vor sich hin brummend ab.

Das Problem der Untersuchung des Abschiedsbriefes war also gelöst. Ich war mir sicher, dass Eugen Himmel und Hölle in Bewegung setzen würde, wenn er nur Holger bald wieder los war. Ich opferte zwar die himmlische Ruhe, die Mutti und ich seit zwei Wochen genossen. Andererseits: Dass Holger nicht ewig bei Eugen wohnen würde, war sowieso klar. Außerdem lag mir Mutti täglich damit in den Ohren, wann ich Holger endlich erlauben würde, wieder zurückzukommen. Sie vermisste den Jungen schrecklich. Mir fehlte Holger auch. Aber schließlich war der Junge erwachsen, und es war sowieso höchste Zeit, dass er sein Leben mal selbst organisierte.

Das Haus ist richtig leer geworden, seit Holger nach Marseille gegangen ist. Wenn ich mir das vorstelle: Mein Holger wohnt jetzt fast zweitausend Kilometer von Hamburg entfernt in Südfrankreich und macht eine Ausbildung zum Konditor.

Für Mutti war es ganz schlimm, als Holger nach Marseille gezogen ist. Ihr Enkel ist doch ihr ein und alles. Für Holger ist Mutti ja sogar an ihren Sparstrumpf gegangen, wo sie doch sonst auf jeden Pfennig guckt. Aber Holger brauchte sie nur mit seinen blauen Augen anzusehen und ihr ein bisschen zu schmeicheln, dann zückte sie schon wieder ihr Portemonnaie. Vor allem damals, als er den Job bei der Polizei noch nicht hatte und in permanenter Geldnot war – weil Herr Möbius junior natürlich nicht einsah, dass er selbst arbeiten gehen sollte.

Mich hat Mutti früher nicht so verwöhnt! Aber so sind eben Großmütter.

Zum Glück hat sich der Chef in den Wochen vor der Kur ein bisschen um Mutti gekümmert, da vergaß sie mal ihren Kummer wegen Holger. Er hat sie mehrmals besucht und sie auch schon mal ins Café eingeladen … Ich fand das richtig nett vom Chef. So kenne ich ihn eigentlich gar nicht.

Die Spur der Tränen

Unglaublich, wie die Zeit verrinnt, wenn man in Erinnerungen versinkt. Jetzt ist es schon halb vier. Eben kam Mutti von der Wanderung zurück. Sie hatte ein ziemlich schlechtes Gewissen, dass sie nicht mit mir zusammen umgekehrt ist, als ich mir den Knöchel verstaucht habe.

Ehe sie zum Minigolf aufgebrochen ist, hat sie mir noch einen neuen Kaffee in den Garten gebracht. »Langweilst du dich auch wirklich nicht?«, hat sie sich noch mal vergewissert.

»Ganz bestimmt nicht, Mutti«, habe ich ihr versichert.

»Sag nicht immer Muddi zu mir!«, musste sie noch loswerden.

Und wie immer antwortete ich: »In Ordnung, Muddi.«

Wir sehen uns um halb sieben zum Abendessen.

Wo war ich stehen geblieben? Ich hatte Eugen also versprochen, dass ich Holger wieder bei mir aufnahm, wenn er im Gegenzug dafür sorgte, dass Dr. Dochnal den Abschiedsbrief des Toten genauer unter die Lupe nahm.

Als ich aus der Mittagspause zurückkam, ging ich zu Pohl ins Büro, unserem Experten für Computer und Internet. Meistens nutzt er seine Kenntnisse zwar nur dazu, die neuesten Spiele aus dem Netz zu laden. Aber sein Geschick, sich in alle möglichen Verzeichnisse einzuloggen, hat uns im Büro schon öfter sehr viel Recherchearbeit erspart. Und diesmal hoffte ich, dass er mir im Fall »Garek« weiterhelfen konnte.

Pohl saß missmutig vor seinem Computer und legte per Mausklick Patiencen. Als ich reinkam, drückte er schnell auf eine Taste, und auf dem Bildschirm erschien eine Verbrecherstatistik. Mir war's egal, womit Pohl im Büro seine Zeit verbrachte.

Finster drehte er sich auf seinem Drehstuhl zu mir. »Ich glaube, es ist aus«, sagte er.

»Was ist aus?«, fragte ich.

Pohl seufzte schwer. »Die Sache mit mir und Marion. Sie meldet sich einfach nicht. Das geht jetzt schon seit einer Woche so.«

Pohl und seine Dauerverlobte Marion! Die beiden waren damals schon vier Jahre zusammen, aber einer von beiden war immer unglücklich, und im Augenblick war es wohl Kollege Pohl.

»Meinen Sie, Marion hat einen anderen?«, fragte er besorgt. »Ich meine, Sie sind doch eine Frau ...«

»Vielleicht hat sie einfach gerade viel Arbeit«, versuchte ich ihn zu beruhigen.

»Da kann sie doch Bescheid sagen«, beschwerte Pohl sich. »Das ist doch keine Art ...«

Dazu sagte ich gar nichts, denn dieses Thema gehört zu den ständigen Streitthemen zwischen den beiden.

Es war noch keine vier Wochen her, da war Marion völlig aufgelöst ins Büro gestürmt. »Ich muss sofort Dieter sprechen!«, war sie mit tränenerstickter Stimme herausgeplatzt. Als ich versucht hatte, ihr zu erklären, dass Pohl gerade mit Strobel zu Recherchen unterwegs war, beruhigte sie sich etwas. Aber sie vertraute mir noch an: »Ich denke schon die ganze Zeit, er hat vielleicht eine andere. Er ist doch nie zu Hause! Da kann man anrufen, wann man will ...«

Damals hatte Pohl bloß die Augen verdreht, als ich ihm ausrichtete, Marion hätte nach ihm gefragt. »Dieses Theater, das Marion ständig veranstaltet ...«, hatte er gemeint. »Ich nenne das krankhafte Eifersucht. Ich bin nun mal bei der Kriminalpolizei, und da ist man eben rund um die Uhr im Dienst!«

Nun, diesmal war es genau umgekehrt. »Nicht mal auf

meine Blumen hat Marion reagiert«, sagte Pohl mit belegter Stimme. »Dabei habe ich ihr doch eine Karte dazugelegt …«

»Aber wenn sie keine Zeit hat?«, gab ich zu bedenken.

»Keine Zeit!«, brauste Pohl auf. »Ich habe ihr die Blumen auf die Arbeitsstelle geschickt, und auf der Karte steht die Frage: Willst du mich heiraten?«

Ich war beeindruckt. Ich wusste, dass Marion ihrem Freund seit Jahren in den Ohren lag, wann er sie endlich heiratete. Und wenn Herr Pohl ihr diese Frage gestellt hatte, dann hatte er ernsthaft Angst, sie zu verlieren. Ich sagte ihm nicht, was ich von Marions ausbleibender Antwort dachte. »Mögen Sie ein Leberwurstbrötchen?«, bot ich ihm an. Pohl liebt Leberwurstbrötchen. Dankbar nahm er mein Angebot an.

»Nebenbei«, begann ich, während Pohl mit großen Bissen mein Mittagessen verschlang, »Sie könnten mir einen Gefallen tun.« Ich bat ihn, im Fahndungscomputer mal nach dem Namen Garek zu suchen.

»Kein Problem«, erwiderte Pohl kauend. Er loggte sich in die Fahndungsdatei der Kripo Hamburg ein und tippte den Namen Garek in den Computer. Sekunden später erschien auf dem Bildschirm: »Garek, Roland, geboren am 14.9.1955 in Bad Reichenhall.«

Bad Reichenhall! Da war doch gerade Schubert in Kur!

Pohl klickte die nächste Seite an und las vor: »Zwei Jugendstrafen wegen Autodiebstahl, vier Jahre für Einbruchdiebstahl in Bruchsal, und vor einem halben Jahr hat ihn die Drogenfahndung mit vier Gramm Kokain geschnappt.« Er schwang sich auf seinem Bürostuhl zu mir herum und konnte sogar schon wieder grinsen. »Aufregende Karriere! Ein Freund von Ihnen?«

»Na, hören Sie mal«, wehrte ich ab.

»Schmeckt toll, das Brötchen«, meinte Pohl mit vollem

Mund. »Wo haben Sie die her? Von der Metzgerei Grammel?«

»Warum ruft ein Herr Garek einen toten Herrn Reiber an?«, dachte ich laut.

Pohl stutzte, und endlich begriff er, wieso ich mich für Garek interessierte. »Frau Möbius!«, mahnte er.

»Ja, ich weiß«, winkte ich ab, »der Fall Reiber ist kein Fall. Trotzdem«, fügte ich im Hinausgehen noch hinzu, »man wird doch mal nachhaken dürfen!«

»Nachhaken?«, rief Pohl mir halb verzweifelt hinterher. »Häkeln vielleicht, aber nicht nachhaken! Wenn das der Chef mitkriegt! Haben Sie denn nicht genug vom letzten Mal?«

Ich blieb die Antwort schuldig und schloss die Tür. Ich musste dringend mit Schubert in Bad Reichenhall telefonieren. Vielleicht konnte er etwas über Roland Garek herausfinden.

Die nette Dame von der Kurklinik Bad Reichenhall erklärte mir, dass Schubert gerade im finnischen Dampfbad sei, wo sie ihn unmöglich stören könne. Aber sie wollte ihm gerne ausrichten, dass er zurückrufen solle.

Schuberts Dampfbad dauerte bis kurz vor Dienstschluss. Dann ging endlich das Telefon. »Schubert hier«, meldete er sich ziemlich verschnupft. »Ich sollte zurückrufen?«

»Ich habe einen kleinen Rechercheauftrag für Sie«, erklärte ich ihm. »Wenn Sie für uns mal nachforschen könnten ...«

»Ich? Wie komme ich dazu?«, fiel Schubert mir näselnd ins Wort. »Ich bin krankgeschrieben, Frau Möbius. Ich habe heute noch ein paar Anwendungen zu absolvieren und einen Termin beim Kurarzt. Dr. Meerkatz ist gar nicht zufrieden mit mir. Sie können dem Chef sagen, dass es wahrscheinlich nichts wird mit meinem Dienstantritt am Montag ...«

Ich merkte schon, dass ich Schubert erst mal mit ein paar mitfühlenden Worten besänftigen musste, sonst konnte ich meinen Informanten in Bad Reichenhall getrost vergessen.

»Dass es Sie so übel erwischt hat«, schaltete ich also auf Mitleid. »Sie sind ja wirklich zu bedauern. Das habe ich schon zum Chef gesagt. Dabei bräuchten wir Sie hier so dringend. Aber auch in Bad Reichenhall sind Sie für uns ein wichtiger Mitarbeiter. Wir benötigen nämlich Informationen über einen Herrn Garek aus Bad Reichenhall.«

Herr Schubert schnaubte in den Hörer: »Also eigentlich ...« Aber es klang schon etwas versöhnlicher.

»Vielleicht hat Garek Verwandte in Bad Reichenhall, die was wissen ... Eltern oder so ...« Keine Antwort. »Schauen Sie doch mal im Telefonbuch nach oder fragen Sie die Kollegen. Vor allem, ob es irgendeine Beziehung zu einem gewissen Jan Reiber gibt.«

»Frau Möbius, ist das wieder einer Ihrer Alleingänge?«, kam es plötzlich misstrauisch durch den Hörer.

»Nein«, log ich, »der Chef persönlich bittet Sie um diesen kleinen Gefallen – wo Sie doch nie da sind«, schob ich noch nach. Und endlich! Schubert erklärte sich bereit, kleinere Nachforschungen anzustellen – wenn auch widerwillig.

Es wurde auch höchste Zeit, das Telefonat zu beenden, denn eben kam Strobel ins Büro und begann in der Hängeregistratur herumzustöbern. Der Chef durfte von meinen Nachforschungen ja auf keinen Fall etwas erfahren.

»Wo ist die Akte Jan Reiber?«, fragte er.

Die Akte war natürlich noch in meiner Tasche. Trotzdem half ich dem Chef beim Suchen – natürlich ohne Ergebnis. »Komisch«, tat ich verwundert, »ich kann die

Akte im Augenblick auch nicht finden. Aber der Fall ist doch sowieso erledigt, denke ich.«

»Ich wollte den Brief vorsichtshalber mal ins Labor schicken ...« Der Chef stockte und warf mir einen argwöhnischen Blick zu. »Das wäre das erste Mal, dass Sie eine Akte verlegen. Sie haben nicht zufällig wieder ...?«

Ich schüttelte den Kopf. »Übrigens, Schubert glaubt nicht, dass er am Montag zum Dienst kommen kann«, wechselte ich das Thema.

»Schubert ist ein Genie«, polterte Strobel. »Im letzten Monat war er doch höchstens drei Tage im Büro! Was sage ich? In diesem Jahr!«

Dann verschwand er in seinem Büro, um Dr. Dochnal per Telefon mal gehörig die Meinung zu geigen. Die Analyse der Blutspuren an dem Messer ließ nämlich immer noch auf sich warten.

Ich sortierte die Akte unter den Buchstaben B ein. Jetzt sah es so aus, als hätte ich beim Wegräumen einfach einen Moment nicht aufgepasst.

Als ich nach Büroschluss nach Hause kam, empfing mich Sophia Kaitanides im Treppenhaus. Damals wohnten wir noch in dem alten Mietshaus an der Eichenstraße. Das war, bevor Strobel uns die wunderschöne Villenwohnung vermittelt hat – in der kurz zuvor die Prostituierte Margot Konzmann ermordet worden war.

Schon seit zwei Stunden hatte Sophia hier, auf den kalten Stufen, auf mich gewartet. Mutti hatte sich nämlich geweigert, sie in die Wohnung zu lassen. Sie hielt Sophia für eine der vielen Freundinnen von Holger. Die junge Frau trieb die Angst, das war ihr deutlich anzusehen.

»Vorhin war ein Mann bei mir, der Jan sprechen wollte«, erzählte sie nervös. »Als ich ihm sagte, dass er nicht mehr lebt, ist er durchgedreht. Er wollte unbedingt in die Wohnung. Ich habe ihm hundertmal gesagt, dass die Reibers schon alles ausgeräumt haben. Aber der ließ nicht locker! Gott sei Dank kam dann der Postbote. Da ist er gegangen.« Sie sah mich flehend an. »Sie müssen mir helfen, Frau Möbius! Als ich heute Morgen auf dem Präsidium war, hatte ich das Gefühl, Sie verstehen mich. Jan ist umgebracht worden! Bitte glauben Sie mir, Frau Möbius!«

Ich glaubte ihr. Und ich glaubte auch, genauso wie sie, dass der aufdringliche Besucher zurückkommen würde. Er suchte etwas, was sehr viel wert war. Drogen vielleicht? War der Unbekannte der Dealer Roland Garek aus Bad Reichenhall? Leider hatte Schubert noch nicht zurückgerufen, sonst wäre ich vielleicht schon einen Schritt weiter gewesen.

Aber noch etwas wurde mir klar: Sophia wusste mehr, als sie heute Morgen auf der Wache gesagt hatte. Sie hatte den Besuch des Unbekannten erwartet. Das war der Grund, weswegen sie ihre Angst vor den Behörden überwunden hatte und zur Polizei gekommen war.

»Adelheid! Mit wem redest du?«, schallte Muttis Stimme ungeduldig von oben.

Sophia sah mich Hilfe suchend an. »Ich geh auf keinen Fall nach Hause«, erklärte sie.

»Ich würde Sie ja gern bei mir übernachten lassen«, sagte ich, »aber mein Sohn kommt heute zurück ...« Ich war mir nämlich ziemlich sicher, dass Eugen mir noch am selben Abend die Analyse des Briefes inklusive meines Sohnes übersenden würde. Und wenn ich wollte, dass Holger sein Versprechen hielt, war es alles andere als geschickt, ihn mit der hübschen Südländerin zu überraschen. »Kennen Sie denn sonst niemanden?«, versuchte ich Sophia weiterzuhelfen.

Sie zuckte die Schultern. »Ich nehme mir ein Zimmer in der Pension bei mir um die Ecke.«

Das war immerhin eine Lösung. Ehe Sophia ging, bat ich sie noch, mir die Schlüssel ihrer Wohnung zu überlassen. Ich hatte nämlich vor, mich dort mal etwas genauer umzusehen.

»Meine Sachen aus der Reinigung hast du natürlich vergessen«, begrüßte Mutti mich, als ich zur Tür hereinkam. Mutti hatte eine schreckliche Laune. »Die Rippchen!«, meinte sie kurz angebunden und streckte die Hand aus. Ich kramte die Metzgerstüte aus meiner Tasche und reichte sie ihr. Dann sah ich nach der Post.

»Dein Mann hat dir dreihundert Mark vom Unterhalt abgezogen. Das solltest du ihm wirklich nicht durchgehen lassen«, bemerkte Mutti streng und fuhr fort: »Ich hoffe, du hast dem Metzger gesagt, wofür die Rippchen sind, sonst schrumpfen sie wieder zusammen.« Damit verschwand sie in der Küche.

Ich konnte mir schon denken, was der Auslöser für ihre schlechte Laune war: akuter Enkelentzug. Ich ging zu ihr in die Küche. »Hmmm, das riecht aber gut!«, lobte ich sie und schaute in die Töpfe. »Sauerkraut mit Wacholderbeeren!«

»Und einem Lorbeerblatt«, ergänzte Mutti kratzbürstig, »was sonst?« Verbissen wendete sie das Sauerkraut.

Ich setzte mich an den Küchentisch und blätterte ein bisschen in der Tageszeitung.

In diesem Augenblick klingelte es an der Tür. Mutti ließ sofort alles stehen und liegen und lief los, um zu öffnen. »Komm rein, Junge«, begrüßte sie Holger mit glücklicher Stimme. »Lass die Taschen im Flur stehen! Es gibt gleich Essen: Rippchen mit Sauerkraut! Das magst du doch so gern.« Ihre Augen funkelten vor Freude, als sie, von Holger untergehakt, in der Tür erschien.

»Ach herrje«, regte Mutti sich auf, »jetzt haben wir nur zwei Rippchen. Adelheid! Ich hab dir doch gleich gesagt, du sollst drei mitbringen!«

Ich sagte erst mal gar nichts. Das Aufhebens, das Mutti um Holgers Rückkehr machte, hielt ich für pädagogisch äußerst ungeschickt. Jetzt hatte ich ihm durch den Rausschmiss endlich mal bewiesen, dass er sich nicht alles erlauben konnte, und Mutti zerstörte diesen Eindruck innerhalb von Sekunden.

»'n Abend, Mama«, sagte Holger mit einem schiefen Grinsen. Er kam näher. »Jetzt tu nicht so cool!«, beschwerte er sich. »Eine anständige Mutter heult in so einer Situation Rotz und Wasser!«

Das war typisch für Holger! Statt das Büßergewand überzuziehen, spielte er die Nummer »Verlorener Sohn kehrt nach Hause zurück«.

Aber dann musste ich ihn doch erst mal ganz fest drücken. Ich freute mich ja auch, dass er wieder da war. »Dann versuchen wir es noch mal miteinander«, schlug ich vor. Holger drückte mir erleichtert einen Kuss auf die Wange.

Mutti trat schon das Wasser in die Augen. »Und ich?«, forderte sie ihren Begrüßungskuss ein. Holger machte sich eilig von mir los. »Gleich«, warf er ihr zu, verschwand im Flur und kam mit einem riesigen Blumenstrauß zurück, den er Mutti mit einem Kuss überreichte. Mir gab er den Abschiedsbrief von Jan Reiber. »Ich soll dir ausrichten: Die Tränen sind mindestens drei Jahre alt.«

Verblüfft starrte ich auf das Papier. Wenn die Tränen drei Jahre alt waren, dann musste der Brief ebenso alt sein. Und das konnte nur eins bedeuten: Jemand hatte Jan Reiber seinen eigenen, drei Jahre alten Abschiedsbrief untergeschoben – nachdem dieser Jemand ihn mit einer halben Flasche Scotch und einer Überdosis Schlaftabletten vergiftet hatte! Da war er, der Beweis für Sophias Vermutung. Jan hatte sich tatsächlich nicht selbst umgebracht! Er war aus dem Weg geräumt worden.

Aber eins verstand ich nicht: Wer hatte Zugriff auf einen drei Jahre alten Abschiedsbrief von Jan Reiber? Doch bestimmt nicht sein Drogenhändler!

Auf jeden Fall musste ich sofort Strobel informieren! Aber als ich seine Nummer gewählt hatte, hörte ich nur die Stimme auf dem Anrufbeantworter: »Ich bin mal wieder unterwegs. Falls Sie etwas zu sagen haben, sagen Sie es schnell! Sie haben nur dreißig Sekunden Zeit.« Dann kam der Piepston.

»Chef! Was ich zu sagen habe, dauert länger!«, sprach ich auf das Band. »Bitte rufen Sie zurück!« Ein zweiter Piepston beendete die Sprechzeit. Ärgerlich legte ich auf. Strobel sollte sich endlich mal einen neuen Anrufbeantworter zulegen! Dreißig Sekunden! Die Zeit reichte ja gerade mal zum Atemholen, aber nicht, um eine Information loszuwerden!

Ich fürchte nur, Strobel ist ganz zufrieden mit seiner uralten Anruferabschreckmaschine. Wenn er abends vor dem Fernseher ein Bier trinkt und seinen heiß geliebten Fisch aus der Dose verspeist, will er vor allem eins: seine Ruhe!

Ich hoffte bloß, dass Strobel an diesem Abend entgegen seiner sonstigen Gewohnheit zurückrief.

Beim Abendessen haute Holger richtig rein. Mutti hatte zugunsten ihres Enkels auf ihr Rippchen verzichtet. »Bei Eugen gab es ja ewig Pizza oder Gummiadler zum Mitnehmen«, erklärte er mampfend. Dann erzählte er ausführlich von den Qualen, die er in den letzten beiden

Wochen ausgestanden hatte. Dass Eugen ihm einen Job in der Kegelbahn verschafft hatte und ihm dann seinen Lohn als Miet- und Verpflegungspauschale wieder aus der Tasche gezogen hatte. Dass er jede Nacht bis zwei Uhr Dienst gehabt und auf Eugens schmalem Sofa mit den ausgeleierten Sprungfedern kaum ein Auge zubekommen hatte.

Mutti warf mir vernichtende Blicke zu.

Ich hörte nur mit halbem Ohr zu. In Gedanken ging ich den letzten Abend im Leben des Jan Reiber durch. Der Student ist bereits rasiert, weil er noch ausgehen will. Dann kommt unerwarteter Besuch, jemand, für den Jan seine ursprünglichen Pläne über den Haufen wirft. Die beiden beginnen zu trinken: hochprozentigen Scotch. Der Besucher hält sich mit dem Scotch zurück. Er braucht bloß zu warten, bis Jan so betrunken ist, dass er keine Kontrolle mehr über sich hat.

Dann verabreicht er ihm die Schlaftabletten und zieht den Abschiedsbrief hervor...

Und plötzlich ahnte ich, wo der Mörder zu suchen war.

Als wir mit dem Abendessen fertig waren, hatte sich der Chef immer noch nicht gemeldet. Während Mutti schon das Spülwasser einlaufen ließ, räumte Holger bereitwillig den Tisch ab und griff sich das Geschirrtuch. Ich staunte. Allerdings war die Wirkung des zweiwöchigen Zwangsexils nicht von langer Dauer.

»Übrigens, Oma«, begann Holger, während er ausgiebig eine Gabel polierte, »falls du morgen Wäsche machst ...«

»Steck sie in den Korb«, lächelte Mutti ihn an. Im selben Augenblick ließ Holger das Geschirrtuch fallen. Schluss mit der Vorstellung »Braver Sohn hilft im Haushalt«.

»Ich muss noch mal weg«, sagte er eilig.

»Um diese Zeit?«, wunderte sich Mutti. »Ja, wohin denn?«

»Na, wenn ich Babette nicht mit hierherbringen darf ...«, grinste er mich an.

Babette hieß also seine neueste Eroberung. Aber sein später Ausflug kam mir im Augenblick ganz gelegen. »Wo seid ihr denn verabredet?«, schaltete ich mich ein. Ich konnte nicht länger hier sitzen und tatenlos auf Strobels Rückruf warten.

»Im Paradieso, wieso?«, antwortete Holger.

»Kannst du mich an der Endstation der Linie fünf absetzen?«, fragte ich. Von da aus war es nämlich nur ein Katzensprung bis zur Wohnung der Eheleute Reiber.

Mutti guckte ziemlich verblüfft, als sie plötzlich mit dem Abwasch allein dastand. »Wollt ihr denn gar nicht mehr meine rote Grütze essen?«, rief sie uns hinterher. Aber Holger und ich hatten andere Dinge im Kopf als Süßspeisen.

Mutti bereitet es großen Kummer, dass wir sie so oft mit ihrem Essen versetzen. Kochen und Backen gehört zu ihren Lieblingsbeschäftigungen, und sie kann es überhaupt nicht verstehen, wenn man Essen verschmäht. Auch heute Abend sah sie mich vorwurfsvoll an, als ich den Nachtisch, eine nach ihrer Auskunft köstliche Mousse au chocolat, nicht anrührte.

Nach dem Abendessen sind Mutti und ich sehr bald ins Bett gegangen. Ich beginne langsam, die Vorteile der Hotelbetten zu entdecken. Man kann die Rückenlehne nämlich schräg stellen, so dass man bequem sitzen und schreiben kann.

Mutti schläft schon neben mir, die Handarbeitszeitung auf ihrem Gesicht. Kein Wunder, dass sie so müde ist, bei dem Programm, das sie hier jeden Tag absolviert.

Heute beim Abendessen sprach mich Dr. Fischer auf meine Rückenprobleme an und riet mir dringend zu Massagen.

»Siehst du, Adelheid«, schaltete Mutti sich ein und erklärte dem Arzt: »Ich bin ja schon seit Jahren der Meinung, dass Adelheid endlich mal etwas für sich tun soll. Aber auf mich hört meine Tochter ja nicht.«

Mutti und Dr. Fischer bekamen Verstärkung von Frau Gebhardt, die wie jeden Abend ihre Runde durch den Speisesaal machte. Sie legte mir die Massage wärmstens ans Herz. »Ich selber lasse mich regelmäßig von unserem Herrn Bruchnagel massieren«, lächelte sie mir zu. »Sie brauchen zu der Massage ja nicht mal aus dem Haus, denn Herr Bruchnagel hat seine Praxis im Keller des Hotels.«

»Da kann ich ja kaum noch nein sagen«, stellte ich fest.

»Die richtige Entscheidung«, fand Dr. Fischer. »Herr Biesinger hat seit der Massage mit seinem Rücken doch überhaupt keine Probleme mehr, nicht wahr?«, wandte er sich an Frau Gebhardt.

Frau Gebhardt war diese Frage sichtlich unangenehm. »Da müssen Sie ihn selber fragen«, tat sie sehr förmlich. »Aber es kann schon sein.« Damit setzte sie ihre Runde fort.

Der Arzt sah ihr ein wenig betreten hinterher. »Wie dem auch sei«, fuhr er dann fort, »Herrn Bruchnagel, unseren Masseur, haben Sie vielleicht schon kennen gelernt.«

Mutti sah sich neugierig im Speisesaal um. »Wer ist denn der Herr?«

»Er wohnt zwar in der Stadt, doch normalerweise isst er hier zu Abend«, erklärte der Arzt. Er ließ seinen Blick umherschweifen. »Heute kann ich ihn nicht entdecken. Er hat übrigens eine ganz interessante Karriere. Früher war er nämlich Besitzer eines Fitnessstudios.«

Vom Studioinhaber zum Masseur? Ich machte mir so meine Gedanken. Was war Herrn Bruchnagel bei seiner Biografie denn da in die Quere gekommen?

»Dann kommen Sie morgen früh um neun zu mir in die Sprechstunde?«, vergewisserte sich Herr Fischer noch einmal und ging wieder an seinen Tisch zurück.

Mutti nickte ihm lächelnd hinterher. Kaum war Dr. Fischer außer Hörweite, raunte sie mir zu: »Du hast Eindruck auf ihn gemacht!«

»Blödsinn!«, winkte ich ab und ließ mir die Ententerrine schmecken. Mutti schwieg beleidigt – aber nicht lange. Dann breitete sie ein buntes Kaleidoskop der Kurgerüchte vor mir aus, während wir zum Hauptgang übergingen: Rosmarinforelle, fangfrisch, mit Petersilienkartoffeln.

»Hast du bemerkt, wie Frau Gebhardt reagiert hat, als der Name Biesinger gefallen ist?«, fragte Mutti.

»Ist sie das?«, fragte ich zurück.

»Das war doch offensichtlich«, fuhr Mutti fort. »Und weißt du, wieso? Die beiden haben garantiert was miteinander, sie und der junge Empfangschef.«

»Meinst du?«, entgegnete ich. Ich hatte unseren Empfangschef bisher eigentlich kaum wahrgenommen.

»Das mit Herrn Biesinger hat mir heute Morgen Frau Mauz bei der Wassergymnastik erzählt«, vertraute Mutti mir an. »Ist natürlich streng geheim. Der ist doch mindestens ... na, ich würde sagen, zehn Jahre jünger als sie. Adelheid! Du sagst ja gar nichts. Hörst du mir überhaupt zu?«

»Doch, Mutti«, erwiderte ich leicht genervt. Aber ich überlegte gerade, ob ich mir von der Forelle nachbestellen sollte. Ich kann Mutti doch nicht ändern. Zu ihren Lieblingsthemen gehört nun mal: Wer mit wem und wieso. In Muttis Augen kann eine Frau nur glücklich sein, wenn ein Mann in ihrem Leben existiert.

Deswegen war Mutti auch recht erfreut, als ich im Zusammenhang mit dem Mordfall Jan Reiber abends noch mal aus dem Haus gegangen bin. Sie nahm nämlich an, ich hätte ein geheimes Rendezvous. In Wirklichkeit wollte ich ja bloß zu der Reinigung Reiber, über der Jans Eltern wohnten.

Ursprünglich hatte ich an diesem Abend vorgehabt, noch mal einen Blick in die Wohnung des Mordopfers zu werfen. Aber jetzt gab es etwas Dringenderes zu erledigen. Ich ahnte, wer der unbekannte Mister X war. Ich hatte die unglaublichen Worte von Fritz Reiber noch immer im Ohr, der seine in Tränen aufgelöste Frau an sich gedrückt und gesagt hatte: »Hör auf zu weinen. Der Kerl ist es nicht wert.«

In der Wohnung der Reibers war noch Licht. Als ich klingelte, meldete sich die leise Stimme von Frau Reiber aus der Sprechanlage. Zuerst wollte sie mich gar nicht hereinlassen. Ihr Mann war schon im Bett. Aber schließlich konnte ich sie doch überreden, mir zu öffnen.

Sie empfing mich totenblass. »Sie sind also gar nicht von der Uni, sondern von der Polizei.« Sie ging mir voraus ins Wohnzimmer. Dort lagen über den ganzen Boden verteilt: Bücher, Socken, Videos ... die Habseligkeiten von Jan, die die Reibers am Morgen so sorgfältig in Kisten verpackt hatten. Offensichtlich hatte jemand alles ausgeschüttet und durchwühlt.

»Garek war da?«, folgerte ich aus dem Chaos.

Frau Reiber nickte stumm.

»Also hat Ihr Mann Ihnen alles gesagt?«, horchte ich vorsichtig nach.

Jetzt war es um ihre Fassung geschehen. Frau Reiber begann zu weinen. »Ja. Mein Sohn war ein Drogenhändler. Dabei haben wir ihm doch gegeben, was wir konnten! Die Wohnung haben wir bezahlt und sein Auto und die Studiengebühren ... Alles! Nur als er sein Jurastudium hinschmeißen und noch mal von vorn anfangen wollte, da hat mein Mann gesagt: Jetzt ist Schluss! Zwei Ausbildungen können wir uns beim besten Willen nicht leisten. Wo die Reinigung kaum genug für uns selbst einbringt. Da hat er sich das Geld eben anders beschafft.« Sie sank aufs Sofa. »Aber deswegen hätte er sich doch nicht umzubringen brauchen!« Verzweifelt sah sie zu mir auf.

Also kannte Frau Reiber noch nicht die ganze schreckliche Wahrheit. Aber ehe ich sie damit konfrontierte, musste ich erst sichergehen, dass meine Vermutung richtig war.

»Wann haben Sie Jan zum letzten Mal gesehen?«, fragte ich.

Frau Reiber wischte sich die Tränen aus dem Gesicht. »Ich nicht. Mein Mann hat sich mit ihm getroffen.«

Ich nickte. »Wann?«, fragte ich weiter.

»Am Abend, bevor Jan ...« Sie stockte. »... die Welt angehalten hat.«

»Das hat Ihr Sohn doch schon mal versucht, oder?«, bohrte ich vorsichtig nach.

Aber Frau Reiber war tatsächlich völlig ahnungslos. »Sich umzubringen?« Sie schüttelte den Kopf. »Nein! Wie kommen Sie darauf?«

Also musste ich ihr erklären, was ich wusste. »Unser Labor hat festgestellt, dass der Abschiedsbrief vor mehr als drei Jahren geschrieben wurde«, rückte ich heraus.

Frau Reiber schaute mich verständnislos an. »Aber ... aber dann ...« Plötzlich begriff sie. Sie stieß einen schmerzvollen Schrei aus und stürzte ins Schlafzimmer.

»Fritz! Fritz!«, schrie Frau Reiber auf ihren Mann ein und schüttelte ihn. »Fritz! Du hast ihn umgebracht! Fritz!« Doch ihr Mann lag starr auf seinem Bett und rührte sich nicht. In wildem Schluchzen brach sie über dem reglosen Körper zusammen.

In diesem Moment entdeckte ich auf dem Nachttisch ein leeres Röhrchen Schlaftabletten. »Machen Sie weiter!«, rief ich ihr aufgeregt zu. »Reden Sie mit ihm!« Ich rannte zum Telefon und wählte die Nummer des Notarztes. Hoffentlich war ich nicht zu spät gekommen! Fritz Reiber hatte die Schande seines Sohnes und das Wissen, der Mörder an seinem eigenen Kind zu sein, nicht länger ertragen. Er wollte den Schlussstrich ziehen.

Als der Krankenwagen den bewusstlosen Mann abtransportierte, verlor Frau Reiber ihre Haltung und kauerte sich schluchzend auf dem Sofa zusammen. »Jan, Jan!«, wimmerte sie vor sich hin. »Wo bist du? Jan? Er will dich umbringen! Jan!« Sie wiegte sich, hilflos wie ein kleines Kind. Das Schlimmste aber waren ihre erloschenen Augen …

Ich konnte sie so unmöglich allein lassen. Es dauerte lange, bis sie sich wieder etwas beruhigt hatte. Ich brachte sie noch ins Bett. Dann bestellte ich mir ein Taxi.

Erst um Viertel nach eins traf ich zu Hause ein. »Das habe ich gern!«, empfing Holger mich verschlafen. »*Ich* soll um zehn Uhr zu Hause sein, und *du* …?« Er drückte mir den Telefonhörer in die Hand. »Inspektor Schubert nervt alle zehn Minuten. Hast du schon wieder was angestellt?« Damit tappte er in sein Zimmer zurück.

»Was in aller Welt haben Sie sich dabei gedacht?«, kam Schuberts erboste Stimme durch den Hörer. »Ich laufe mir die Füße wund und mache mich bei den Kollegen vor Ort unbeliebt, und dann muss ich mir vom Chef sagen lassen, dass er keine Ahnung hat, wer Roland Garek ist!«

»Sie haben Strobel angerufen?«, stieß ich aus.

»Na klar!«, schnaufte Schubert aufgebracht ins Telefon. »Wo ich Sie nicht erreicht habe und Sie so getan haben, als ginge es um Leben und Tod! Also bitte, dann haben Sie jetzt auch den Nerv, dem Chef zu erklären, dass ich ... Mist!«, schimpfte er. »Das Geld ist alle. Also, damit das klar ist ...« Dann hörte ich nur noch: »Tuuut, tuuuut, tuuut«.

Ich wählte sofort Strobels Nummer. Wenn er von Schubert erfahren hatte, dass ich im Fall Jan Reiber ermittelte, war er vermutlich auf 180. Und wie ich ihn kannte, war er dann sofort aufgebrochen, um mich höchstpersönlich zurückzupfeifen. Da er nicht hier war, hatte er sich womöglich auf den Weg in die Wohnung des Ermordeten gemacht.

Bei Strobel meldete sich mal wieder der Anrufbeantworter. Ich versuchte es bei Pohl. Auch dort war keiner zu Hause. Ich musste sofort wieder los. Es konnte sein, dass ich mich täuschte: Dass alles in bester Ordnung war, Strobel friedlich in seinem Bett vor sich hin schlummerte und Pohl schon wieder selig Marion im Arm hielt. Aber wenn nicht ... Dann waren Strobel und Pohl möglicherweise Roland Garek in die Arme gelaufen. Und ehe ich mich nicht vergewissert hatte, dass dem nicht so war, bekam ich sowieso kein Auge zu. Ich rief mir ein Taxi.

»Was ist denn los?« Mutti kam in ihrem gepunkteten Bademantel aus ihrem Zimmer und rieb sich die Augen. »Man kann ja kein Auge zutun! Ständig geht das Telefon!«

»Ich muss noch mal weg, Mutti«, erklärte ich ihr und griff nach meiner Tasche.

»Du kommst ja nur noch, um dich zu verabschieden«, hielt Mutti mir verschlafen vor. »Was machst du denn bloß? Hast du einen Mann?«

Da schellte auch schon der Taxifahrer und beendete die Diskussion über dieses Dauerthema zwischen Mutti und mir.

Mutti ist gerade neben mir wach geworden. »Bin ich eingeschlafen?«, hat sie gemurmelt. Jetzt will sie, dass ich endlich das Licht ausmache. Sie könne bei Dauerbeleuchtung nicht schlafen, hat sie sich beschwert.

Ausgerechnet Mutti! Sie schläft sogar bei der Paukenmusik aus den »Lustigen Volksmusikanten« wie ein Murmeltier! Wie oft ich sie schon vor dem lauten Fernseher wecken musste, um sie ins Bett zu schicken!

Aber es ist tatsächlich schon ziemlich spät. Also tue ich Mutti den Gefallen und mache das Licht aus.

Dienstag

Schuberts Kurkrimi und die Folgen

Wieder strahlender Sonnenschein in Bad Urach. Ich nutze das schöne Herbstwetter, um auf dem Uracher Marktplatz ein zweites Frühstück einzunehmen. Ab morgen habe ich täglich um halb zwölf eine halbe Stunde Massage, eine Woche lang.

Vom Marktplatz aus hat man einen wunderschönen Blick in die kleinen Altstadtgassen, die von mittelalterlichen Fachwerkhäusern gesäumt sind.

Welch ein Gegensatz zu der kühlen Großstadt Hamburg! Hier ist es so beschaulich, dass man sich fast nicht vorstellen kann, dass hier tatsächlich Menschen leben und arbeiten – und nicht nur Urlaub machen. Ob in so einer Idylle wohl auch Verbrechen geschehen ...?

Auch wenn ich es mir jetzt, hier in der milden Septembersonne auf dem mit Blumenkübeln herausgeputzten Marktplatz, nicht vorstellen kann: Natürlich ist es so! Einer der großen Drogenumschlagplätze war doch in Bad Reichenhall, im Wohnzimmer von Roland Garek, dem Schubert während seiner Kur damals hinterherrecherchiert hat.

Leider hatte Schubert mal wieder viel zu gründlich recherchiert – so gründlich, dass seine Informationen viel zu spät kamen.

Schubert erzählte mir erst einen Tag später davon, als er sich neues Kleingeld zusammengesucht hatte, um mich zurückzurufen. Er rief eigentlich bloß an, um mich ordentlich zusammenzustauchen. Denn in der Nacht zuvor war er am Telefon nicht mal einen Bruchteil der Vorwürfe losgeworden, die ihm in seinem Zorn in den Sinn gekommen waren.

Er hatte stundenlang Gareks Wohnung observiert, hatte Nachbarn befragt und den Eltern des Dealers einen Besuch abgestattet – und das alles bei strömendem Regen, wo Schubert sich doch wegen seiner Bronchien schonen sollte! Außerdem waren wegen der Recherchen, die ich ihm verordnet hatte, seine Yoga-Einführung und der Diavortrag über probiotische Lebensweise ins Wasser gefallen.

Aber weil Schubert meine Anfrage für eine Chefsache hielt, recherchierte er verbissen weiter: in quatschnassen Schuhen und mit steigendem Fieber im Dauerregen. Aber er machte sich Notizen: Jeden Gang und jeden Pfennig, den er vertelefonierte, schrieb er auf. Das Letztere, um von Strobel sein Geld zurückzuzufordern, und Ersteres, um beim Betriebsrat gegen Strobel richtig Druck machen zu können. Immerhin war er ein kurbedürftiger Kranker, und Strobel, wie Schubert glaubte, nahm keinerlei Rücksicht auf die zunehmende Verschlimmerung seines Zustandes.

Um halb zehn Uhr abends hatte er endlich den Chef angerufen, um ihm mitzuteilen, was Pohl mit seinem Computer längst herausgefunden hatte: Garek wurde von der Drogenfahndung gesucht, und er wurde von der Kripo als gefährlich eingestuft. Über Gareks Beziehungen zu Jan Reiber dagegen hatte er überhaupt nichts herausbekommen.

Strobel traf fast der Schlag, als er erfahren musste, dass ich Schubert um Recherchen in Bad Reichenhall gebeten hatte. Nach dem Telefonat mit Schubert rief er sofort Pohl an.

Pohl erzählte mir später, dass sich der Chef am Telefon mit den Worten gemeldet hatte: »Wer zum Teufel ist

Roland Garek?« Pohl wusste natürlich gleich, wo der Hase langlief: Strobel war dahinter gekommen, dass ich hinter seinem Rücken im Fall Jan Reiber ermittelte. Natürlich versuchte Pohl, den Chef wieder zu beruhigen – so erzählte Pohl es mir später jedenfalls. Aber der Chef schnaubte bloß in den Hörer: »Ziehen Sie sich an! Wir treffen uns in fünfzehn Minuten vor der Wohnung von Jan Reiber zur Verhaftung einer gewissen Adelheid Möbius!«

Pohl fand, dass der Chef übertrieb. Und als er vor dem Haus von Jan Reiber ankam, wettete er mit dem Chef um einen Kasten Bier, dass ich nicht in der Reiberschen Wohnung war. Mit vorgehaltenen Pistolen, so, als müssten sie einen Schwerverbrecher verhaften, drangen Strobel und Pohl in die dunkle Wohnung ein, aber nicht, ehe Pohl noch das Kennzeichen eines knallroten Mazda-Kabrioletts notiert hatte, das völlig ordnungswidrig in der Toreinfahrt zum Hinterhof abgestellt war.

Als ich gegen zwei Uhr nachts die Wohnung von Jan Reiber betrat, war es dort dunkel und totenstill. Trotzdem war ich äußerst vorsichtig, denn ich wusste ja nicht, ob vielleicht Roland Garek hier im Dunkeln auf mich lauerte. Vorsichtig öffnete ich die Tür zu Jans Zimmer. Doch da war niemand.

Auch Sophias Zimmer war leer. Aber jemand hatte in ihren Habseligkeiten herumgewühlt. Allerdings musste das schon eine ganze Weile her sein, denn der Wecker, der zertrümmert auf dem Boden lag, war auf halb zwölf stehen geblieben.

»Chef?«, rief ich leise in die Dunkelheit. Ich hörte nichts. »Chef?«, rief ich noch mal. Ich öffnete eine dritte Tür. Da kam mir ein gedämpftes Gegrummel entgegen. Ich erkannte es sofort: Das war Strobel.

Ich schaltete das Deckenlicht ein, und jetzt sah ich sie vor mir: In dem völlig verwüsteten Badezimmer saßen er und Pohl in einer äußerst unbequemen Verrenkung, mit Handschellen an die Heizung gefesselt. Als Knebel hatten sie ihre eigenen Krawatten im Mund.

»Roland Garek war da! Stimmt's?«, stieß ich aus. »Hab ich doch richtig kombiniert!«

Der Chef nickte und röhrte hilflos. Ich verstand kein Wort. Ich kniete mich vor ihn, um ihn aus seiner misslichen Lage zu befreien, doch als ich Strobels Augen so nah vor mir sah, die vor Wut fast aus dem Kopf sprangen, überlegte ich es mir anders.

Ich setzte mich auf den Rand der Duschwanne. »Moment noch, Chef! Wenn ich Sie jetzt befreie, dann brüllen Sie los, und ich kann nichts mehr sagen.«

Jetzt war er wirklich nahe daran, vor Wut an seinem Knebel zu ersticken. Aber für den Augenblick musste er das aushalten.

»Der Vater von dem Jungen ist der Mörder«, erklärte ich den beiden. »Nach allem, was Herr Reiber für seinen Sohn getan hat – bis zum Bankrott sozusagen ... Als Fritz Reiber herausbekommen hat, dass Jan gar nicht daran denkt, sein Jurastudium fertig zu machen, sondern von illegalen Geschäften lebte, hat er die Nerven verloren, seinem Sohn Schlaftabletten gegeben und den Abschiedsbrief neben ihn gelegt. Den Brief hatte er schon vor drei Jahren neben seinem Sohn gefunden. Damals konnte er Jan noch retten. Aber diesmal war er selbst es, der seinen Sohn ins Jenseits befördert hat. Und beinahe hätte der Vater sich auch noch umgebracht. Ich bin gerade noch rechtzeitig gekommen, sonst wäre es mit ihm auch vorbei gewesen.«

Ich erhob mich vom Wannenrand. »So, das war's! Jetzt können Sie mich fertig machen! Tut mir Leid, dass ich mich in die Ermittlungen eingemischt habe – aber ich konnte nicht anders.«

Als ich Strobel von seinem Knebel befreit hatte, erwartete ich, dass sofort eine Schimpfkanonade über mich hereinbrechen würde. Aber es kam nichts.

Der Chef sagte bloß: »Pohl hat die Schlüssel für die Handschellen.« Das kam mir schon ziemlich seltsam vor.

Ich suchte den Schlüssel aus Pohls Jackentasche und erlöste die beiden von der Heizung. Während sich Strobel stöhnend und schwerfällig vom Boden erhob, zückte Pohl bereits sein Handy. Er wählte die Zentrale an und veranlasste die Fahndung nach Roland Garek. »Garek ist bewaffnet«, informierte er die Kollegen. »Er hat voraussichtlich Rauschgift bei sich. Ende.«

Wie ein geschlagener Feldherr wankte Strobel auf den Flur hinaus. Aber er hatte noch einen Trumpf in der Hand. Er drehte sich um und sah mich an. »Falls das, was Sie sagen, nicht stimmen sollte, sind Sie fristlos entlassen«, sagte er tonlos.

Mir fuhr der Schreck in die Glieder. »Und wenn es doch stimmt?«, fragte ich.

»Dann sind Sie erst recht gekündigt«, sagte Strobel kalt und wandte sich zum Gehen.

Ich wollte ihm nach.

Doch Pohl bedeutete mir mit einer stummen Handbewegung: »Lassen Sie mich mal machen!« Dann eilte er dem Chef hinterher. »Was halten Sie davon, Chef, wenn wir jetzt ein paar von den Bierflaschen köpfen, die Sie gewonnen haben?«, hörte ich ihn im Treppenhaus auf Strobel einreden.

Ich glaubte nicht an den Erfolg seiner »Mission« – wütend, wie der Chef war. Verzweifelt blieb ich zurück. Das hatte ich nun davon: Der Mörder von Jan Reiber war gestellt, aber ich war meinen Job los. Beinahe hätte ich geheult, hier, auf dem Rand der Duschwanne, zwischen den Trümmern des ehemaligen Badezimmers von Jan Reiber. Entlassen! Keine Zeugenvernehmungen mehr, keine Verhörprotokolle, keine Spurenberichte und keine kriminalistischen Knobeleien ... Warum bloß hatte ich mich im Fall Reiber auch so weit vorwagen müssen? Meine Freundin Margret sagt manchmal zu mir: »Adelheid, das hat kein Chef gern, dass die niedrigeren Chargen bei Dingen mitmischen, die Chefsache sind – und dem Boss dabei auch noch auf den Kopf spucken.« Aber diese Einsicht kam auch jetzt wieder viel zu spät.

Ich ließ mich von einem Taxi nach Hause bringen.

Für die letzten Stunden der Nacht legte ich mich noch ins Bett. Aber an Schlaf war nicht zu denken. Ruhelos wälzte ich mich von einer Seite auf die andere.

Pohl fuhr unterdessen mit dem Chef zum »Männergespräch« in seine Wohnung. Er war überzeugt, dass er beim Chef etwas für mich erreichen konnte. Bei ein paar Bier schafft man so manches Problem aus der Welt – findet Pohl.

Später hat mir Marion erzählt, was in dieser Nacht noch passiert ist. Seit Tagen hatte sie im Büro Dauersitzungen gehabt: eine Konferenz nach der anderen. Als sie an diesem Tag weit nach sechs endlich Feierabend hatte, fand sie Pohls riesigen Blumenstrauß vor und las die Karte, die er dazugesteckt hatte.

Marion war natürlich überglücklich, weil Pohl sich endlich dazu durchgerungen hatte, ihr einen Heiratsantrag zu machen. Aufgeregt fuhr sie zu ihrem Freund. Doch als sie die Tür aufschloss, um sich ihm mit einem »Ja, ich will!« in die Arme zu werfen, riss Pohl ihr den Blumenstrauß aus den Händen, warf ihn auf den Boden und trampelte darauf herum. Dazu stieß er eifersüchtig aus:

»Ja, ja, dein Chef und du in Düsseldorf!« Dann schnallte er sich den Patronengürtel um und stürmte ohne ein weiteres Wort aus der Wohnung.

Marion blieb verdutzt zurück. Sie hatte nicht die leiseste Ahnung, wie Pohl darauf kam, dass sie mit ihrem Chef eine Affäre haben könnte, und wieso sie statt kurz vor der Hochzeit jetzt vor den Trümmern ihrer Beziehung stand.

Aber Marion wusste zu kämpfen. Sie zog ihre hübscheste Unterwäsche an, ganz in Weiß und in Spitze, legte sich als appetitliche Überraschung auf Pohls großes Doppelbett und wartete, wartete und wartete. Ihr Freund kam jedoch nicht.

Endlich, um drei Uhr in der Nacht, ging die Tür.

»Überhaupt, Frauen«, erklärte Pohl gerade dem Chef. »Ich kann darauf verzichten, jedenfalls auf Marion, die falsche Natter. Sie sind ja auch solo, Chef. Und das bisschen Sex ist nun wirklich nicht die Welt. Ein schöner runder Mordfall ist doch auch was ...«

Und dann blieb Pohl das Wort im Mund stecken, denn er hatte Marion entdeckt. Auch Strobel riss die Augen auf und stellte verblüfft den Bierkasten ab. »Fräulein Marion, nehme ich an?«, nickte er ihr einen hilflosen Gruß zu.

Marion griff hektisch nach dem Kopfkissen und hielt es vor sich, um wenigstens einen Teil ihrer reizenden Spitzenunterwäsche zu verdecken.

Und diesmal schaltete der Chef schnell. »Ihr Verlobter hat mir gerade vorgeweint, wie Leid ihm das alles tut«, erklärte Strobel der entsetzten Marion. Dann griff er den Kasten Bier, wünschte noch einen schönen Abend und machte, dass er wegkam.

Pohl klappte immer noch stumm den Mund auf und zu. »Ich weiß, das bisschen Sex interessiert dich nicht ...«, meinte Marion jetzt halb spöttisch, halb beleidigt. Aber da hatte Pohl schon seinen Pistolengürtel heruntergerissen und Marion ganz fest in den Arm genommen. »Vergiss mein blödes Gerede«, flüsterte er ihr ins Ohr.

Und so löste sich zumindest das Drama um Pohl und seine Freundin in ein rosiges Nichts auf.

Ich hingegen lag immer noch schlaflos in meinem Bett und starrte verzweifelt die Decke an. Ich wusste nicht, wie Pohl den Chef überzeugen wollte, seine Kündigung zurückzunehmen. Ich hoffte nur, dass er alles, was er in seinen verschiedenen Seminaren, von »Diplomatie in Stresssituationen« bis »Verbale Krisenentschärfung«, gelernt hatte, bei seinem »Männergespräch« mit Strobel heute Nacht anwenden würde.

Um halb sieben stand ich auf, ging in den Keller und holte zwei leere Pappkartons. Dann schüttete ich den Kaffee auf, goss mir einen großen Becher voll ein und setzte mich an den Küchentisch.

Ich weiß es noch wie heute: In meinen Gedanken herrschte nachtschwarze Finsternis. Natürlich würde ich eine neue Stelle finden. Das war kein Problem. Gute Sekretärinnen sind gesucht. Aber ich wollte ja nicht irgendeinen Job. Mein Traumberuf war: Sekretärin bei der Mord Zwo der Kripo Hamburg. Ich hatte es vermasselt.

Mein ganzes Leben lief vor meinem geistigen Auge ab. Ich hatte das Gefühl, dass bei mir immer alles schief ging, was ich auch anpackte. Schon meine Lehrer in der Schule haben immer moniert, dass ich mich überall einmischen muss.

Ich hatte alles vermasselt, wie damals, als ich die Ausbildungsstelle zur Polizeianwärterin bekommen hatte. Frauen waren zu der Zeit in diesem Beruf kaum vertreten. Damals sah ich mich dem Ziel meiner Träume schon ganz nahe, denn bis zur Kriminalpolizistin lagen nur noch ein paar Monate vor mir. Es war so gut wie sicher, dass ich eine Stelle bei der Kripo bekommen würde.

Aber was machte ich aus dieser Chance meines Lebens? Ich hatte nur noch ein halbes Jahr Ausbildung vor mir, da lerne ich in Champagnerlaune bei einem Polizeiball Eugen kennen ...

Daran dachte ich an diesem Morgen, als mir die Kündigung als Sekretärin der Mord Zwo bevorstand.

»Das ist ja schön, dass du schon den Kaffee aufgeschüttet hast«, kam Mutti in die Küche. Doch dann blieb ihr der nächste Satz im Hals stecken. »Kind! Du siehst ja schrecklich aus! Was ist denn los?«

Und da konnte ich die Tränen einfach nicht mehr zurückhalten. »Ich bin gekündigt«, erklärte ich schluchzend. Mutti holte ein kleines Spitzentaschentuch aus ihrem Morgenmantel und tupfte mir die Tränen ab. »Aber wieso denn?«, fragte sie entrüstet.

Den Grund für meine Kündigung wollte ich ihr lieber nicht verraten, denn Mutti reagiert auf meine eigenmächtigen Recherchearbeiten ähnlich allergisch wie der Chef. Außerdem macht sie sich große Sorgen, dass mir bei meinen Under-Cover-Tätigkeiten tatsächlich mal etwas passieren könnte. »Strobel kann mich nicht leiden«, entgegnete ich deswegen einfach.

Mutti bekam ihren Löwinnen-Blick, den sie immer bekommt, wenn Holger oder mir Unrecht geschieht. »Wir gehen jetzt zusammen zu deinem Chef«, erklärte sie, »und dann werde ich deinem Herrn Strobel mal gehörig die Meinung sagen! Dieser Unmensch!«

Ich erschrak. Ich hatte mit der Kündigung schon genügend Probleme am Hals. Da konnte ich es wirklich nicht gebrauchen, dass Mutti mit zur Arbeit kam und das Büro aufmischte. Zum Glück konnte ich ihr diese Idee wieder ausreden.

»Weißt du was? Ich mache dir jetzt zuerst mal einen schönen Fencheltee, das beruhigt«, meinte Mutti schließlich. »Und dann sehen wir weiter.«

Als Holger um zehn mit völlig verstrubbelten Haaren aus seinem Zimmer kam, saß ich immer noch mit Mutti am Küchentisch. »Was ist denn hier los?«, wunderte er sich. »Wieso bist du nicht im Büro?«

Mutti erklärte es ihm. »Sei doch froh«, tröstete Holger mich. »Die zahlen doch sowieso so schlecht. Jetzt bewirbst du dich endlich mal in einer großen Firma, wo es ordentlich Kohle gibt. Und vorher sagst du deinem Chef noch mal ordentlich die Meinung!«

Aber als er sah, dass ich wieder heulen musste, schwenkte er ganz schnell um. Er setzte sich zu mir und legte mir den Arm um die Schulter. Es tat richtig gut zu spüren, dass die beiden für mich durchs Feuer gegangen wären.

Um halb elf beschloss ich, endlich ins Büro zu gehen, um meine Habseligkeiten zusammenzuräumen und so den Schlussstrich unter das Kapitel Kripo Hamburg zu ziehen.

Ich holte noch ein Einmachglas aus dem Keller, nahm meine beiden Kartons, und dann fuhr Holger mich in seinem Kastenwagen, den er damals noch hatte, zum Polizeipräsidium.

Im Büro war niemand. Schweigend begann ich meine Topfpflanzen in die Kartons zu packen: die Grünlilie, den Federfarn, den Ficus ... Ich packte meinen Duden ein, die Bürotasse und suchte meine Stifte zusammen. Als ich Goldie schon aus dem Wasser gefischt und in das Einmachglas gesetzt hatte, ging die Tür auf, und Strobel kam herein.

Ich merkte sofort, dass der Chef blendender Laune war. Sein Zorn von gestern Nacht hatte sich in Nichts aufgelöst. Stillvergnügt lächelte er vor sich hin. Er kam nämlich gerade vom Kriminaldirektor und hatte sich ein dickes Lob abgeholt, weil er neben seinen Ermittlungen zu der Messerstecherei, quasi im Vorbeigehen, den Fall Reiber gelöst hatte. Zufrieden baute er sich vor mir auf und strahlte mich versöhnlich an.

Da wusste ich: Strobel würde mir nicht kündigen. Der Alptraum war vorbei.

Ich war schrecklich erleichtert – einerseits. Aber andererseits sah ich nicht ein, dass ich mir wegen Strobel heulend die Nacht um die Ohren schlug und er am nächsten Morgen zur Tagesordnung überging, als sei nichts gewesen.

Ich sah ihm kalt in die Augen. Dann schob ich ihn stumm zur Seite und räumte weiter meinen Kram zusammen. »Ich war in der Klinik«, begann Strobel, »Herr Reiber wird durchkommen.« Ich packte meine Kaffeekanne in den Karton. »Den Garek haben sie an der holländischen Grenze festgenommen«, fuhr Strobel ungewöhnlich gesprächsselig fort und fügte dann fast schon wieder ein wenig ungeduldig hinzu: »Und jetzt kommen Sie! Drüben wartet Frau Reiber. Sie will ihre Aussage zu Protokoll geben.«

Das war alles? Mehr hatte der Chef nicht zu sagen? Ich war baff. Aber dann warf ich meinen gerechten Zorn über Bord. Ich war in Gnaden wieder aufgenommen, und das war für mich doch eigentlich die Hauptsache. Was kümmerte mich der Chef mit seinen Launen? Ich hatte meinen Job wieder: den spannendsten Sekretärinnenjob der Welt! Ich war wieder Tippse bei der Mord Zwo der Kripo Hamburg!

Aber ein kleiner Triumph blieb mir noch. »Wie sind Sie eigentlich darauf gekommen, dass Fritz Reiber der Mörder seines Sohnes ist?«, wollte Strobel noch wissen, ehe wir nach nebenan gingen.

»Amazonas«, antwortete ich knapp, »der Duft des tropischen Regenwaldes. Für Männer, die das Leben lieben.«

Man sah Strobel förmlich an, wie es in seinem Kopf ratterte und rauchte. Aber er verstand überhaupt nichts. Und so kam ich doch noch zu einer kleinen Rache.

Mittlerweile ist mir von Strobel noch etliche Male gekündigt worden, und nach wie vor bringt es mich völlig aus der Fassung. Wenn der Chef die Kündigung ausspricht, ist es ihm ernst – sehr ernst. Und ich weiß, dass ich ihm mit meinen Schnüffeleien sowieso ein Dorn im Auge bin. Na ja, bisher ist es noch immer gut gegangen.

Aber noch eins habe ich bei dieser Gelegenheit gelernt: Das Wort »Entschuldigung« ist im Sprachschatz von Eduard Strobel nicht vorhanden. Bis heute warte ich vergeblich darauf!

Nicht nur zur Weihnachtszeit ...

Eigentlich wollten Mutti und Frau Mauz heute Nachmittag einen Ausflug zum Schloss Lichtenstein unternehmen. Aber um halb eins wurde der Himmel plötzlich pechschwarz, und die Temperatur ist um fast zehn Grad gefallen. Dann ist ein Gewitter losgebrochen, und seither gießt es wie aus Eimern.

Mutti hat vorgeschlagen, dass sie und ich im Salon zusammen Kaffee trinken, da der Ausflug ja jetzt ausfallen musste. Es war eigentlich auch sehr nett.

Aber dann kam Frau Mauz vom Nachbarhotel herüber und nahm an unserem Tisch Platz. »Eine gute Idee, dass wir uns heute mal zum Handarbeiten treffen«, bemerkte sie und zog eine riesige Häkeldecke aus feinem weißem Garn aus ihrer Tasche. Offensichtlich hat Mutti sie nach dem Mittagessen angerufen und mit ihr einen gemeinsamen Handarbeitsnachmittag ausgemacht. »Bei dem Wetter kann man ja auch fast nichts anderes tun«, fuhr Frau Mauz fort und begann eifrig an dem riesigen Lappen herumzuhäkeln. »Selbst auf dem kurzen Weg hierher bin ich noch richtig nass geworden.«

Daraufhin packte auch Mutti ihre Wolle und die Stricknadeln aus – Stärke zwei. Sie strickt gerade an einem Pullover für Holger. Dabei hat sie sich für ein schrecklich kompliziertes Muster mit vier verschiedenen Farben entschieden. Weil sie auf der Rückseite die Fäden von vier Wollknäueln mitführen muss, wird der Pullover so dick, dass Holger damit einen Winter in der Arktis überstehen könnte. Weihnachten soll er fertig sein.

Ob Holger ihn in Südfrankreich überhaupt braucht? Immerhin liegt Marseille am Mittelmeer. Aber vielleicht hat Mutti ja recht, wenn sie behauptet: »Im Winter friert man auch am Mittelmeer.«

Jedenfalls ist meine ehemalige Handarbeitslehrerin von

Muttis Pullover begeistert. »Fast ein kleines Kunstwerk!«, hat sie Mutti gelobt. »Und ich verstehe etwas davon. Eigentlich unverständlich, dass Sie solch wunderhübsche Werke zaubern, während Ihre Tochter seinerzeit nicht mal den Hexenstich zustande gebracht hat.«

»Ich begreife das auch nicht«, hat Mutti ihr beigepflichtet. »Ich habe immer wieder versucht, ihr die Handarbeit nahe zu bringen. Aber Adelheid macht ja sowieso nie, was man ihr sagt.«

»Dabei hätte sie von Ihnen so viel lernen können!«, schmeichelte Frau Mauz Mutti. »Ich habe mir solche Mühe mit ihr gegeben, aber es war, als würde man auf Granit beißen. Weißt du noch, Adelheid?«, hat sie sich dann an mich gewandt.

Bis dahin hatte ich nur schweigend zugehört. Aber an dieser Stelle des Gespräches habe ich die Flucht angetreten. Ich wolle noch ein paar Karten schreiben, habe ich mich entschuldigt und das Weite gesucht. Ich hätte das Geplauder von Frau Mauz keine zehn Minuten länger ertragen, ohne ausfällig zu werden.

»Grüß alle von mir«, hat Mutti noch gemeint.

Jetzt habe ich mich auf die überdachte Terrasse des Hotels zurückgezogen. Bei diesem Gewitter bin ich hier ganz allein. Die Fußbandage zwickt ein bisschen, aber ich werde sie weiter tragen, damit Mutti nicht auf die Idee kommt, ich müsse wieder mit ihr und Frau Mauz auf Wanderschaft. Wer weiß, welches Ausflugsziel sie sich für morgen vornimmt …

Es ist recht kühl geworden. Aber Holger ist ja nicht der Einzige, der in den Genuss von Muttis Arktis-Pullovern kommt. Jedes Jahr Weihnachten liegt ein neuer Wollpullover für mich auf dem Gabentisch. Fürs Büro sind Muttis Strickwerke ja viel zu warm. Auch der, den ich jetzt übergezogen habe: einen hellblauen Shetlandpullover. Aber für Herbstgewitter am Albrand ist er wirklich zu gebrauchen!

Ich habe mir wieder ein Kännchen Kaffee mit herausgenommen. Und jetzt ist es fast gemütlich hier unter dem Terrassendach, während vor mir der Regen niederprasselt. Im Ort drüben leuchten die Lichter aus den Fenstern, denn die Wolken hängen so schwer vom Himmel, dass es, obwohl mitten am Tag, ganz dämmerig ist.

Mutti und ihre Strickwut! Meistens strickt sie an mehreren Pullovern gleichzeitig. Dabei hat sie es im Laufe der Zeit tatsächlich zu einer gewissen Meisterschaft gebracht. Hierin muss ich meiner Handarbeitslehrerin ausnahmsweise einmal zustimmen. Und eine Strickheftesammlung hat Mutti! Sie hat mittlerweile derart viel über das Thema Handarbeit gelesen! Ich denke manchmal, sie könnte die Hefte selber schreiben.

Und bei diesem Bankraub vor zwei Jahren war es ja eigentlich Mutti und ihrer Strickleidenschaft zu verdanken, dass ich den Fall lösen konnte.

Das war, als Holger gerade mal wieder einen von seinen zahlreichen Aushilfsjobs an den Nagel gehängt hatte. »Die Nachtwachen an der Pforte des Elisabeth-Krankenhauses gehen völlig gegen meinen Bio-Rhythmus«, hat er Mutti und mir erklärt. »Außerdem: Menschen, die nachts nicht schlafen, altern schneller. Und drittens will ich sowieso nicht Pförtner werden.«

»Sondern?«, fragte ich zurück.

Holger blies die Backen auf. »Och, irgendwas mit schnellen Autos vielleicht ... oder Reiseleiter ...«

»Das Problem ist, dass du dir überhaupt keine Gedanken machst«, hielt ich ihm vor. »Wie lange hast du jetzt das Abi? Acht Monate? Und es ist nichts passiert.«

»Das ist eben die Orientierungsphase«, meinte Holger. »Aber du, sorry, ich bin noch verabredet.« Damit zog er sich die Jacke über. Mutti drückte ihm noch ein paar Geldscheine in die Hand, und weg war er.

Ich sah ihm sprachlos hinterher. Seit ich ihn damals bei Eugen einquartiert hatte, hatte sich nichts verändert. Und Mutti tat ihr Bestes, um ihn in seiner Trägheit noch zu unterstützen.

»Du bist viel zu streng mit Holger«, warf Mutti mir vor, als die Tür ins Schloss gefallen war. »Der Junge hat doch Recht: Er muss sich orientieren, und nachts schläft ein ordentlicher Mensch.«

Ich nickte finster. »Der Ansicht bin ich allerdings auch.« Im Stillen nahm ich mir vor, etwas zu unternehmen: Wenn mein Sohn nicht in der Lage war, sich einen Ausbildungsplatz zu besorgen, dann würde ich das eben für ihn erledigen. Und was lag näher, als einfach ins Personalbüro des Polizeipräsidiums zu gehen und Holgers Unterlagen dort abzugeben? Polizist ist doch ein schöner Beruf!

Holger bekam tatsächlich eine Einladung zum Vorstellungsgespräch. Das Problem war bloß: Er wusste von nichts. Und jetzt hatte ich die schwierige Aufgabe, meinem Sohn klarzumachen, dass er für den Polizeiberuf wie geschaffen sei. Der Tag des Vorstellungsgesprächs rückte näher und näher. Mal hatte ich keine Zeit, mit ihm zu reden, mal war Holger nicht da ... So kam es, dass er auch jetzt, 24 Stunden vorher, noch keine Ahnung hatte, dass er am nächsten Morgen um acht zu einem wichtigen Termin ins Polizeipräsidium geladen war.

Natürlich blieb Holgers Platz auch an diesem Morgen beim Frühstück leer. So war diese Gelegenheit ebenfalls verpasst. Und um halb neun musste ich ja ins Büro. Weil heute Morgen mal wieder alle ausgeflogen waren, hatte ich genügend Zeit, mir zu überlegen, wie ich Holger auf sein Vorstellungsgespräch vorbereiten sollte. Und dann kam ich auf die beste und einfachste Lösung. Wieso blieb es eigentlich an mir hängen, Holger davon zu überzeugen, dass Polizist ein attraktiver Beruf war? Das konnte sein Vater doch viel besser, der war ja schließlich bei der Streife!

Sehr zufrieden mit dieser Lösung, begann ich die Korrespondenz zu erledigen.

»Strobel noch nicht da?« Dr. Heimeran riss zackig die Tür auf. Ich schüttelte den Kopf. Er legte einen braunen Umschlag auf meinen Schreibtisch. »Reichen Sie das an Schubert weiter! Schönen guten Tag noch, Frau Möbius!« Er entschwand mit wehenden Rockschößen.

Dr. Heimeran hatte erst wenige Wochen zuvor seine Stelle als Kriminaldirektor am Polizeipräsidium angetreten. Seither pfiff Strobel der Wind etwas schärfer um die Ohren als unter Heimerans Vorgänger. »Disziplin, Strobel!« Mit diesem Schlachtruf stürmte Heimeran regelmäßig in dessen Büro.

Das Wort »Disziplin!« hat Strobel freudig aufgegriffen, um es als Munition gegen Schubert und Pohl einzusetzen. Aber darüber hinaus sind er und Dr. Heimeran nie richtige Freunde geworden. Die beiden sind einfach zu verschieden: Strobel mit seiner generösen Schlampigkeit muss Dr. Heimeran einfach ein Dorn im Auge sein – angefangen bei Strobels Schubladen mit den gammligen Bananen und den abgelaufenen Joghurtvorräten über seinen ständig verknitterten Anzug, die ewig schief sitzende Krawatte bis hin zu seinem lauten Auftreten gegenüber Vorgesetzten und Besserverdienenden jeder Art.

Heimeran dagegen ist ganz Gentleman. Gute zehn Jahre jünger als Strobel, bringt er geradezu preußischen Schneid ins Präsidium – nicht immer zum Vorteil der laufenden Ermittlungen. Alles, was Strobel fehlt, das hat Heimeran. Seine Anzüge, fast immer Maßanfertigungen, sitzen perfekt. Im Gegensatz zu Strobel ist Dr. Heimeran noch nie unrasiert zum Dienst erschienen.

Und noch etwas besitzt Heimeran, das Strobel abgeht: Heimeran hat beste Kontakte zu den Hamburger Politgrößen, den Stars und Sternchen der Show- und Medienbranche und zu allen, die in der Finanzwelt der Freien Hansestadt Rang und Namen haben. Auch das war nicht immer zum Vorteil der laufenden Ermittlungen der Mord Zwo.

Endlich, kurz nach elf, kam Strobel mit Schubert zurück, unter dem Arm eine große Tüte mit Schneckennudeln. Bester Laune warf er mir drei Tonkassetten auf den Schreibtisch, ging mit Schubert in sein Büro und schloss die Tür hinter sich. »Eine Schneckennudel, lieber Herr Schubert?«, hörte ich Strobels lauten Bass von nebenan. Ich setzte die Kopfhörer auf, legte die erste der drei Kassetten ein und begann die Verhörprotokolle in den Computer zu tippen.

Diesmal ging es um einen Banküberfall mit einem Toten. Am Vormittag hatte ein maskierter Mann das Bankhaus Unger überfallen. Seine Maske bestand aus einem schwarzen Damenstrumpf, den er sich über den Kopf gezogen hatte. Mit vorgehaltener Pistole zwang er die Kassiererin, Frau Simon, ihm das Geld zusammenzupacken. Und dann erst, als die Angestellte ihm bereits das Geld ausgehändigt hatte, erschoss der Räuber den Kreditsachbearbeiter Richard Simon, der unglücklicherweise in diesem Moment vom Keller in den Schalterraum hochkam. Daraufhin war er mit der Beute geflüchtet.

Ich legte die nächste Kassette ein und wollte eben weitertippen, da fiel mein Blick aufs Aquarium. Goldie ging es schlecht. Das sah ich genau. Er guckte so traurig. Außerdem versteckte er sich schon seit Tagen in seiner Plastikburg, wo er sich sonst nur nachts aufhielt. Ich setzte den Kopfhörer ab, hockte mich vor das Aquarium und sah Goldie in die Augen. »Was hast du denn bloß?«, fragte ich ihn besorgt. Der Fisch klappte traurig den Mund auf und zu.

Da kam Pohl ins Büro gestürmt. »Morgen, Frau Möbius«, begrüßte er mich und stellte ein Radio auf meinem Schreibtisch ab. »Haben Sie eine Ahnung, wozu der Chef mein Kofferradio braucht?«

Ich setzte mich wieder an den Schreibtisch. »Keine Ahnung. Der Chef ist geradezu widerlich gut gelaunt.«

»Oh Gott!«, entfuhr es Pohl.

»Und er hat Schubert eine Schneckennudel spendiert.«

Pohl wurde bleich. »Eine Schneckennudel«, wiederholte er tonlos.

Wenn der Chef nämlich jetzt schon, kurz nach der ersten Ermittlung, diese Siegerlaune hatte, dann war das meistens ein sicheres Anzeichen dafür, dass er sich mal wieder völlig verrannt hatte.

Unschlüssig blieb Pohl vor meinem Schreibtisch stehen. Ich griff nach dem Kopfhörer, um die Vernehmung der Kassiererin zu Ende abzutippen, da wurde die Tür aufgerissen, und Strobel kam aus seinem Büro gestiefelt.

»Pohl! Wo bleiben Sie denn? Kommen Sie! Nehmen Sie sich eine von den Schneckennudeln, und die gute Frau Möbius braut uns noch einen Pott Kaffee dazu.«

»Keiner mehr da«, bremste ich ihn.

»Na, dann besorgen Sie welchen!«, strahlte Strobel mich an. »Und zwar umgehend, wenn ich bitten darf!«

»Die Kaffeekasse ist leer«, erwiderte ich kühl. »Und ich denke nicht daran, immer aus meiner Tasche Nachschub zu beschaffen.«

»Schubert!«, rief der Chef in sein Büro rüber. »Geben Sie Frau Möbius zwanzig Mark!«

Schubert erschien schlecht gelaunt im Türrahmen. »Ich?«, beschwerte er sich. »Wie komme ich dazu?«

»Weil das ein dienstlicher Befehl ist, Herr Schubert«, erklärte Strobel ihm und verschwand wieder in seinem Büro.

Schubert zog sein Portemonnaie aus der Gesäßtasche und blätterte mir zwanzig Mark auf den Schreibtisch. »Ich will aber eine Quittung!«, nörgelte er. »Und suchen Sie mir einen Zug raus: Intercity nach Wiesbaden, heute Abend nach Dienstschluss.«

Aber ich sah überhaupt nicht ein, dass ich nicht nur für Strobel, sondern jetzt auch noch für Schubert den Lakaien machen sollte. Wortlos griff ich in meine Schublade und hielt ihm das Kursbuch der Bahn unter die Nase. »Gucken Sie einfach unter W wie Wiesbaden«, schlug ich vor.

Schubert zog ein Gesicht, aber dann nahm er das Kursbuch und begann darin zu blättern. Plötzlich stand Strobel in der Tür. »Wiesbaden?«, wiederholte er perplex.

»Morgen beginnt mein Fortbildungskurs«, erklärte Schubert beschäftigt. »Elektronische Rasterfahndung und internationale Kooperation.« Ganz in das Kursbuch vertieft, ging er wieder nach nebenan.

Strobel baute sich vor meinem Schreibtisch auf. Seine gute Laune hatte einen empfindlichen Dämpfer erhalten. »Wer hat das veranlasst?«, fragte er mit gefährlich gesenkter Stimme.

Ich sah zu ihm auf. »Sie!«

»Ich?«, fragte Strobel entrüstet zurück. »Ich habe mich selbst für den Kurs angemeldet, und zwar schon vor zwei Jahren! Und mich erst vor einer Woche schriftlich ...«, er stach nachdrücklich mit dem Zeigefinger in die Luft, »schriftlich bei Dr. Heimeran beschwert, dass ich immer noch keinen positiven Bescheid erhalten habe.«

»Eben!«, sagte ich. »Deshalb schickt Dr. Heimeran jetzt Kommissar Schubert!«

Strobel riss erstaunt die Augen auf. »Hä?«, fragte er zurück.

Ich hatte es Strobel ja gleich gesagt. Er hatte mir nämlich vergangene Woche im Überschwang seiner Entrüstung in etwa Folgendes für Dr. Heimeran in den Computer diktiert: »... finde ich es eine Schlamperei sondergleichen, wenn Anträge auf Fortbildung zwei Jahre zur Bearbeitung benötigen ... etc., etc.« So ging das über eine ganze Seite.

»Mit derartigen Beschwerdebriefen macht man sich an höherer Stelle eben nicht sonderlich beliebt«, erklärte ich Strobel. »Und deswegen fährt jetzt Schubert nach Wiesbaden.«

Strobel kniff seine wasserblauen Augen zu kleinen Schlitzen zusammen. »Das werden wir ja sehen!«, sagte er dumpf, marschierte in sein Büro und schlug die Tür hinter sich zu.

Wenig später dröhnte plötzlich Tschaikowskys »Nussknackersuite« aus dem Nebenzimmer. Von Strobel war ich ja einiges gewöhnt. Aber dass er sein Büro mit Musik beschallte, und dann auch noch in Orchesterlautstärke? Zum Glück waren die Zeugenaussagen jetzt fertig abgetippt, denn sogar in meinem Büro war die Musik noch so laut, dass ich kaum verstand, was auf dem Tonband gesprochen wurde. Eilig druckte ich die Protokolle aus. Die Aussage der Kassiererin Helga Simon, der Ehefrau des ermordeten Richard Simon, hatte ein interessantes Detail zum Vorschein gebracht. Darüber musste ich mich einfach mit Strobel unterhalten. Ich nahm die Ausdrucke und ging in Strobels Büro.

Die Kollegen fuhren erschreckt herum, als ich hereinkam, denn bei dem Lärm hatten sie mein Klopfen natürlich nicht gehört. »Können Sie Ihren Dudelkasten vielleicht etwas leiser stellen?«, schlug ich Pohl vor.

»Das ist Rachmaninow«, rief Pohl über den Lärm hinweg.

Strobel grabschte mir die Zeugenaussagen aus der Hand.

»Man versteht ja sein eigenes Wort nicht«, beschwerte ich mich.

»Eben«, grinste Strobel mir zu, »eben.«

Da ahnte ich, was hinter Strobels plötzlicher Musikbegeisterung steckte: Er missbrauchte die »Nussknackersuite« als Schalldämpfer, damit ich in meinem Büro nichts von den Gesprächen mitbekam, die hier geführt wurden. Wenn ich mich vor Strobels Tür stelle, kann ich nämlich jedes Wort verstehen, das im Büro geredet wird. Aber meistens ist das gar nicht nötig, weil Strobels Bass so laut ist, dass ich ihn mühelos auch vom Schreibtisch aus hören kann.

Strobel wartete ungeduldig, dass ich das Zimmer wieder verließ. Aber ich musste noch etwas loswerden. »Bei der Zeugenaussage von Helga Simon ist mir etwas aufgefallen«, rief ich gegen die Musik an. »Lesen Sie doch noch mal den letzten Abschnitt vor, nach dem Überfall. Daraus geht eindeutig hervor, warum der Täter einen so großen Vorsprung hatte ...«

»Frau Möbius!«, unterbrach Strobel mich ungeduldig.

»Sie ist nämlich zu ihrem tödlich getroffenen Mann gegangen und hat erst dann den Alarm ausgelöst«, fuhr ich unbeirrt fort. »Ich dachte, da ist doch ...«

»Frau Möbius!« Jetzt klang der Chef schon sehr missmutig. »Wo bleibt der Kaffee?«

»Ich habe doch gesagt, es ist keiner mehr da!«, entgegnete ich.

»Dann besorgen Sie welchen! Oder muss ich hier alles allein machen?«, pampte der Chef.

Da hatte ich die Nase voll. Ich wollte doch nur helfen

und wurde hier die ganze Zeit bloß abgekanzelt. »Und außerdem ist das nicht Rachmaninow, sondern Tschaikowsky«, warf ich den Kollegen noch hin, ehe ich die Tür hinter mir zuschlug.

Kaffeekaufen steht nicht in meinem Einstellungsvertrag, überlegte ich wütend. Ich lauschte an der Tür. Aber diesmal war wirklich nichts zu verstehen. Die Radiomusik war einfach zu laut. Ich bekam nur mit, dass die Herren sich über irgendetwas stritten. Ich hörte das Wort »Schneckennudel«. Da konnte ich genauso gut Kaffee holen gehen. Ich entschied mich, bei den Kollegen von der Sitte welchen zu borgen, denn ich wollte nicht allzu lange aus dem Büro weg. Vielleicht bekam ich dann doch noch mit, wie Strobel den aktuellen Fall beurteilte.

Möglicherweise gab es ja einen triftigen Grund dafür, dass er meine Beobachtung so leichthin abgetan hatte, weil Frau Simon bei dem Überfall zum Beispiel an einer Stelle gestanden hatte, an der kein Alarmknopf direkt zugänglich war – was für den Schalterraum einer Bank allerdings unwahrscheinlich war.

Aber viel wahrscheinlicher war, dass Strobel mich nur deswegen abgewimmelt hatte, weil er mich mal wieder von den Ermittlungen ausschließen wollte.

Als ich mit meinem geliehenen Kaffee ins Büro zurückkam, waren die Kollegen gerade im Aufbruch begriffen. Das war typisch. Mich schickt man los, um Kaffee zu holen, und in Wirklichkeit ist das nur ein dummer Vorwand, um mich loszuwerden.

»Wohin gehen Sie denn?«, versuchte ich den Chef auszuhorchen. »Ich muss das ja wissen, falls jemand nach Ihnen fragt.«

Strobel drehte sich breit grinsend zu mir. »Sagen Sie ihm, er soll Weihnachten wieder vorbeischauen«, kicherte er albern. Er hielt das anscheinend für einen guten Witz.

Damit verschwand er aus der Tür. Schubert und Pohl dackelten hinterher.

Wütend stellte ich die Tasse mit dem Kaffeepulver neben der Kaffeemaschine ab. Ich würde auch allein rauskriegen, in welcher Richtung der Chef gerade ermittelte!

Ich ging in Pohls Büro, stellte seinen Computer an und zog die Seite hoch, an der Pohl zuletzt gearbeitet hatte. Und dann hatte ich die Information, die der Chef mit Tschaikowsky übertönt hatte. Der Computer zeigte mir die Polizeiakte von Helmut Konopka. Vor vier Jahren war Konopka wegen eines Banküberfalls in Eppendorf verurteilt worden. Erst seit zwei Wochen war er aus dem Gefängnis entlassen. Die Kreise, in denen Konopka verkehrte, gehörten zur Hamburger Unterwelt.

Wie kam Strobel aber ausgerechnet auf den kahlköpfigen Konopka? Banküberfälle gab es doch zuhauf! Die einzige Gemeinsamkeit zwischen den beiden Überfällen bestand darin, dass die Täter sich jeweils eine Damenstrumpfhose über den Kopf gezogen hatten. Aber sonst sah ich keine Parallelen. Ich beschloss, mir selbst ein Bild vom Tatort zu machen. Vielleicht kam ich dann dem Geheimnis mit dem Alarmknopf auf die Spur.

In dem Moment rief Dr. Heimeran an. Er wollte Strobel sprechen. Als ich ihm zu erklären begann, dass dieser in dringenden Ermittlungen unterwegs sei, schnitt er mir unwillig das Wort ab. »Herrn Strobel fehlt einfach die Basis einer Spitzenkraft«, ärgerte er sich. »Zeitmanagement, Organisation, Ordnung und Disziplin! Dann können Sie mir sicher auch nicht sagen, wann unser Herr Strobel zurückkommt?«

»Nein, das weiß ich nicht«, entgegnete ich.

»Und ich hatte es auch nicht anders erwartet«, blaffte Heimeran und wollte eben zu einer Schimpfkanonade anheben, da unterbrach ich ihn. Denn Dr. Heimeran war mit seiner Wut bei mir sowieso an der falschen Adresse.

»Der Herr Hauptkommissar meint, Sie sollten es Weihnachten noch mal versuchen«, kürzte ich deswegen das unerfreuliche Gespräch ab.

»Was ... was ... Soll das ein Scherz sein?« Heimeran schnappte nach Luft.

»Das waren exakt seine Worte«, gab ich knapp zurück.

»Also, das ist doch ...«, fistelte Heimeran ungläubig in den Hörer. »Richten Sie Herrn Strobel bitte von mir aus, dass ich nicht länger gewillt bin, seine Disziplinlosigkeit zu dulden. Er möchte bitte in allernächster Zukunft in meinem Büro erscheinen – und zwar noch vor Weihnachten!«

Ein wenig betreten legte ich auf. Ich hatte mir schon gedacht, dass Strobels Witze bei Dr. Heimeran ganz schlecht ankamen. Wenn mich nicht alles täuschte, stand Strobel ziemlicher Ärger bevor. Aber dann beschloss ich, dass das nicht mein Problem war. Strobel scherte sich schließlich auch nicht darum, was er mir alles auflud. Jetzt musste er seine lockeren Sprüche eben mal selbst ausbaden.

Manchmal ist es gut, wenn man einen Polizisten zum Exmann hat. Wie oft schon hat man mich nur wegen Eugens Polizeiuniform zum Tatort vorgelassen. Offiziell bin ich ja nun mal die Tippse, nicht ermittelnde Beamtin, und niemand ist mir irgendeine Auskunft schuldig.

Zum Glück war Eugen auch diesmal sofort bereit, mit mir zur Bank zu fahren. Natürlich konnte ich ihm nicht sagen, was ich dort eigentlich wollte, aber Eugen fragte auch gar nicht erst lange. Er fährt ja sowieso mit seinem Streifenwagen durch die Stadt. Ob er mich da nun mitnimmt oder nicht, das macht für ihn keinen großen Unterschied.

Ich nutzte die Fahrt zur Bank, um das Problem mit Holger anzusprechen. »Du solltest dir heute Abend besser nichts vornehmen«, begann ich.

Eugen fuhr strahlend zu mir herum. »Für dich nehme ich mir immer Zeit, Adelheid.«

»Es ist grün«, bemerkte ich kurz. »Es geht nicht um mich, es geht um deinen Sohn.« Da war Eugen nicht mehr so begeistert. »Dein Sohn hat mal wieder seinen Job hingeschmissen und spielt bei Oma den Frührentner«, erklärte ich meinem Exmann. »So geht das nicht weiter.«

»Was in dieser Familie fehlt, ist ein Mann, der ab und zu ordentlich auf den Tisch haut«, machte Eugen einen Vorstoß.

»Genau«, nickte ich. »Und deswegen wirst du Holger klarmachen, dass ich ihn auf der Polizeischule angemeldet habe.«

»Was?« Eugen fuhr an den Straßenrand und stieg hart auf die Bremse. Hier konnten wir gut stehen bleiben, denn bis zur Bank waren es nur noch ein paar Schritte.

»Morgen soll er sich vorstellen: acht Uhr, Zimmer 312«, erklärte ich und stieg aus.

Eugen beeilte sich hinterherzukommen. »Holger! Polizist!«, stieß er fassungslos aus. »Wie stellst du dir das vor?«

Ich spähte durch das hinuntergelassene Eingangsgitter der Bank. »Er soll sich die Haare schneiden und sich eine von deinen Krawatten umbinden«, entgegnete ich.

»Das tust du gefälligst selber!«, winkte Eugen ab.

Aber das Thema war für mich erledigt. »Es ist jemand in der Schalterhalle«, stellte ich zufrieden fest.

Erst jetzt dämmerte es Eugen, wieso ich ausgerechnet zur Unger-Bank wollte. »Adelheid, das ist ein Tatort«, hielt er mir vor. »Was willst du hier? Das ist gegen jede nur erdenkliche Dienstvorschrift!«

Ehe Eugen noch weitere Argumente einfielen, wieso wir hier nichts verloren hatten, läutete ich. Die Dame in der Schalterhalle sah auf. Als sie Eugens Uniform bemerkte, kam sie sofort an die Tür, öffnete das Gitter und ließ uns herein.

»Möbius, Kriminalpolizei«, stellte ich mich vor. »Sind Sie Frau Simon?«

Die Angestellte nickte. Aber dann wehrte sie ab: »Ich habe Ihnen doch schon alles erzählt.«

»Ich habe das Protokoll gelesen und wollte mir nur selbst ein Bild machen«, antwortete ich. Eugen hielt sich unbehaglich im Hintergrund.

Auf dem Boden vor dem linken Kundenschalter sah ich die Umrisse der Leiche, die die Kollegen von der Spurensicherung mit Kreidestrichen aufgezeichnet hatten, ehe das Opfer abtransportiert worden war. »Tragisch, das mit Ihrem Mann«, sprach ich mein Beileid aus. Auf meine Anteilnahme am Tod ihres Mannes reagierte Frau Simon mehr als gelassen. Sie nickte nur kurz, während sie den Türschlüssel zurück in ihre Handtasche steckte, die auf dem Schalter lag. Sie stand jetzt genau in dem Umriss, den die Kollegen heute Morgen gezogen hatten – und merkte es nicht mal!

»Und dass man Sie nicht mal nach Hause geschickt hat«, sagte Eugen voller Mitgefühl zu der Witwe.

»Man hat mich gebeten, noch die Abrechnung zu machen und die exakte Feststellung des Schadens«, erwiderte Frau Simon schulterzuckend. »Außerdem ... na ja, mein Mann und ich lebten seit anderthalb Jahren getrennt. Mein Schmerz hält sich in Grenzen. Er ... Ich will nicht schlecht über ihn reden, jetzt, wo er ...« Sie stockte.

Bei so viel Kaltschnäuzigkeit blieb sogar mir kurz die Spucke weg. Immerhin war Herr Simon noch keine fünf

Stunden tot! »Auf welche Zahlen sind Sie denn bei Ihren Abrechnungen gekommen?«, kam ich dann auf den Überfall zu sprechen. »Wie viel hat der Bankräuber wirklich erbeutet?«

»Zweihunderttausend«, antwortete Frau Simon.

»Ist das nicht etwas ungewöhnlich, so viel Bargeld im Schalterraum vorrätig zu haben?« wunderte ich mich.

»Normalerweise haben wir höchstens fünfzigtausend in der Kasse«, bestätigte Frau Simon. »Aber wir hatten eine große Summe für einen Kunden zur Abholung bereitgestellt, wegen eines Bargeschäfts mit Nahost.«

»Kann ich mal den Knopf sehen, mit dem Sie den Alarm ausgelöst haben?«, bat ich Frau Simon. Sie stellte sich hinter den Tresen, etwa an die Stelle, an der sie am Morgen, laut Protokoll, die Kunden bedient hatte, und wies auf den Knopf. Er war einige Meter vom Tresendurchgang entfernt unterhalb der Arbeitsplatte, sodass sie bei dem Überfall bequem und unauffällig den Alarm hätte auslösen können.

Darüber hinaus gebe es noch einen Alarmknopf beim Filialleiter, erklärte Frau Simon. Alles in allem war sie wenig auskunftsfreudig, deswegen verabschiedeten wir uns bald. Frau Simon wirkte recht erleichtert, als sie das Gitter wieder hinter uns schloss.

Als Eugen und ich zum Polizeiwagen zurückgingen, platzte ich aufgeregt heraus: »Wie ich es mir gedacht hatte! Hast du gesehen, Eugen? Als Frau Simon an dem Platz stand, von dem aus man die Kunden bedient, da hätte sie mit der rechten Hand bequem den Alarmknopf erreichen können. Aber was tut Frau Simon, als der Bankräuber hinausrennt? Sie läuft zuerst um den Kundentresen herum zu ihrem Mann: mindestens sieben Meter!«

Eugen konnte an Frau Simons Verhalten nichts Besonderes finden. »Wenn ich angeschossen worden wäre, dann würdest du dich doch auch zuerst um mich kümmern, bevor du Alarm schlägst, oder?« Mit abwartender Miene sah er mich über das Dach des Streifenwagens hinweg an.

»Doch nicht, wenn ich, wie Frau und Herr Simon, schon jahrelang getrennt lebe«, hielt ich dagegen.

Eugen war zutiefst beleidigt. »Du würdest mich einfach verbluten lassen! Logisch!«, stellte er fest.

»Mit dem Fuß in den Umriss deiner Leiche treten würde ich jedenfalls nicht«, versuchte ich ihn zu beschwichtigen.

»Wer's glaubt«, erwiderte Eugen bitter. »Meine Gefühle trittst du ja auch immer mit Füßen!«

Zum Mittagessen lud ich Eugen in die Kantine ein. Er war immer noch gekränkt und infolgedessen ziemlich wortkarg. Eugens traurig-beleidigter Blick erinnerte mich wieder an Goldies schlechten Zustand. Ich wurde richtig nervös, wenn ich an den betrübten Blick meines kleinen Fisches dachte.

Mein erster Weg nach dem Mittagessen führte mich zu Dr. Dochnal in der Gerichtsmedizin, weil ich wegen Goldie dringend seinen Rat brauchte. Neuerdings traute er sich nicht mehr, mich hochkant aus seinem Labor zu werfen – obwohl ich dort offiziell immer noch nichts verloren habe. Beim letzten Polizeiball hatten wir nämlich einige Gemeinsamkeiten entdeckt: Auch Dr. Dochnal spielt in seiner Freizeit gern Klavier, er isst für sein Leben gern Labskaus, und er stammt, so wie ich, aus Klein-Flottbeck.

Dr. Dochnal entfernte gerade das Projektil aus der Leiche von Richard Simon und legte es in einer Nierenschale ab.

»Neun Millimeter«, stellte ich fest.

»Durch die Brieftasche direkt ins Herz«, ergänzte er mit einer gewissen Anerkennung in der Stimme. »Was führt Sie zu mir?«

»Goldie«, entgegnete ich.

»Bitte, Frau Möbius, nicht schon wieder!«, wehrte Dr. Dochnal sofort ab. Erst kürzlich war ich nämlich mit einem toten Goldfisch bei ihm gewesen mit der dringenden Bitte, die Todesursache festzustellen. Dass Goldie in seinem Alter eines natürlichen Todes gestorben sein sollte, konnte ich mir einfach nicht vorstellen. Und dann hatte sich herausgestellt, dass Strobel sich den Scherz erlaubt hatte, Goldie durch ein totes Exemplar seiner Gattung auszutauschen. Von Fischen, jedenfalls solange sie nicht gekocht oder gegrillt waren, hatte Dr. Dochnal deswegen einstweilen genug.

Aber ich blieb hartnäckig. »Er frisst nicht, er schwimmt nicht. Er sitzt nur in seiner Burg und macht traurige Augen.«

»Wenn ich Goldfisch in Kommissar Strobels Saustall wäre, würde ich auch traurige Augen machen«, spöttelte Dochnal und spülte das Projektil am Waschbecken ab.

»Können Sie ihn sich nicht wenigstens mal anschauen?«, verlegte ich mich aufs Bitten. »Nur ganz kurz!«

Dochnal drehte sich zu mir herum, in der einen Hand die Pinzette mit der Kugel, in der anderen die Schale, und bemerkte unbarmherzig: »Ich bin Pathologe, Frau Möbius. Bringen Sie mir Ihren Fisch, wenn er krepiert ist. Dann kann ich Ihnen eventuell sagen, woran er gestorben ist – solange es organisch ist.«

Ich merkte auf. »Sie meinen, es ist vielleicht gar nicht organisch, sondern psychisch?«

Der Doktor zuckte die Achseln. »Ich bin zwar kein hinterindischer Zierfisch, aber wenn man mich mit drei Gummibäumen und einer Plastikruine in ein Zimmer sperren würde, dann würde ich auch irgendwann die Flossen hängen lassen.«

Dr. Dochnal ahnte ja gar nicht, welche Freude er mir mit seiner flappsigen Diagnose gemacht hatte! Goldie würde nicht sterben! Er konnte gerettet werden!

»Kaufen Sie noch einen Fisch! Geteiltes Leid ist halbes Leid«, empfahl Dochnal geistesabwesend und beäugte das Projektil gründlicher. »Das ist eine Premiere«, murmelte er erfreut. »Mitten ins Herz! Bei einem Banküberfall! Gewöhnlich ballern die nur so rum, dass die Fetzen fliegen. Wer auch immer das war: saubere Arbeit! Ein Profi!«

Erleichtert ließ ich Dr. Dochnal mit dem Projektil und seiner Leiche allein. Gleich am Wochenende würde ich Goldie in der Zoohandlung einen kleinen Freund kaufen. Wir würden seine Depression schon in den Griff bekommen!

Ich sitze gemütlich in Bad Urach auf der Hotelterrasse und frage mich, wie es Goldie geht. Am besten rufe ich mal im Büro an.

Alles in bester Ordnung. Goldie geht es prima – behauptet Pohl. Das kann ich mir nicht ganz vorstellen. Goldie wird mich doch bestimmt vermissen! Im Augenblick hat Pohl seine Pflege übernommen, denn Schubert fehlt schon wieder seit Montag: grippaler Infekt.

Natürlich habe ich bei dieser Gelegenheit versucht, Pohl ein bisschen auszuhorchen, an welchem Fall die Mord Zwo gerade arbeitet. »Seit Sie weg sind, haben Hamburgs Verbrecher quasi eine Pause eingelegt«, wollte er mir weismachen.

Für wie dumm hält Pohl mich? Doch was soll's? Von Bad Urach aus kann ich sowieso nicht bei den Ermittlungen der Hamburger Mordkommission mitmischen. Aber interessieren würde es mich schon, womit die Kollegen gerade beschäftigt sind! Wenn sie mal bloß nicht wieder irgendwelche unschuldigen Exsträflinge verhaften, wie damals den unglücklichen Helmut Konopka.

Während ich nämlich im Fall des ermordeten Richard Simon in der Unger-Bank gewesen war und wegen Goldie bei Dr. Dochnal, hatten Strobel, Pohl und Schubert ganze Arbeit geleistet. Bis an die Zähne bewaffnet, hatten sie Helmut Konopka im Schrebergarten seiner Freundin Elvira aufgespürt, wo er gerade dabei gewesen war, ein neues Radieschenbeet anzulegen. Zu dritt haben sie ihn überwältigt, ihm die Handschellen angelegt, ihn ins Polizeiauto verfrachtet und ihre »Beute« mit Blaulicht ins Präsidium gefahren. Konopka wusste gar nicht, wie ihm geschah, so schnell ging das alles. Und vor allem wusste er nicht, was dieser mysteriöse Bankraub, von dem Strobel die ganze Zeit faselte, mit ihm zu tun haben sollte. So hat es mir jedenfalls später Elvira erzählt.

Als ich, noch völlig ahnungslos, ins Büro zurückkam, traf ich auf Strobel. »Schon zurück?«, stichelte ich. »Ich habe nicht vor Weihnachten mit Ihnen gerechnet.«

»Sehr witzig«, gab Strobel zurück. »Und wenn wir alle genug gelacht haben, dann entfernen Sie bitte diesen Scherz von meinem Tisch.«

Scherz? Ich forschte in meinem Gedächtnis, aber ich war mir keiner Schuld bewusst.

Ich wusste ja gar nichts von dem Weihnachtsbaum, der Strobel bei seiner Rückkehr auf seinem Schreibtisch entgegenprangte. Denn diesmal war ich wirklich unschuldig.

Der Chef sprach plötzlich ganz leise. »Aber vorher rufen Sie die Veranstalter in Wiesbaden an und teilen ihnen mit, dass der Kursteilnehmer Schubert leider verhindert ist, wegen eines Bazillus oder so.«

Ich sollte Schubert seine Fortbildung vermasseln? »Das tun Sie gefälligst selber, Chef«, weigerte ich mich.

»Geht doch nicht!«, flüsterte Strobel. »Das sieht doch so aus, als würde ich dem Kollegen Schubert seinen zweiwöchigen Aufenthalt in Wiesbaden, Logis und Kost frei plus 36 Mark Spesen und einen Gutschein fürs Spielcasino, nicht gönnen.«

»Sie sind gelb vor Neid«, stellte ich spöttisch fest.

»Pah!«, lachte Strobel auf. »Was will ich mit elektronischer Rasterfahndung?! Geben Sie mir zwei tüchtige Leute, und ich finde jeden!«

»Zum Beispiel Helmut Konopka?«, ergänzte ich.

Strobel blieb der Mund offen stehen. Er konnte sich natürlich nicht erklären, woher ich das schon wieder wusste. Er hatte Konopka ja heimlich in sein Büro geschleust, als ich noch in der Mittagspause gewesen war. »Ich habe keinen blassen Schimmer, wovon Sie reden«, verlegte er sich aufs Leugnen.

»Ach, übrigens, Dr. Heimeran wollte Sie sprechen«, versetzte ich ihm den nächsten Schlag. »Er versucht es Weihnachten noch mal.«

Strobel erstarrte. Ich konnte förmlich sehen, wie es in seinem Gehirn arbeitete. Dann fiel der Groschen: Weihnachten! Der Weihnachtsbaum! »Wie können Sie mir das antun, Frau Möbius?«, beschwerte er sich. »Und ausgerechnet, wenn der Heimeran nach mir fragt!«

»Ich habe eben Disziplin bewiesen und Ihre ausdrückliche Anordnung befolgt.« Ich konnte ein Grinsen nicht unterdrücken.

Besorgt fuhr sich Strobel durch die struppigen Haare. »Frau Möbius! Ich hätte von Ihnen wirklich mehr Loyalität erwartet.«

»Loyalität!« Entrüstet griff ich das Stichwort auf. »Sie haben es nötig! Ich sage nur: Geheimsitzung! Tschaikowsky ... Überhaupt diese ganze Heimlichtuerei! Ist das etwa loyal?«

Pohl, der eben mit einem Videorekorder das Büro betrat, beendete unsere Diskussion.

»Jetzt aber schnell, Frau Möbius«, schickte Strobel mich los. »Holen Sie bei der Spurensicherung das Video von der Bank.« Damit verschwand er in seinem Büro, um sich wieder seinem Verdächtigen zu widmen.

Profis unter sich

Mutti trinkt noch einen Cocktail an der Bar mit Herrn Middeltrop, der heute Abend unser Tischnachbar war. Ich habe mich lieber mit einem guten Württemberger Wein aufs Zimmer zurückgezogen. Da störe ich Mutti nicht, wenn sie mit Herrn Middeltrop herumflirtet.

Herr Middeltrop ist, zugegeben, eine stattliche Erscheinung: Im so genannten besten Alter, sehr groß, mit grauen Strähnen durchzogenes, dunkles Haar, schöne, ebenmäßige Porzellanzähne und eine gesunde Bräune. An seiner linken Hand trägt er einen klobigen Siegelring. Ich schätze Herrn Middeltrop auf Ende fünfzig.

Mein Fall ist er nicht. Aber Mutti war hin und weg, als er beim Abendessen ausgerechnet an unserem Tisch Platz nahm.

Herr Middeltrop gehört zu dieser Sorte von Männern, die ihr Ego aufbauen, indem sie dafür sorgen, dass ihnen die gesammelte Weiblichkeit in ihrer Umgebung zu Füßen liegt. Und das waren in dem Fall: Mutti und ich. Leider ist seine Art von Charme ein wenig veraltet. Ich fühlte mich an Liebesfilme aus den dreißiger Jahren erinnert. Bei Mutti jedoch hat Herr Middeltrop in jeder Hinsicht den richtigen Ton getroffen.

»Darf ich mich vorstellen?«, begann er und reichte uns über die Lachsschaumspeise hinweg die Hand. »Guido Middeltrop, München.« Er lächelte gewinnend.

»Rosa Graf-Kleditsch«, entgegnete Mutti, wobei sie das »Müller« galant vergaß. »Und das ist meine Tochter Adelheid.«

Bei dem Wort »Graf« wurde Herr Middeltrop noch eine Spur aufmerksamer, als er es ohnehin schon war. Er titulierte Mutti fortan mit »Gräfin«. Wie soll er auch darauf kommen, dass es bloß der Name ihres zweiten von drei verflossenen

Ehemännern ist? Und ich wollte Mutti den Spaß nicht verderben.

»Ist das nicht ein Traum von einem Mann?«, raunte Mutti mir zu, als sich Herr Middeltrop nach der Suppe kurz erhob, um seinen Bruder anzurufen.

»Ich weiß nicht, Mutti«, antwortete ich wahrheitsgemäß.

»Dir kann man es auch nie recht machen«, schimpfte sie, ehrlich empört, dass ich ihre Begeisterung nicht teilte. »Jetzt bist du schon so lange allein, und da taucht so ein attraktiver Gentleman auf …!«

»Mutti, ich bin doch ganz glücklich mit dir zusammen«, erklärte ich ihr. Das war es aber nicht, was Mutti hören wollte.

In diesem Moment kam Herr Middeltrop auch schon aus dem Foyer zurück. »Meine Schwägerin und mein Bruder treffen morgen aus Bochum ein«, teilte er uns mit. »Ich kann Ihnen nicht sagen, wie sehr mir die Entscheidung meines Bruders, seinen Kuraufenthalt ebenfalls in diesem exzellenten Heilbad zu buchen, am Herzen liegt.« Er ließ sein Handy in der Innentasche seines Jacketts verschwinden. »Und ich bin an dieser Entscheidung nicht ganz unschuldig. Es hat mich mehrere Wochenenden gekostet, bis ich die beiden endlich überzeugt hatte. Ich selbst komme ja regelmäßig her, um mich von meinen Geschäften zu erholen. Entspannung nach Jacobson und eine ganz spezielle Vollwertdiät sind meine persönlichen Favoriten aus dem immensen Angebot der Bad Uracher Kurbehandlungen.«

Er zeigte uns alle seine Porzellanzähne. »Wissen Sie, ich bin mit dem leitenden Chefarzt für die Behandlung der Nervenleiden sehr eng bekannt. Das war für meinen Bruder und seine Frau zuletzt der entscheidende Grund, ihre Kur in Bad Urach zu buchen.«

Mutti horchte auf. »Ihre Schwägerin ist hoffentlich nicht ernsthaft erkrankt?«, fragte sie voller Anteilnahme.

Herr Middeltrop stieß einen leichten Seufzer aus, der ein bisschen zu theatralisch war, um wirklich mitfühlend zu wirken. »Ach, Frau Gräfin, das Schicksal trifft manchmal harte Entscheidungen«, hauchte er. »Ein schwerer Unfall hat einen geliebten Menschen von ihrer Seite gerissen ...« Er schwieg bedeutungsschwer.

»Doch nicht etwa ihr Kind?«, fragte Mutti.

Herr Middeltrop nickte stumm und sorgenvoll.

Mutti griff erschreckt nach meiner Hand, als würde auch ich im nächsten Moment von ihrer Seite gerissen. »Mein Gott, meine größte Angst«, brach sie heraus. »Wenn ich daran denke, in welche Gefahren sich meine Tochter immer begibt. Erst neulich hat sie sich von einem dieser ...«

»Auch ich habe in jüngeren Jahren die Gefahren geliebt ...«, fiel Herr Middeltrop ihr ins Wort. Offensichtlich ist der neue Kurgast ein schlechter Zuhörer. Er selbst redet hingegen leidenschaftlich gern. So ließ er es sich nicht nehmen, uns einen umfassenden Einblick in sein Leben zu geben.

Guido Middeltrop erklärte, er sei in Geldgeschäften tätig. Sein Bruder hat die Firma seines Vaters übernommen, früher ein kleiner Familienbetrieb, der durch Umstrukturierungen mittlerweile zu einem der größten Zulieferer im Bereich Sportgeräte und Orthopädietechnik herangewachsen ist. Als Herr Middeltrop auf seine verwandtschaftlichen Beziehungen bis ins mittelalterliche Burgund zu sprechen kam, habe ich es aufgegeben, seinen Ausführungen zu folgen. Aber Mutti klebte nachgerade an seinen Lippen, was ihn dazu anstachelte, immer mehr und immer hochherrschaftlichere Familienbande heranzuzitieren.

Beim Nachtisch entführte Herr Middeltrop Mutti noch auf einen Drink an die Bar. Ich habe dankend abgelehnt. Herr Middeltrop verabschiedete sich mit einer kleinen Verbeugung und wünschte mir »eine gute Nachtruhe«, ehe er Mutti den Arm reichte und mit ihr im Clubraum verschwand – ganz Gentleman, aber für meinen Geschmack ein bisschen dick aufgetragen.

Wenn ich da an den Chef denke: Mit seiner bullig-direkten Art tritt er in fast jedes Fettnäpfchen – und rasselt ständig mit unserem Dr. Heimeran aneinander, der allergrößten Wert auf Benimm und gute Manieren legt. Ja, wenn der alte Kriminaldirektor noch da wäre! Den haben Strobels Ausrutscher nicht gestört. Aber jetzt haben wir ja nun mal Dr. Heimeran mit seinem Hang zur Perfektion. Und den treibt Strobel mit seinen unbedachten Äußerungen regelmäßig zur Weißglut – wie eben mit seinem Beschwerdebrief wegen des Fortbildungsseminars in Wiesbaden.

Die Bemerkung über Weihnachtsbesuche trug der Kriminaldirektor Strobel nach. Und deswegen hatte er sich für Strobel die Überraschung mit dem Weihnachtsbaum ausgedacht.

Als ich mit dem Video zurückkam, fand ich eine nette Versammlung in Strobels Büro vor: Der Chef, Pohl, Schubert und Helmut Konopka, Letzterer an einen Schubladengriff gefesselt, saßen um Strobels Schreibtisch herum, auf dem eine weihnachtlich dekorierte Plastiktanne aufgebaut war. In der Tür stand Dr. Heimeran und machte zynische Bemerkungen über Weihnachtstermine und Mahnschreiben ans Polizeipräsidium.

»Ich wollte Ihnen nur sagen, dass wir uns Ihr Schreiben vom 14. sehr zu Herzen genommen haben«, sagte Heimeran mit giftigem Lächeln zu Strobel. »Sie haben Recht: Zwei Jahre und keine Antwort, das *ist* eine Schlamperei! Aber dafür haben wir auch alle Hebel in Bewegung gesetzt und tatsächlich noch einen Platz in Wiesbaden ergattert – für den Kollegen Schubert!« Strobel verbiss sich eine Antwort.

Schubert in seiner Ecke nickte aufgeregt. Er saß immer noch nicht in seinem Zug Richtung Wiesbaden, und wenn er nicht bald aufbrach, dann würde er heute Abend gar nicht mehr dort ankommen. Ich durchschaute Strobels Taktik: Er hatte vor, Schubert so lange in die Arbeit einzubinden, bis der letzte Zug weg war!

»Ich bin Ihnen sehr zu Dank verpflichtet, Herr Direktor ...«, katzbuckelte Schubert in seiner Ecke.

»Was machen Sie überhaupt noch hier?«, wandte sich Heimeran verwundert zu ihm um. »Geht das Seminar nicht morgen früh los?«

Schubert sprang von seinem Stuhl auf. »Das sage ich doch die ganze Zeit«, wieselte er sich an Heimeran heran. »17.43 geht der Intercity ...«

Ich stand in der Tür und staunte immer noch das Bäumchen an. Eigentlich waren solche kindischen Reibereien doch unter der Würde eines Kriminaldirektors. Aber da hatte ich mich in unserem neuen Amtsleiter, der so viel Wert auf ein korrektes Erscheinungsbild und »Disziplin!« legte, wohl gründlich getäuscht. Heimeran hatte für seinen Racheakt sogar einige Hebel in Bewegung gesetzt, wie mir seine Sekretärin später erzählte. Der Weihnachtsbaum stammte nämlich aus dem Fundus des Schauspielhauses.

»Das Video!«, unterbrach ich schließlich die Diskussion über Weihnachtsbäume und Abfahrtszeiten.

Als er mich bemerkte, nahm Heimeran sofort wieder Haltung an. »Das Video vom Banküberfall«, sagte er, ein bisschen verkniffen. »Sehr spannend! Ich habe es mit meiner Sekretärin zweimal angesehen. Sie meint, der Täter hat etwas ... Unheimliches.«

»Das hat jeder Mann, wenn er sich eine Damenstrumpfhose übers Gesicht zieht«, entgegnete ich. Heimeran merkte mir wohl an, was ich von seiner Beobachtungsgabe hielt.

Dann meldete sich auch noch Konopka zu Wort. »Die Nummer mit der Strumpfhose ist doch völlig überholt«, stellte er muffelig klar.

»Sie reden, wenn Sie gefragt sind, Konopka«, brachte Strobel ihn zum Schweigen.

Jetzt erst schenkte Heimeran Konopka Beachtung. Er beäugte ihn interessiert. »Ist das der Täter?«, fragte er.

»Kann man so sagen«, stieg Strobel erleichtert auf den Themenwechsel ein. »Wir haben ihn sozusagen in flagranti erwischt, beim Verbuddeln der Beute.«

»Nicht in flagranti!«, stellte Konopka mürrisch richtig. »Im Schrebergarten meiner Verlobten war das. Und außerdem verlange ich einen Anwalt. Das ist nämlich Polizeiterror!«

Angesichts der unbotmäßigen Aufsässigkeit des Verhafteten zog der Kriminaldirektor es vor, den schnellen Rückzug anzutreten. Renitente Bankräuber überließ er lieber den unteren Chargen. »Aber beim nächsten Mal bitte etwas exaktere Orts- und Zeitangaben«, nickte er Strobel noch zu, die Hand schon am Türgriff. »Ich muss wissen, wo meine Leute zu erreichen sind. Disziplin, Strobel …!«

Strobel versuchte ein Lächeln, das zum Grinsen gefror. Kaum war die Tür hinter Heimeran zugefallen, griff er erbost nach dem geschmückten Plastiktännchen. »Fenster auf, Schubert!«, kommandierte er.

»Aber lassen Sie es doch, wo es ist! Hat doch direkt Stil!«, versuchte ich den Chef von einem Fehler abzuhalten. Doch Strobel war nicht zu bremsen.

»Fenster auf!«, wiederholte er störrisch. Dann holte er aus und warf das Bäumchen mit Schwung aus dem dritten Stock. Es landete im offenen Schiebedach von Dr. Dochnals Kombi.

»Fenster zu! Vorhang vor! Video ab!«, ging Strobel zur Tagesordnung über. Aber die Sache mit Dr. Heimeran hatte ihn schon sehr mitgenommen, sonst hätte er nämlich nicht vergessen, mich in mein Büro zurückzuschicken, ehe Pohl auf die Starttaste des Videorekorders drückte. »Und Sie schauen gut zu!«, ermahnte der Chef Konopka. »So ein Video frischt die Erinnerung auf wie nichts.«

»Was soll das?«, murrte Konopka genervt. »Verständigen Sie wenigstens meine Verlobte! Wir waren verabredet!«

Jetzt begann auch noch Schubert auf seinen Rechten zu beharren. »Ich habe nur noch zweieinhalb Stunden, bis mein Zug geht, und noch nichts gepackt!«

»Noch ein Wort, Schubert«, stauchte Strobel ihn zusammen, »und Sie nehmen denselben Weg wie der Weihnachtsbaum vom Herrn Direktor!«

Schubert zog es vor, fürs Erste zu schweigen.

Der Film aus der Überwachungskamera lief ab. Aus der Vogelperspektive sah man, wie ein bewaffneter Maskierter in die Bank stürmte.

»Und das soll ich sein?«, meckerte Konopka dazwischen.

»Ruhe!«, fuhr Strobel ihn an.

Die Angestellten hinter dem Schalter nahmen die Hände hoch. Eilig winkte der Täter Frau Simon mit der Pistole. Sie stand als Einzige direkt am Kundenschalter, genau an der Stelle, an der sie uns heute Morgen den Alarmknopf gezeigt hatte. Der Räuber gab ihr eine Plastiktüte, die Frau Simon eilig mit den Banknoten füllte.

»Eine Plastiktüte!«, murmelte Konopka abfällig. »Wo hat der denn das Handwerk gelernt?«

In diesem Augenblick kam Richard Simon aus einer Seitentür in den Kundenraum. Entsetzt blieb er stehen, als er sah, was sich in der Bank abspielte. Trotzdem legte der Täter auf den Mann an, zielte und schoss. Richard Simon sank lautlos in sich zusammen.

»Ach du Scheiße!«, kommentierte Konopka die Szene.

Danach griff der Maskierte die volle Tüte vom Tresen und rannte ins Freie.

Strobel drehte sich wieder seinem Täter zu. »Danke, Pohl, Licht an, Fenster auf!«

»Moment!«, versuchte ich Strobels Aufmerksamkeit auf die nachfolgende Filmsequenz zu lenken. »Jetzt wird es doch erst spannend! Sehen Sie, Chef. Frau Simon geht zuerst zu ihrem Mann und dann erst rennt sie zurück zum Alarmknopf.«

Aber mit meinem Einwurf lenkte ich Strobels Aufmerksamkeit bloß auf die Tatsache, dass ich noch im Raum war. »Was machen Sie denn noch hier, Frau Möbius?«, fragte er ungnädig. »Die Weihnachtsfeier ist zu Ende.« Damit öffnete er die Tür und komplimentierte mich hinaus.

»Bitte, Frau Möbius!«, rief Konopka mir mit weinerlicher Stimme hinterher. »Rufen Sie meine Verlobte an! Elvira Müller. Vor ihrem Auftritt im ›Kakadu‹ wollten wir uns treffen. Sie wird sich Sorgen machen!« Rumms! Die Tür fiel zu.

Wütend starrte ich auf die geschlossene Tür, hinter der sich Strobels Bass dumpf vernehmen ließ. Der Chef behandelte mich wie eine Tippse! Das war einfach unerträglich. Und außerdem: Er hatte alle Recherchemöglichkeiten der Welt. Und was machte er? Er spielte Räuber und Gendarm! Nach Konopkas Verwunderung über den Ablauf dieses Banküberfalls zu urteilen, war es doch offensichtlich, dass der bullige Ex-Sträfling damit nichts zu tun hatte! Sein Entsetzen, als der tödliche Schuss fiel, war nicht geheuchelt.

Wieso hörte der Chef mir nicht wenigstens einmal zu? Man hätte doch so schön zusammen überlegen können, wie man in dem Fall weiterkam. Aber bitte! Der Chef wollte es ja nicht anders. Dann würde ich eben ohne ihn nach dem richtigen Täter suchen.

Aber natürlich wollte ich trotzdem wissen, was sich jetzt nebenan abspielte. Ich schaltete die Gegensprechanlage ein und lauschte.

»Herr Konopka! Sie sehen nicht nur aus wie der Zwillingsbruder des Täters, Sie wurden auch kurz nach dem Überfall ebendaselbst gesehen«, hielt der Chef Konopka gerade vor.

»Wer sagt das?«, regte der Verhaftete sich auf.

»Schubert! Sagen Sie es ihm!«, erklang die Stimme des Chefs.

»In der Fußgängerzone, kurz nach dem Banküberfall«, ließ sich Schubert jetzt vernehmen. »Zusammen mit Ihrer Verlobten.«

»Aber ich bin doch nicht so blöd, erst eine Bank zu überfallen und dann direkt um die Ecke mit meiner Freundin shoppen zu gehen«, hielt Konopka den Kollegen vor Augen. Er klang verzweifelt.

»Wieso blöd?«, schaltete Strobel sich ein. »Falls ich je in die Verlegenheit kommen sollte, eine Bank zu überfallen, würde ich es genauso machen.« Verblüfftes Schweigen. »Warum werden die meisten Täter gefasst?«, dozierte Strobel, zufrieden über die Wirkung seiner Äußerung. »Weil sie vom Tatort *wegrennen*. Nein, nein, mein lieber Konopka, von Ihnen lasse ich mich nicht an der Nase herumführen. Ein Einkaufsbummel als Alibi! Da könnte ja jeder kommen! Wo ist das Geld?«, nahm er Konopka dann wieder in die Mangel. »Zweihunderttausend!«

»Ich bin unschuldig, Himmel noch mal!« Jetzt brüllte Konopka.

»Chef, ich muss wirklich gehen«, schaltete Schubert sich nervös ein. »Ich muss schließlich noch packen.« Schon ging die Tür auf und Schubert erschien in meinem

Büro. Rasch schaltete ich die Sprechanlage aus. Zum Glück beachtete mich mal wieder keiner, sodass mein Lauschangriff unbemerkt blieb.

Strobel folgte Schubert auf dem Fuß. »Sie gehen jetzt zurück zum Schrebergarten und graben den Garten von Konopka um.«

Schubert sah entsetzt zu Strobel auf und schnappte nach Luft. »Aber mein Zug! Wiesbaden!«, stieß er aus.

Doch das beeindruckte Strobel nicht im Geringsten – im Gegenteil. Er konnte sein hämisches Vergnügen kaum verbergen, als er Schubert erklärte: »Das Geld muss dort vergraben sein. Wo sonst! Der Täter hatte noch keine Zeit, das Geld auf den Kopf zu hauen, und schließlich haben wir ihn mit der Schaufel in der Hand erwischt.«

»Das ist ...« Schubert suchte nach Worten. »Freiheitsberaubung im Dienst!«

»Und Sie werden dort so lange buddeln, bis Sie das Geld gefunden haben«, ordnete Strobel an. »Ist das klar?«

Schubert, immer noch zwischen Tür und Angel, sah bleich zum Chef auf. »Wenn ich meinen Zug verpasse«, japste er erbost, »gibt es eine Dienstaufsichtsbeschwerde – an höchster Stelle!«

»Bitte!«, entgegnete Strobel bester Laune. »Dann buddeln Sie eben etwas schneller! Vielleicht schaffen Sie es bis zum nächsten Zug.« Dann kehrte er in sein Büro zurück, um das Verhör fortzusetzen.

In Windeseile streifte Schubert seinen Mantel über und stürmte grußlos an mir vorbei.

Ich konnte nur noch den Kopf schütteln. Es war wirklich nicht nett, wie Strobel den armen Kerl zur Weißglut trieb. Und da wusste ich noch nicht, was der arme Schubert an diesem Nachmittag noch alles von Strobel erdulden musste.

Pohl hat es mir später erzählt. Und selbst er musste eingestehen, dass der Chef es an diesem Tag vielleicht doch ein bisschen zu weit getrieben hat – und das will schon was heißen!

Nachdem Schubert den Müllerschen Schrebergarten Quadratmeter für Quadratmeter umgegraben hatte, rief er im Büro an. Sein Zug war weg. Aber er hatte sich ausgerechnet, dass er, wenn er sich beeilte, gerade noch den Zug um 18.43 Uhr erreichen konnte. Hätte er Strobel gegenüber bloß geschwiegen! Aber als Strobel erfuhr, dass es für Schubert doch noch eine Möglichkeit gab, vor Mitternacht Wiesbaden zu erreichen, gab er ihm natürlich den dienstlichen Befehl weiterzugraben. Schubert zur Fortbildung, das kam für den Chef einfach nicht in Frage! Bis um halb acht Uhr abends grub Schubert den Schrebergarten um – einen Meter tief, wie Strobel es angeordnet hatte. Aber wie zu erwarten fand er nichts außer Regenwürmern und zerbrochenem Glas.

Pohl und der Chef nahmen unterdessen Konopka in die Mangel, Stunde um Stunde. Sie spielten ihm so oft das Video vor, bis Pohl es selbst nicht mehr sehen konnte. Sie versuchten es mit psychischem Druck, mit Zigarettenentzug, ließen ihn hungern, ja, verweigerten ihm selbst den Toilettengang, weil er nicht das Schuldeingeständnis unterschrieb. – Zum Glück hat Konopka später keiner geglaubt, als er sich über die Verhörmethoden eines gewissen Herrn Strobel beschwert hat. – Aber trotz aller Anstrengungen von Seiten Strobels und Pohls: Konopka blieb dabei, dass er mit dem Überfall auf die Unger-Bank und dem Mord an Richard Simon nicht das Geringste zu tun hatte.

Eben ist Mutti aus der Bar gekommen, Viertel nach eins. Jetzt rumpelt sie im Badezimmer herum. Herr Middeltrop und sie haben die Cocktailkarte von oben bis unten durchprobiert und sich dabei blendend unterhalten, soweit ich ihren Erzählungen entnehmen konnte.

Ich fürchte, das gibt für Mutti morgen ein böses Erwachen ...

Mittwoch

Zwei rechts, zwei links ...

Mutti ist ein Bild des Jammers. Sie liegt mit bleichem Gesicht in den Kissen und bekommt kaum die Augen auf. An Frühstück war für sie überhaupt nicht zu denken. Stattdessen habe ich ihr drei Kopfschmerztabletten in Wasser aufgelöst. Jetzt versucht sie eine Runde zu schlafen. Ich werde später noch mal zu ihr hochgehen, um nach ihr zu sehen.

Ich habe es mir wieder in einem Liegestuhl im Hotelgarten gemütlich gemacht. Die Sonne strahlt schon um neun Uhr so stark vom Himmel, dass ich den Schattenplatz neben dem Dahlienbeet der Sonne am Goldfischbecken vorziehe. Hier habe ich meine Ruhe – jedenfalls solange ich noch nicht von krocketspielenden Damen umringt bin.

Jetzt sehe ich, dass da vorn hinter der Hecke sogar ein Nutzgarten angelegt worden ist. Sicher bezieht die Hotelküche daher ihre Gewürze. So ein Nutzgarten macht bestimmt viel Arbeit. Konopka und Elvira tun mir jetzt noch Leid, wenn ich daran denke, was Schubert in Strobels Auftrag mit ihren Beeten angerichtet hat. Als Schubert mit dem Garten fertig war, wuchs dort nicht mal mehr Gras, wie Elvira mir später berichtet hat.

Stunde um Stunde ackerte Schubert den Schrebergarten auf eine Tiefe von einem Meter um. Aber das Geld aus dem Bankraub fand er natürlich nicht. Strobel und Pohl zwirbelten unterdessen im Büro den unglücklichen Konopka. Und ich entschied, dass ich genauso gut nach Hause gehen konnte. Man wusste meine Arbeit hier sowieso nicht zu schätzen.

Ehe ich ging, rief ich noch kurz bei Elvira Müller an, um ihr von Konopka auszurichten, dass er nicht zur Verabredung kommen konnte. Aber sie war selbst nicht zu Hause. Eine muffelige Männerstimme versprach mir, Elvira Bescheid zu sagen.

»Wo kann ich sie denn treffen?«, fragte ich.

»Für einen Hunni?«, kam es gelangweilt zurück.

»Konopka sitzt in der Klemme«, erklärte ich dem Unbekannten am anderen Ende der Leitung.

»Schon wieder?«, kam es aus dem Hörer. Aber immerhin wurde mein Gesprächspartner jetzt etwas freundlicher und verriet mir, dass sie ab halb acht im »Kakadu« sein würde, einem der Striplokale in den Seitenstraßen der Reeperbahn.

»Also gut, ich bin um halb neun dort. Bestellen Sie Elvira bitte, dass eine Frau Möbius im ›Kakadu‹ auf sie wartet.« Mir antwortete bloß noch ein monotones »Tuuuut, tuuuut, tuuut«.

Achselzuckend legte ich auf. Dann packte ich meine Sachen zusammen und machte für heute Feierabend.

Auf dem Heimweg kaufte ich an dem Kiosk um die Ecke alles, was an Strickzeitschriften zu bekommen war. Denn abgesehen von dem seltsamen Verhalten der Kassiererin war mir beim Ansehen des Videos noch etwas aufgefallen: Der Maskierte trug einen Strickpullover, und zwar einen mit einem ziemlich auffälligen Muster. Vielleicht fand ich ihn ja in einem dieser Hefte. Und vielleicht brachte mich das Strickmuster auf eine brauchbare Spur.

Vor unserem Haus kam mir mein Dauerproblem Nummer eins entgegen: Holger. Er zählte gerade die Zehnmarkscheine, die er Oma abgeschwatzt hatte. Ehe er mich bemerkt hatte, schnappte ich ihm das Geld aus der Hand. »Das ist Omas Rente, nicht deine!«, erklärte ich ihm bestimmt.

Holger machte ein finsteres Gesicht. »Mensch, Adelheid!«, beschwerte er sich. »Ist doch nur geliehen! Ich brauche eine neue Benzinpumpe für mein Auto.«

Aber so leicht wie Mutti konnte Holger mich nicht erweichen. »Du brauchst was ganz anderes«, bemerkte ich. »Du brauchst ein neues Leben.« Ein finsteres Gegrummel war die Antwort. »Dein Vater will mit dir reden«, eröffnete ich ihm. »Er erwartet dich bei sich zu Hause. Jetzt!«

»Und wie soll ich da hinkommen ohne Auto?«, brummelte Holger.

»Nimm die U-Bahn«, schlug ich vor und ließ ihn stehen.

Als ich die Wohnungstür aufschloss, kam Mutti mir schon in ihrer Schürze entgegen. »Wie? Schon so zeitig?«, empfing sie mich. »Ich habe doch gerade erst die Kartoffeln geschält!«

Ich zog die Geldscheine aus der Manteltasche, die ich Holger gerade abgenommen hatte, und drückte sie ihr in die Hand. »Du sollst Holger doch kein Geld geben!«, ermahnte ich sie.

»Er braucht eine neue Benzinpumpe«, verteidigte Mutti ihren Enkel.

»Und neue Zündkerzen und einen neuen Anlasser und einen neuen TÜV«, setzte ich die Kostenliste fort, die Holger allein in den vergangenen drei Wochen gegenüber Mutti ins Feld geführt hatte. »Das sind doch alles nur Ausreden, mit denen er dein Omaherz zum Schmelzen bringt.« Ich setzte mich mit meinen Strickheften an den Küchentisch und begann sie nach dem Pullover zu durchforsten, den der Mörder getragen hatte.

Aber für Mutti war das Thema Holger noch lange nicht erledigt. »Ich gebe zu, von Autos verstehe ich nichts«, baute sie sich gekränkt vor mir auf, »aber von Menschen!

Und Holger würde seine Oma nie ausnutzen – wie einige andere Personen in diesem Haushalt, deren Namen ich nicht nennen möchte ...«, fügte sie anspielungsreich hinzu.

Ich hatte bereits das erste Heft durchgeblättert, jetzt nahm ich mir das zweite vor. Aber wie beim ersten, so war es auch hier: Auf allen Seiten lachten mir braun gebrannte Mädchen in weißen oder pastellfarbenen Lochstrickereien entgegen. Nicht ein einziger dicker Wollpullover, wie ihn der Bankräuber getragen hatte, war abgebildet.

Mutti knetete vorwurfsvoll schweigend das Hackfleisch für die Frikadellen, die es zum Abendessen geben sollte. Doch dann überwand sie ihren gekränkten Stolz und nahm den Streit wieder auf. »Ich finde, du bist viel zu streng mit dem Jungen. Was kann Holger denn dafür, dass es heutzutage so schwer ist, eine viel versprechende Karriere zu starten?«

Ich legte das dritte Heft zur Seite – wieder nichts! »Im Starten ist er ja ganz gut«, erwiderte ich. »Nur im Fliegen ist er noch besser – im Rausfliegen!«

»Also, dafür kann er diesmal nun wirklich nichts«, holte Mutti zu einer Verteidigungsrede aus.

»Ja, ja, immer sind die anderen schuld«, unterbrach ich sie und klappte das vierte Heft auf, mein letztes. Wieder nur Frühjahrsmode! Meine Strickmusterrecherche war ja wohl ein Schlag ins Wasser.

Mutti wischte ihre Hände an der Schürze ab und kam neugierig zu mir. »Was suchst du überhaupt in den Handarbeitsheften?«, fragte sie. »Du kannst doch überhaupt nicht stricken.«

»Vielleicht kannst du mir helfen«, sagte ich und zeichnete mit einem Kuli das Strickmuster auf, das ich suchte, eine Mischung aus englischer Flagge, aufgeblasenen Knoten und dreifach ineinander gedrehten Zöpfen. »Hast du eine Ahnung, wo ich dieses Muster finde?«, fragte ich.

Mutti erkannte es auf Anhieb. »Quer liegende Masche«, erklärte sie mir. »Aranmuster!«

»Ist das schwer zu stricken?«, fragte ich.

»Also, das kannst du gleich vergessen«, winkte Mutti ab. »Viel zu kompliziert! Ich hab das mal versucht und musste alles wieder aufribbeln. Aber die Frau Professor Rückendorf hat einen Pullover mit genau diesem Muster auf unserem letzten Basar im Gemeindehaus verkauft.« Ich horchte auf. Abfällig fügte Mutti hinzu: »Und ich habe ihr auf den Kopf zugesagt, dass sie den nie im Leben selber gestrickt haben kann. Und diese Frau hat die Stirn zu lügen! Dabei weiß doch jeder, dass sie nicht mal ein gleichmäßiges Bündchen hinbekommt!«

»Woher hatte die Frau Professor den Pullover denn?«, fragte ich.

»Vom Wollladen Wittich, gegenüber von der Metzgerei Koppel! Das hat mir Frau Wittich selbst verraten«, entgegnete Mutti triumphierend. »Die Frau Professor hat ihn sich für sündhaft teures Geld stricken lassen«, lästerte sie weiter, »um ihn dann für dreißig Mark auf dem Basar zu verkaufen, statt das Geld lieber gleich zu spenden. Ich wette, der Pullover hat sie zweihundert Mark gekostet! Und alles nur, um sagen zu können, sie hätte ihn selbst gestrickt!«

Ich musste sofort noch mal los, ehe der Wollladen zumachte. Immer noch entrüstet über so viel Verlogenheit, folgte Mutti mir in den Flur, wo ich in den Mantel fuhr.

»Ja, wo willst du denn hin, Adelheid?«, fragte sie verblüfft. »Und was ist mit dem Abendessen?«

»Mach was Kaltes«, schlug ich eilig vor, »Kartoffelsalat oder so. Ach, glaubst du, du kriegst raus, wem die Frau Professor den Pullover verkauft hat?«

Mutti dachte nach. »Ich glaube, es war ein Sopran aus dem Kirchenchor.«

Mutti war wirklich besser als alle Computerrecherchen! »Ich brauche Namen und Adresse«, erklärte ich ihr und lief die Treppe hinunter.

»Aber Kartoffelsalat hatten wir doch erst gestern!«, rief Mutti mir noch hinterher.

Ich hatte Glück. Der Wollladen hatte noch auf. Frau Wittich geriet richtiggehend ins Schwärmen, als ich sie nach dem Aranmuster fragte.

»Das sind noch wirkliche Könnerinnen, die sich auf diesem Gebiet versuchen«, sagte sie mit leuchtenden Augen. »Zum Aranmuster habe ich zufällig sogar eine Strickanleitung da.« Sie legte das Foto eines Pullovermodels auf den Tresen.

Ich bekam Stielaugen. Das war exakt der Pullover, den der maskierte Mörder vorgestern getragen hatte. Sogar die Farbe stimmte!

»Als Vorlage diente in diesem Fall eine Tracht aus dem Göttinger-Schaumburger Land, die mit einer quer liegenden Masche kombiniert ist«, erklärte Frau Wittich und drehte das Blatt um. Auf der Rückseite war umfangreich die quer liegende Masche beschrieben. »Allerdings«, wandte sie ein, »für Anfänger ist es nicht zu empfehlen.«

»Eigentlich frage ich auch eher, weil ich einen Pullover mit Aranmuster auf dem letzten Gemeindebasar gesehen habe«, entgegnete ich. »Leider war das schöne Stück schon verkauft.«

»Sie meinen den Pullover von Frau Professor Rückendorf?«

»Genau«, nickte ich. »Hat vielleicht sonst noch jemand anhand dieser Anleitung einen Pullover mit Aranmuster gestrickt?«

Frau Wittich schüttelte den Kopf. »Nein. Es war auch eher ein Zufall, dass die Frau Professor das Muster bei mir gesehen hat. Ich habe nur ein einziges davon von meinem Wolllieferanten bekommen.«

Endlich hatte ich ein brauchbares Indiz! Ein Wollpullover, der wahrscheinlich in Hamburg einmalig war!

»Meinen Sie, ich könnte das Muster mal ausleihen?«, bat ich. »Ich bringe es auch bestimmt zurück.«

Frau Wittich händigte mir das Blatt bereitwillig aus. »Sie können es gerne behalten. Den Pullover strickt sowieso keiner mehr nach – viel zu kompliziert! Und für den nächsten Winter kriegen wir ja wieder neue Muster rein.«

Mein nächster Weg führte mich ins »Kakadu«. Wenn mich nicht alles täuschte, konnte ich Elvira mit Hilfe des Strickmusters einen großen Gefallen tun.

Schon kurz nach elf! Gleich muss ich zur Massage, und vorher sollte ich dringend noch mal nach Mutti schauen. Vielleicht ist sie ja mittlerweile aufgewacht.

Jetzt ist es schon halb zwei, und Mutti schläft immer noch wie ein Stein. Gottlob! Wenigstens hat sie dann im Augenblick keine Kopfschmerzen!

Die Massage heute Vormittag war – vorsichtig ausgedrückt – ein Erlebnis. Herr Bruchnagel sieht genauso aus, wie ich mir Masseure immer vorgestellt habe: Ein braun gebranntes Muskelpaket um die dreißig, blonde Haarstoppeln, weiße Badelatschen an den Füßen und Hände wie Schraubzwingen.

»Nennen Sie mich Renée«, stellte er sich vor und hielt mir seine Pranke hin. Dann begann die Tortur: Er hat meinen Rücken mit einer Gewalt bearbeitet, als hätte er einen Gaul vor sich, er hat sich mit seinem ganzen Gewicht auf mich gestemmt und seine Finger in meine Muskelknoten gebohrt. Mir blieb vor Schmerz fast die Luft weg.

»Jetzt lassen Sie sich doch endlich mal fallen!«, sagte er genervt, als er mich zwanzig Minuten malträtiert hatte. »Sie sind ja hart wie ein Brett!« Als ich mit zusammengepressten Zähnen zurückgefragt habe, wie ich mich bitte entspannen soll, während er mir fast die Rippen bricht, hat er gar nicht mehr geantwortet, sondern beleidigt, aber immerhin etwas sanfter als vorher, weitergeknetet.

Herr Bruchnagel scheint auf alles herabzusehen, was nicht wie er mit stahlharten Muskeln und einem durchtrainierten Körper glänzen kann. Was macht dieser Mann dann eigentlich in einem Kurhotel?

Schließlich entließ er mich mit den Worten: »Und morgen machen wir ein bisschen Gymnastik.«

Mir schwant Übles. Gymnastik mache ich nur sehr sporadisch vor dem Fernseher. Und als ich das letzte Mal geturnt habe, das ist auch schon ein halbes Jahr her. Die Quittung kriege ich jetzt: Ich bin ziemlich eingerostet.

Wenn ich da an die Schlangentänzerin aus dem »Kakadu« denke! Während ich auf Elvira Müller wartete, demonstrierte die Tänzerin vorne auf der Tanzplattform zu »Je t'aime«, was man mit regelmäßiger Gymnastik alles erreichen kann. Um ihre Gelenkigkeit habe ich sie wirklich beneidet – und mir mal wieder vorgenommen, demnächst, und diesmal ganz bestimmt, an der Volkshochschule einen Gymnastikkurs zu belegen.

Außer mir waren im »Kakadu« nur wenige Gäste. Ein paar grell geschminkte Bardamen saßen gelangweilt an der Theke. Ich hatte in einer Nische Platz genommen, von der aus ich das Lokal gut überblicken konnte, und gönnte mir einen Pikkolo.

Erst tat sich gar nichts. Endlich, nach einer ganzen

Weile, kam noch ein Gast herein. Es war Pohl! Den konnte ich hier ja jetzt überhaupt nicht gebrauchen. Wenn Elvira mitbekam, dass Pohl und ich von der Kripo waren, dann war das Treffen jetzt schon geplatzt.

»Frau Möbius! Was machen Sie denn hier?«, fragte Pohl mich erstaunt.

»Tun Sie mir einen Gefallen und setzen Sie sich woanders hin«, zischte ich ihm zu. »Sonst verderben Sie alles!«

Pohl sah mich verwirrt an. »Verderben? Was denn?«

In diesem Augenblick sah ich, dass eine Frau in seidenem Negligé aus einer Seitentür trat und dann schnurstracks auf mich zukam. Das musste Elvira sein. »Bitte!«, flehte ich Pohl an.

Aber er schaute bloß irritiert durch seine dicke Brille. Also musste ich zu härteren Maßnahmen greifen. Ich setzte auf Frauensolidarität. »Und hören Sie auf, mich zu belästigen!«, schimpfte ich laut los. Und zum Glück! Diese Nummer zog.

Elvira kam mir sofort zu Hilfe. »Verpiss dich, ja?«, vertrieb sie den Kollegen.

Verdattert trat Pohl den Rückzug an und setzte sich weit entfernt an einen Tisch, aber so, dass er alles sehen konnte, was in meiner Nische passierte.

»Jonny sagt, es geht um meinen Helmut?«, fragte Elvira und setzte sich an meinen Tisch. Sie war eine mollige Hamburgerin, vielleicht um die vierzig, trug ihre rot gefärbten Haare leicht antoupiert und hatte eine sehr sympathische direkte Art.

Elvira war ziemlich besorgt. Sie war nämlich in der Zwischenzeit in ihrem Schrebergarten gewesen, wo sie Konopka abholen wollte. Statt ihres Verlobten hatte sie nur Kriminalhauptmeister Schubert getroffen, der dabei gewesen war, dem letzten Steckling in ihrem Garten den Garaus zu machen.

Ich wollte sie zu einem Drink einladen. Doch sie winkte ab. »Lassen Sie mal. Ich muss sowieso gleich auf die Bühne. Wir haben entschärftes Programm heute. Einer von der Sitte soll ins Lokal kommen.«

»Ich habe nur eine Frage«, begann ich. »Können Sie stricken?«

Elvira sah mich misstrauisch von der Seite an. »Ich kenne fast alle Sauereien, aber stricken? Was soll das sein?«

»Na ja, mit zwei Nadeln: zwei rechts, zwei links«, erklärte ich ihr und legte die Strickvorlage auf den Tisch.

Jetzt hatte sie mich endlich verstanden. »Ach so, stricken! Nein, das kann ich nicht. Aber was hat das mit meinem Helmut zu tun?«

»Dann haben Sie sicher auch noch nie versucht, Helmut so einen Pullover zu stricken?«, hakte ich nach.

»Nö.«

»Oder ihm einen gekauft, der so ein Muster hat? Oder so einen schon mal bei ihm gesehen?«

»Nö«, entgegnete Elvira. »Überhaupt noch keinen aus Wolle. Helmut findet, Wolle kratzt.«

»Danke, Frau Müller«, lächelte ich Elvira an. Damit schied ihr Verlobter als Verdächtiger aus.

»Und was ist nun mit meinem Helmut?«, fragte Elvira. »Dieser Gartenzwerg von Kommissar behauptet, die haben ihn wegen des Überfalls auf die Bank in der Fußgängerzone verhaftet.«

»Stimmt«, sagte ich. »Aber spätestens morgen ist er wieder frei. Das verspreche ich Ihnen.«

In dem Moment ging die Schlangentänzerin von der Tanzfläche. »Och, herrje!«, sagte Elvira eilig. »Ich bin dran! Tschüs und danke.« Damit verschwand sie in der Seitentür, um sich auf ihren Auftritt vorzubereiten.

Zufrieden brach ich auf. Doch am Ausgang versperrte Pohl mir den Weg. »Das war Elvira, die Verlobte von Konopka«, begann er das Verhör.

»Scharf beobachtet«, lobte ich ihn. »Ach, können Sie meinen Pikkolo bezahlen? Das hätte ich beinahe vergessen. Sie schulden mir sowieso noch fünfhundert Mark. Fünf Jahre Kaffeekasse, das läppert sich!« Pohl war zu verdutzt, um mich zurückzuhalten. Schnell drückte ich mich an ihm vorbei und verließ das Lokal.

Ich freute mich richtig für Elvira, dass »ihr Helmut« mit dem Banküberfall tatsächlich nichts zu tun hatte, auch wenn ich damit um einen Verdächtigen ärmer war und noch immer keine konkrete Spur hatte.

Meine große Hoffnung war jetzt Mutti. Vielleicht hatte sie ja herausgefunden, wer den Pullover auf dem Gemeindebasar gekauft hatte. Ich war mir sicher, dass der Käufer mich auf direktem Wege zu dem Bankräuber führen würde.

Eilig suchte ich ein paar Münzen aus meinem Portemonnaie und ging in die nächste Telefonzelle, um Mutti anzurufen.

Sie war beleidigt, weil ich immer noch nicht zu Hause war. Ich versuchte erst gar nicht, mich zu rechtfertigen. Egal, was ich ihr jetzt erzählte – Mutti war sowieso dagegen. »Hast du die Adresse von der Dame im Sopran?«, wollte ich bloß wissen.

»Die ist nicht vom Sopran, die singt Alt«, widersprach Mutti spitz.

»Und wie heißt sie?«

»Helga Simon«, antwortete Mutti.

Ich traute meinen Ohren nicht: Helga Simon! Das war doch die Kassiererin von der Unger-Bank! »Bist du sicher?«, stieß ich aus.

»Na hör mal!«, entgegnete Mutti ungehalten. »Ich kann lesen und schreiben. Wann kommst du denn jetzt endlich? Ich hab Fischstäbchen aufgetaut, und der Kartoffelsalat ist auch fertig!«

»Ich mach sie mir selber warm«, sagte ich. »Geh schlafen, Mutti, es kann spät werden.« Nachdenklich hängte ich ein.

Helga Simon hatte den Pullover gekauft! Und wenn die Kassiererin der Unger-Bank ihre Finger beim Überfall tatsächlich im Spiel haben sollte, dann ...

Plötzlich schien mir alles klar, was vorher noch so unlogisch gewesen war. Deshalb hatte Helga Simon es so lange wie möglich hinausgezögert, auf den Alarmknopf zu drücken: Weil sie mit dem Bankräuber gemeinsame Sache machte! Und nur deswegen hatte der Räuber genau den Tag und die Uhrzeit abpassen können, in der die große Summe im Schalterraum bereit lag, weil er von Frau Simon die Information erhalten hatte. Und dann der Mord an ihrem Mann. Er war völlig unnötig gewesen! Denn Richard Simon hatte ja weder den Bankräuber bedroht, noch ihm den Weg abgeschnitten. Trotzdem hatte der Maskierte, statt sofort mit der vollen Tasche zu fliehen, erst noch den unglücklichen Ehemann von Frau Simon erschossen.

Hatte Helga Simon vielleicht ...?

Aufgeregt blätterte ich im Telefonbuch nach der Adresse von Helga Simon. Ich war der Auflösung des Rätsels jetzt so nah! Da konnte ich einfach nicht den morgigen Tag abwarten, bis ich Strobel nach drei Stunden und vier Kannen Kaffee endlich dazu überredet hatte, dass er meiner Geschichte mit dem Strickmuster auf den Grund ging. Außerdem: Wenn Frau Simon wirklich an dem Überfall beteiligt war, dann bestand vielleicht Fluchtgefahr.

Da hatte ich sie gefunden: Helga Simon. Alsterweg 5. Schnell notierte ich mir die Adresse und rief auf der Straße ein Taxi.

Während der Taxifahrer mit mir durch das nächtliche Hamburg raste, meldete sich leise mein schlechtes Gewissen zu Wort. »Es ist nicht die Fluchtgefahr, weswegen du diesen nächtlichen Streifzug unternimmst. Du bist einfach neugierig, wie es weitergeht, und kannst nicht abwarten, was die weiteren Ermittlungen von Strobel und Pohl ergeben«, hielt das Gewissen mir vor.

»Machen Sie ruhig das Radio an«, sagte ich zu dem Taxifahrer.

Er nickte mir über die Schulter zu. »Gern. Manche Fahrgäste mögen es nicht, wenn sie mit Musik beschallt werden.«

»Ich schon«, entgegnete ich. »Und drehen Sie es schön laut.«

Irgendein englisch-deutscher Popsong dröhnte los. Mein Gewissen verstummte.

Frau Simon wohnte in einem kleinen Einfamilienhaus. Offensichtlich hatte sie gerade Besuch, denn in der Einfahrt entdeckte ich einen Porsche. Aus dem Haus drang Musik. Leise bahnte ich mir durch die Büsche einen Weg in den Garten.

Die Schiebetür zur Terrasse stand offen. Auf dem Wohnzimmerparkett tanzte Frau Simon eng umschlungen mit einem Mann. »New York, New York«, dudelte es zu mir herüber. Ich schlich mich näher heran. Plötzlich schepperte es. Ich erstarrte zur Salzsäule. Ich war gegen die Gießkanne getreten.

Die beiden stutzten. Hastig wollte ich mich durchs Gebüsch davonmachen, aber da kam der Mann schon aus dem Wohnzimmer hinter mir her. In zwei großen Sätzen war er bei mir, packte mich grob am Arm und zerrte mich ins Licht.

Helga Simon erkannte mich sofort. »Frau Möbius!«, stieß sie aus.

»Du kennst sie?«, fragte ihr Tanzpartner.

»Ja, Volker«, nickte Helga. »Sie war heute in der Bank. Sie hat behauptet, sie sei von der Kripo, aber als ich da angerufen habe, gab es dort keine Kriminalbeamtin, die so heißt ...«

Verzweifelt suchte ich nach einer Ausflucht. »Die Zentrale hat meinen Namen noch nicht«, stammelte ich.

»... nur eine Tippse«, ergänzte Frau Simon.

Der Mann packte mich fester und schleifte mich hinter sich her ins Wohnzimmer. »Lassen Sie mich los!«, wehrte ich mich. »Ich wollte nur noch mal mit Frau Simon sprechen!«

»Das dürfen Sie auch, so lange sie wollen«, stieß Volker drohend aus. Und dann griff er sich eine Pistole aus dem Schreibtisch, dirigierte mich in einen Sessel und richtete die Waffe auf mich. »So ist es doch schon viel gemütlicher, nicht wahr?«, sagte er. »Und jetzt erzählen Sie mal.«

Meine einzige Chance bestand darin, dem Gaunerpärchen weiszumachen, dass ich tatsächlich eine ermittelnde Beamtin auf Routinerecherche war. »Weswegen ich hier bin ...«, stammelte ich also los. »Wir haben einen Verdächtigen festgenommen. Jetzt geht es darum ... ich meine ... Frau Simon, Sie sollten noch mal den Täter beschreiben: Stimme, Größe und so weiter. Das war auf dem Video ja alles nicht zu erkennen. Danach werden wir Sie auch bestimmt nicht mehr belästigen.« Aber die beiden stiegen auf mein Spiel nicht ein.

Frau Simon riss mir die Tasche von der Schulter und begann sie zu durchwühlen.

»Ich kann ja verstehen, dass Sie misstrauisch sind, wenn Sie nachts fremde Besucher in Ihrem Garten aufgreifen«, versuchte ich Volker und Helga zu beschwichtigen. »Aber ich muss Sie darauf hinweisen, dass Sie sich strafbar machen, wenn Sie mich hier gegen meinen Willen festhalten.« Ich starrte noch immer in den Pistolenlauf.

»Ich fürchte, Sie wissen zu viel, Frau Möbius«, sagte Volker bedauernd.

»Wie ich es mir gedacht hatte«, stieß Helga aus, die immer noch meine Tasche untersuchte. »Kein Dienstausweis.« Und dann zog sie ein Papier aus meiner Umhängetasche und hielt es Volker hin. Die Strickanleitung!

»Scheiße!«, fuhr ihr Geliebter auf. »Du hast doch gesagt, den Pullover kennt hier keiner! Der ist vom Flohmarkt!«

»Vom Basar«, berichtigte ihn Helga. »Ich habe keine Ahnung, wie sie darauf gekommen ist. Der lag da irgendwo rum für dreißig Mark ...«

Böse funkelte Volker mich an. »Hausbesuch, was?«

Innerlich bebte ich vor Angst. Es gab niemanden, der mir helfen konnte. Keiner wusste, dass ich hier war: Strobel nicht, Mutti nicht und Schubert und Pohl schon gar nicht.

»Jedenfalls sind Sie überführt – alle beide!«, schlug ich eine andere Tonart an. Vielleicht konnte ich Frau Simon und Volker von der Ausweglosigkeit ihrer Situation überzeugen. Aber ich glaube, dass meine Stimme zitterte, als ich hinzufügte: »Frau Simon, sagen Sie Ihrem Freund, er soll die Pistole weglegen. Ein Mord genügt doch hoffentlich. Und außerdem ist die Polizei unterwegs. Es kann sich nur noch um Minuten handeln, dann ist das Haus umstellt.«

Zu meinem Entsetzen musste ich feststellen, dass meine Drohung genau das Gegenteil von dem bewirkte, was ich erhofft hatte. Ich hatte mir selbst das Grab geschaufelt ...

»Wissen Sie was?«, sagte Volker hämisch. »Ich glaube Ihnen kein Wort. Strickmuster! Auf so was kommt doch bloß eine Tippse!«

»Wir müssen weg, Volker«, schaltete Frau Simon sich nervös ein. »Schnell!«

»Ja«, nickte Volker. »Aber die geht mit. Bis zur nächsten Kiesgrube.«

Mir wurde kalt vor Schreck. Jetzt war sowieso schon alles egal. »Zwei Fliegen mit einer Klappe, nicht wahr?«, griff ich Frau Simon an. »Zweihunderttausend Mark, und Ihren Versager von Ehemann sind Sie auch los. Scheidung auf italienisch!«

Helga verschränkte die Arme und sah mich mitleidlos von oben herab an. »Es ging um das Haus, wenn Sie es genau wissen wollen. Aber wen interessiert das noch?«

»Jetzt hol endlich das Geld! Und bring den Pullover mit!«, unterbrach Volker sie unwillig. Er zerrte mich aus dem Sessel hoch und stieß mich vor sich her aus dem Haus. Helga kam mit der Geldtüte, dem Pullover und meiner Umhängetasche hinterher.

Hektisch schloss Volker den Wagen auf. »Los! Hinten rein!«, befahl er. »Und keine Zicken!«

»Mensch, kapieren Sie doch!«, sagte ich verzweifelt. »Was haben Sie davon, wenn Sie mich jetzt noch durch die Gegend kutschieren?«

»Einen Zeugen weniger«, entgegnete Volker und winkte ungeduldig mit der Pistole.

Und dann passierte ein Wunder. Plötzlich hielt ein Auto vor der Einfahrt und versperrte dem Porsche den Weg. Der Chef!

Ich überlegte nicht lange, sondern stürmte einfach los, an Volker vorbei zu Strobel, der im selben Augenblick seine Waffe zückte. »Das ist der Bankräuber!«, erklärte ich außer Atem. »Er ist bewaffnet.«

»Das sehe ich«, entgegnete Strobel. Volker hielt seine Waffe jetzt auf ihn gerichtet. Ein zweites Auto hielt mit quietschenden Reifen, und Pohl und Schubert sprangen heraus. Sie gingen mit ihren Pistolen sofort in Stellung. Das Spiel war aus.

Aber da entriss Volker seiner Geliebten plötzlich die Tüte mit dem Geld und verschwand im Dunkel der Nacht.

Strobel organisierte sofort die Verfolgung. »Schubert, Sie schneiden dem Mann von hinten den Weg ab, Pohl, Sie folgen dem Täter!«, ordnete er an. Dann wandte er sich an mich: »Frau Möbius, Sie gehen nach Hause zu Ihren Fischstäbchen. Sie sind entlassen.«

Entsetzt und sprachlos starrte ich Strobel an. Eben noch hatte ich ihn für den rettenden Engel gehalten. Und jetzt das? Ich wollte etwas einwenden. Aber Strobel beachtete mich gar nicht mehr.

Er griff Frau Simon am Arm und führte sie zum Haus zurück. »Und wir beide trinken jetzt ein Tässchen Kaffee«, erklärte er ihr. »Und Sie erzählen mir alles noch mal von vorn – von ganz vorn! ›Es war einmal ein Pullover ...‹ wäre zum Beispiel ein guter Anfang.«

Völlig am Boden zerstört, trottete ich durch die Dunkelheit nach Hause.

Donnerstag

Ein Alptraum

Gottlob! Mutti ist wieder auf dem Damm. Heute Morgen hat sie schon wieder vom Tanztee gesprochen. Selbst der schlimmste Kater geht einmal vorbei!

Sie war ganz enttäuscht, dass Herr Middeltrop gestern nicht mal nach ihr gefragt hat. »Vielleicht hat er einen Ausflug unternommen«, habe ich sie getröstet, »oder er muss sich auch auskurieren.« Mutti nennt Herrn Middeltrop neuerdings »Guido«. Ist etwa sie es, die sich in Bad Urach einen Kurschatten zulegt? Jedenfalls hat Guido Middeltrop Mutti so beeindruckt, dass sie vorgestern Abend die komplette Barrechnung übernommen hat. Zwar hatte der sonore Herr sie eingeladen, doch dann musste er zu seinem großen Bedauern feststellen, dass er seine Brieftasche vergessen hatte. Mir erschien das ein wenig seltsam, doch Mutti hatte es offenbar gelassen genommen.

Gestern Abend, als es schon dunkel war, habe ich Mutti noch zu einem kurzen Spaziergang überredet. Frische Luft kann nach so einer Nacht nicht schaden. Es war eine herrliche laue Vollmondnacht. Und von dem Hangweg aus, den wir entlanggelaufen sind, konnte man auf die Lichter der Altstadt herabsehen.

Zufällig haben wir Muttis Kosmetikerin getroffen, Nadine Stumpf, eine perfekt geschminkte 25-Jährige, die in Begleitung unseres Empfangschefs ebenfalls noch einen Abendspaziergang machte. Mutti hat sofort die Gelegenheit genutzt, sich von Nadine für heute einen Termin geben zu lassen: Augenbrauen zupfen, Gesichtsmaske, Wimpern färben. Ich habe mir so meine Gedanken gemacht ...

»Hast du gesehen?«, hat Mutti losgetuschelt, kaum dass

die beiden außer Sichtweite waren. »Der Biesinger ist doch mit Frau Gebhardt zusammen ...« Sie warf mir einen viel sagenden Blick zu und fuhr bedeutungsvoll fort: »Wenn das die Frau Gebhardt erfährt!«

»Ach, Mutti!«, bremste ich ihre wilden Vermutungen. »Die zwei kommen beide hier aus der Gegend, kennen sich wahrscheinlich von Kindesbeinen an ... warum sollen die nicht zusammen spazieren gehen?«

»Bei Vollmond?« Mutti schüttelte den Kopf. Sie blieb dabei, dass bei den beiden etwas im Busch war.

Dass Mutti sofort immer überall etwas hineingeheimnissen muss! Es war vielleicht zu ihrer Zeit so, dass man nur mit dem angetrauten Ehemann spazieren ging. Aber die Zeiten haben sich geändert!

Mich würde wirklich nicht wundern, wenn Mutti mir irgendwann eine geheime Liebschaft mit dem Chef andichten würde – so oft, wie Strobel nachts noch vorbeikommt, um zu kontrollieren, ob ich zu Hause bin, oder um mir frisch aufgezeichnete Verhöre zu bringen. Als wenn die Protokolle nicht bis zum nächsten Morgen Zeit hätten! Aber manches Mal waren Strobels nächtliche Besuche auch schon meine Rettung gewesen – wie an dem Abend, als Strobel mich aus den Händen von Helga Simon und ihrem Komplizen befreit hat.

Allerdings war die Freude über meine Rettung längst verflogen. Nachtschwarze Leere herrschte in meinem Kopf, als ich zu Hause eintraf.

»Adelheid, wo bleibst du denn?«, fing Mutti mich im Flur ab. »Ich dachte schon, es wäre etwas passiert!«

Stumm schlich ich an ihr vorbei ins Wohnzimmer und ließ mich auf die Couch fallen. Mutti kam hinterher. »Was ist denn los?«, fragte sie besorgt. »Willst du keine Fischstäbchen mehr?«

Ich schüttelte müde den Kopf. »Ich bin entlassen«, erklärte ich ihr.

»Schon wieder?«, sagte Mutti bloß. »Strobel war hier. Er wollte dir erst was zum Abtippen geben, ein Geständnis, glaube ich, von einem gewissen Kropka oder so ähnlich.«

»Konopka«, verbesserte ich.

»Genau«, nickte Mutti. »Aber dann hatte er es auf einmal sehr eilig. Da ist doch dieses Foto in der Zeitung von dem Bankräuber. Adelheid, der hat genau denselben Pullover an wie den, den die Frau Professor in dem Wollladen gekauft hat. Glaubst du, das hat was zu bedeuten? Jedenfalls, als Strobel das gesehen hat, wollte er gleich wissen, wo du steckst. Ich habe ihm gesagt, dass du wahrscheinlich bei der Frau Simon aus dem Kirchenchor bist, Alsterweg 5. Da hat er sofort Schubert und Pohl angerufen und sie alle dorthin bestellt. Noch so spät am Abend! Das war der Frau Simon doch bestimmt nicht Recht, dass die halbe Kripo bei ihr auftauchte. Was sollen denn die Nachbarn denken? Hat Herr Strobel denn wenigstens noch etwas über den Pullover rausgefunden?«

Diesmal war Strobels Angewohnheit, mir seine Verhöre nachts nach Hause hinterherzutragen, wirklich mein Glück gewesen. Sonst säße ich jetzt nicht hier, am Goldfischbecken des Hotels Schönblick, sondern meine Leiche würde auf dem Grund irgendeines Baggersees vermodern.

Später habe ich von Pohl erfahren, dass es Strobel mit seinen Methoden tatsächlich noch gelungen ist, von seinem Hauptverdächtigen Konopka ein Geständnis zu erpressen. Als dieser endlich unterschrieben hatte, öffnete Strobel endlich die Handschellen, doch ehe er sich's versah, war Konopka durch die Tür und raus in die Männertoiletten. Strobel versuchte den Flüchtigen natürlich sofort wieder einzufangen, aber Konopka entwischte ihm.

Er stürmte aus dem Polizeigebäude, wo er auf Schubert traf, der gerade aus dem Müllerschen Schrebergarten zurückkam. Konopka zerrte ihn aus seinem Auto und raste mit seinem Wagen davon.

Natürlich leitete Schubert sofort die Großfahndung nach Konopka ein – sein Wagen war ganz neu und noch nicht mal abbezahlt! Strobel dagegen hatte für diesen Tag die Nase von Verbrechern gestrichen voll. Er hatte jetzt zwar endlich ein Geständnis, aber der dazugehörige Verbrecher war flüchtig. Er machte Feierabend und lieferte auf dem Heimweg bloß noch Konopkas Geständnis bei uns ab.

»Erst wollte ich Strobel ja deine Fischstäbchen warm machen«, erklärte Mutti, während ich auf dem Sofa lag und Trübsal blies. »Ich wusste ja nicht, wann du wiederkommst. Holger ist übrigens auch noch nicht aufgetaucht. Manchmal finde ich, dass ihr mich richtig im Stich lasst, du und Holger. Ihr schlagt euch anderswo die Nächte um die Ohren, während deine arme alte Mutter …«

Mutti redete und redete. Aber diesmal war ich ihr richtig dankbar dafür, denn bei ihrem monotonen Geplauder bin ich endlich, trotz meines Kummers, auf dem Sofa eingenickt.

Ich wachte erst am nächsten Morgen um halb sieben wieder auf, wunderbar erfrischt. Der Schreck von gestern war wie weggeblasen. Die Entlassung jedoch lag wie ein Alp auf mir.

Aber das war nicht die erste Kündigung, die Strobel im Zorn ausgesprochen hatte. Ich beschloss, den Stier bei den Hörnern zu packen. Ich würde einfach zum Dienst gehen, gerade so, als wäre überhaupt nichts vorgefallen. Und dann würden wir ja sehen, ob Strobel Manns genug war, auf der Kündigung zu bestehen! Allerdings muss ich zugeben: Wohl war mir bei der Sache nicht.

Zur Sicherheit kaufte ich auf dem Weg zum Büro eine große Tüte Schneckennudeln und ein Pfund Kaffee. So ausgerüstet, wagte ich mich endlich ins Polizeipräsidium.

Auf dem Parkplatz traf ich auf Dr. Dochnal, der auch eben zum Dienst erschien. »Moment, Frau Möbius«, hielt er mich zurück. »Ich habe was für Sie.« Damit überreichte er mir einen Plastikbeutel mit Wasser, in dem ein wunderschöner Goldfisch schwamm. »Von meiner Mutter«, erklärte er. »Im Heim dürfen sie keine Tiere haben, und ich dachte, bei Ihnen ist er in besten Händen.«

Ich war gerührt. Dass Dr. Dochnal so lieb an mich dachte!

»Er heißt Hansi«, fügte der Doktor noch hinzu und verschwand eilig im Präsidium.

Ich sah dem Fisch in die Augen. »Du bist also Hansi«, sagte ich. »Ich bin Adelheid. Und gleich wirst du einen neuen kleinen Freund kennen lernen.« Der Fisch klappte zustimmend sein Maul auf und zu. Ich wusste jetzt schon, dass Goldie sein neuer Aquariumsmitbewohner auf Anhieb sympathisch sein würde.

Und dann erlebte ich noch eine Überraschung. Als ich schweren Herzens durch den langen Gang zum Büro lief, kamen mir plötzlich Eugen und Holger entgegen. Holger war wie aus dem Ei gepellt, im Anzug, mit frisch geschnittenen Haaren und einer von Eugens Krawatten um den Hals! Er hatte soeben die Aufnahmeprüfung zur Polizeischule bestanden!

Holger grinste unbehaglich. »Morgen, Adelheid. Ich muss verrückt sein. Polizeischule! Der nackte Wahnsinn!«

Eugen war ganz der stolze Vater. »Unser Sohn!«, lächelte er. »Ich kann es noch gar nicht fassen!«

Eugen war es gestern tatsächlich gelungen, seinen Sohn von meinen Zukunftsplänen zu überzeugen! »Toll!«

sagte ich anerkennend. »Das feiern wir heute Abend.« Doch im Augenblick war mir überhaupt nicht nach Feiern zumute.

Im Büro ging eben eine lange Nacht zu Ende. Volker Radke und Helga Simon hatten endlich gestanden. »Pohl! Schubert!«, kommandierte der Chef zufrieden. »Buchten Sie die Herrschaften ein! Feierabend!« Ohne mich auch nur eines Blickes zu würdigen, verschwand er in seinem Zimmer.

»Dass Sie sich noch ins Büro trauen, Frau Möbius«, sagte Pohl kopfschüttelnd. Radke und Helga Simon, beide in Handschellen, warfen mir giftige Blicke zu.

»Jetzt machen Sie voran, Pohl!«, schimpfte Schubert und drängte mit Helga Simon an mir vorbei. »Mein Zug nach Wiesbaden! Vielleicht erwische ich noch den um 9 Uhr 43!«

Pohl beeilte sich, mit Radke hinterherzukommen.

Ich legte die Plastiktüte mit Hansi ins Waschbecken, dann zog ich meine Bestechungsschneckennudeln aus der Tasche, holte noch einmal tief Luft und öffnete die Tür zu Strobels Büro.

Der Chef hatte auf seinem Schreibtisch die Geldscheine aus dem Bankraub ausgebreitet und beugte sich sinnend darüber. Er hatte tiefe Ringe unter den Augen. »Morgen, Chef«, druckste ich mit einem hilflosen Lächeln, »ich habe Ihnen Schneckennudeln mitgebracht. Und neuen Kaffee habe ich auch gekauft …«

Aber der Chef war mit seinen Gedanken gerade ganz woanders. »Zweihunderttausend Mark!« Verwundert sah er auf. »Frau Möbius, ist das nicht komisch? Papier mit Zahlen drauf. Und alle rennen sie dem hinterher …«

Von Kündigung keine Rede! Mir fiel ein Stein vom Herzen.

»Sie haben den Fall gelöst«, schob ich ihm die Lorbeeren zu.

Aber Strobel ist nicht blöd. Er schüttelte aufseufzend den Kopf. »Pullover! Wie kommen Sie nur auf so was, Frau Möbius?! Das ist nicht fair. Konopka war der ideale Täter und hat sogar gestanden! Und da kommen Sie mit Ihrer quer liegenden Masche ...!« Er gähnte ausgiebig, zog sein Jackett über und ging zur Tür.

Ich war so erleichtert, dass das Thema Kündigung vom Tisch war! Ich glaube, ich strahlte bis über beide Ohren. »Ein bisschen Glück war auch dabei«, wiegelte ich ab. »Und überhaupt ... wenn Sie nicht rechtzeitig erschienen wären ...«

Strobel, der schon die Klinke in der Hand hatte, fuhr herum. »Rechtzeitig? Da bin ich mir gar nicht so sicher, Frau Möbius. Vielleicht hätte ich ein halbes Stündchen warten sollen, dann säßen Sie jetzt in einem Porsche und würden gerade durch den St.-Gotthard-Tunnel düsen ... Ein verlockender Gedanke, Frau Möbius! Ein sehr verlockender Gedanke!« Dann machte er sich auf den Heimweg, um sich in seiner kleinen Junggesellenwohnung seinen wohlverdienten Schlaf zu gönnen.

Und so löste sich der ganze schreckliche Alptraum in Nichts auf. Ich hätte die ganze Welt umarmen können, so glücklich war ich!

Ich ging in mein Büro zurück, schaltete die Kaffeemaschine an und fuhr den Computer hoch. Aber ehe ich anfing, das Verhörprotokoll von letzter Nacht abzutippen, das Strobel auf meinen Schreibtisch gelegt hatte, nahm ich die Tüte mit Hansi aus dem Waschbecken, öffnete den Knoten und ließ den Fisch ins Aquarium gleiten. Neugierig kam Goldie aus seiner Ruine hervor ...

Zufrieden nahm ich mir eine Schneckennudel aus der großen Tüte, setzte den Kopfhörer auf und tippte los.

Schubert hat übrigens den Zug um 9.43 Uhr diesmal wirklich erreicht. Und als er nach zwei Wochen von dem Seminar in Wiesbaden zurückkam, sah er endlich zum ersten Mal richtig erholt aus. Doch das hat nicht lange vorgehalten ...

Tod in der Geisterbahn

Die Gymnastikstunde hatte es in sich. Während ich mich auf dem Boden nach Bruchnagels Anweisungen verrenkt habe, saß er mit einer Tasse Kaffee auf einem Plastikstuhl vor mir und gab Anweisungen.

Ich gab mein Bestes, während er mich eine Übung nach der anderen absolvieren ließ.

»Bestimmt haben Sie eine Ausbildung als Gymnastiktrainer?«, begann ich ein Gespräch, in der Hoffnung, dass er beim Erzählen ein paar von seinen Kommandos vergaß. Aber die Strategie ging leider nicht auf.

Während Bruchnagel mich unerbittlich weitertriezte, antwortete er: »Ich hatte sogar ein eigenes Fitnessstudio in Bochum.« Er wuchs buchstäblich ein paar Zentimeter über sich hinaus, als er das sagte. Es war ihm anzusehen, dass sein Herz immer noch daran hing.

»Tatsächlich?«, tat ich interessiert. Und zum ersten Mal sah ich den Mann lächeln. »Wir waren so eine Art Treffpunkt für die Bochumer Schickeria«, erzählte er und trieb mich weiter an.

Ich war mittlerweile ziemlich aus der Puste und wahrscheinlich gehörig derangiert. Jetzt reichte Bruchnagel mir ein Gummiband, das ich hinter dem Rücken dehnen sollte. Und das war so anstrengend, dass ich sofort zu zittern anfing. »Das habe ich mir gedacht«, kommentierte Bruchnagel bloß. Das Schlimmste war aber die Abschlussübung. Bruchnagel machte sie vor. Mit Hilfe des Bandes zog er einen Fuß hinter dem Rücken Richtung Kopf. Bei ihm hatte es was vom sterbenden Schwan. Aber ich ahnte, dass ich bei dieser Übung eine weitaus kläglichere Figur machen würde.

»Sie stammen aus Bochum?«, versuchte ich Zeit zu schinden, während ich den Fuß zögernd in das Band einhängte.

»Der Bruder von Herrn Middeltrop, der morgen eintrifft, ist auch aus Bochum.«

Renée stutzte. »Reinhold Middeltrop & Partner?«, fragte er.

»Da müssen Sie Herrn Middeltrop selber fragen«, erwiderte ich atemlos. »Ich weiß nur, dass er irgendwas verkauft. Aber was ...?«

Bruchnagel verschränkte finster die Arme. »Reinhold Middeltrop!«, sagte er nachdenklich. »Man begegnet sich im Leben immer zweimal ... Worauf warten Sie?«, fuhr er mich dann an.

Also ging ich es an. Aber sobald ich das linke Bein in die Höhe zog und mich nach hinten bog, fing ich an zu schwanken. So, auf einem Bein balancierend, konnte ich einen Sturz nur verhindern, indem ich in großen Sprüngen durch das Zimmer hüpfte. Herr Bruchnagel gab sich nicht die geringste Mühe, ein breites Grinsen zu verbergen. Endlich kam er mir zu Hilfe und fing mich auf.

»Machen wir Schluss für heute«, winkte er ab. »Wir sehen uns morgen.« Damit entließ er mich endlich. Offen gestanden verspüre ich wenig Lust, mich ein weiteres Mal in Bruchnagels Hände zu begeben.

Mutti sitzt im Salon und drischt Karten. Eigentlich wollte sie mit Frau Mauz am Nachmittag einen Ausflug zur Burg Lichtenstein unternehmen. Da diese auf sich warten ließ, habe ich mit Mutti einen Kaffee im Salon getrunken und mich zu einer Runde »Siebzehn und vier« überreden lassen. Bis endlich Frau Mauz kam, hatte ich an Mutti siebzig Mark verloren und genug vom Kartenspiel. Ich war froh, als ich mich mit meiner Kladde in den Garten zurückziehen konnte.

Mittlerweile sind Herr Middeltrop und zwei Damen vom Nebentisch zu der Spielrunde dazugestoßen. Aus der Entfernung sah es so aus, als wäre Muttis Siegessträhne bisher noch nicht gebrochen worden. Sie strahlte übers ganze

Gesicht und schob gerade den Geldhaufen aus der Mitte zu sich herüber, als ich mir einen neuen Kaffee holte.

»Siebzehn und vier« hat Mutti damals bei Monique gelernt, der Bardame aus dem »Kakadu«. Monique suchte mich wegen des erschossenen Steuerberaters auf. Ich weiß es noch genau: Es war dieser mysteriöse Fall, in dem Strobel mir um einige Nasenlängen voraus war. Mir ist heute noch nicht klar, wie die Sache mit Sonja und Pfeiffer zusammenhing ...

Pohl und Strobel waren mittags am Tatort gewesen, und ich hatte jetzt die Aufgabe, die Notizen zu entschlüsseln, die Pohl während der Recherchen zusammengekritzelt hatte, und sie in den Computer zu tippen. Pohl hatte immer schon eine ziemliche Klaue. Aber so schlimm wie heute war es noch nie.

Mühevoll entzifferte ich:

– Opfer: Horst Pfeiffer, Steuerberater

– Auffälligkeiten: keine

– Ort des Geschehens: Dom, Heiligengeistfeld, Hummelreihe

– Opfer wurde erschossen

– Todeseintritt: gegen 14.30 Uhr

– Kassiererin wurde durch Schreie von Fahrgästen auf Toten aufmerksam

– nach Angabe des Kartenkontrolleurs fuhr das Opfer ...

Ich hielt das Blatt näher vors Gesicht, aber es war zwecklos. Ich konnte nichts erkennen außer drei leicht gewellten Strichen: zwei kurzen und einem langen. Das konnte alles Mögliche heißen.

»Herr Pohl?«, rief ich durch die offene Tür nach nebenan. Aber dieser hatte heute offensichtlich seinen schlechten Tag und keine Lust zu antworten. »Herr Pohl!«, rief ich lauter.

Statt des Kollegen Pohl meldete sich Schubert, und zwar über Telefon. Er war heute den ganzen Tag noch nicht da gewesen, was Strobel am Morgen mit ein paar bissigen Bemerkungen kommentiert hatte. »Herr Schubert, wo sind Sie?«, fragte ich.

»Das habe ich dem Chef doch alles schon erklärt«, antwortete Schubert giftig. »Ich habe arge ... Ich bin bei einer ärztlichen Untersuchung.«

»Das muss der Chef verdrängt haben«, entgegnete ich. »Und wann dürfen wir wieder mit Ihrem Erscheinen rechnen?«

Ich hörte, wie Schubert am anderen Ende der Leitung nach Luft schnappte. »Ich bin ein schwerkranker Mann«, stieß er dann aus. »Ich werde hier gerade auf Herz und Nieren durchgecheckt, Frau Möbius. Und ich kann Ihnen sagen: Mein Arzt ist äußerst besorgt. Und da fragt der Chef, wann ich wieder zur Arbeit komme? Ich bin froh, dass ich noch lebe! Da denke ich an Arbeit ganz zuletzt. Sagen Sie ihm das!«

»Alles klar«, erwiderte ich. »Ich werde es dem Chef ausrichten.«

Pohl erschien im Türrahmen. Er sah heute irgendwie anders aus als sonst. Ich hätte nur nicht sagen können, weswegen. Unfreundlich zwinkerte er mich aus sehr kleinen Augen an. »Was gibt's?«

Ich reichte ihm den Stenoblock. »Nach Angaben des Kartenkontrolleurs fuhr das Opfer was?«

Er führte ihn ganz dicht vor die Augen und meinte dann erbost: »Drei Runden Geisterbahn, sieht man doch!« Er gab mir den Block zurück.

»Sie meinen, dieser Herr Pfeiffer wurde in der Geisterbahn erschossen?«

»Herzinfarkt war es nicht!«, raunzte er mich an.

»Mein Gott, haben Sie eine Laune!«, beschwerte ich

mich. »Und wie sehen Sie überhaupt aus? Wie ein Maulwurf!«

»Maulwurf!«, lachte Pohl bitter auf. Er griff in seine Jackentasche und setzte sich etwas auf die Nase, was einmal seine Brille gewesen war. Und jetzt wusste ich plötzlich, warum mir Herr Pohl so verändert erschienen war. »Gefalle ich Ihnen so besser?«, fragte er und blinzelte durch das zerbrochene Glas.

In diesem Augenblick öffnete sich die Tür. Pohl riss sich hastig die Brille von der Nase. Der Chef kam mit einer kreidebleichen Dame in écrufarbenem Kostüm herein.

»Einen Kaffee, Frau Möbius«, ordnete er an. »Und dann soll Herr Schubert Frau Pfeiffer gleich nach Hause fahren.« Er schob die bleiche Dame vor sich her in sein Büro und schloss die Tür.

Zum Glück hatte ich eben erst neuen Kaffee gemacht. Eilig goss ich zwei Tassen ein. »Frau Pfeiffer, ist das etwa ...?«

»Die Frau des Toten«, nickte Pohl und tappte ein wenig blind herbei. »Fünfundzwanzig Jahre verheiratet. Und dann sitzt ihr Mann plötzlich tot in der Geisterbahn.«

»Furchtbarer Gedanke!«, stieß ich aus. »Hautnah dabei zu sein, wenn der eigene Mann umgebracht wird!«

Pohl blinzelte verwirrt. »Wieso?«

»Na, waren die beiden nicht zusammen in der Geisterbahn?«

Er schüttelte den Kopf. »Ach was! Er ist allein gefahren.«

»Allein?«, wunderte ich mich. »Also, da stimmt was nicht. Kein Mensch fährt allein Geisterbahn. Und schon gar nicht drei Runden! Wo bleibt denn da der Spaß?« Ich nahm die Tassen auf und informierte Pohl noch kurz: »Übrigens werden Sie Frau Pfeiffer fahren müssen. Schubert ist mal wieder bei einer ärztlichen Untersuchung.«

»Ich? Ohne Brille bin ich praktisch blind!«, wehrte Pohl ab.

»Nehmen Sie die Brille von meiner Vorgängerin«, riet ich ihm. »Sie ist in der obersten Schublade rechts.« Ich brachte den Kaffee nach nebenan.

»Schnell, schnell! Stellen Sie den Kaffee hin und verschwinden Sie wieder«, empfing mich Strobel ungalant. »Also, meine liebe Frau Pfeiffer, noch mal: Ist Ihnen an der Leiche Ihres Mannes irgendetwas aufgefallen – ich meine, abgesehen von dem Blut, das ihm aufs Hemd troff?«

Ich war schon wieder auf dem Weg nach draußen, da hörte ich hinter mir ein leises Stöhnen, dann ein lautes Scheppern und Frau Pfeiffer sank ohnmächtig vom Stuhl auf den Boden. Der Inhalt ihrer Kaffeetasse ergoss sich über Strobels Hose.

»Aua!«, fluchte Strobel und sprang auf.

Besorgt kniete ich mich neben die bewusstlose Frau. »Halten Sie wirklich ein Verhör für richtig, nachdem Frau Pfeiffer gerade die blutüberströmte Leiche ihres Mannes identifiziert hat?«, fragte ich Strobel in vorwurfsvollem Ton.

»Wieso? Wo sie schon mal da ist!«, wehrte er sich und stakste in großen Schritten über den umgekippten Drehstuhl und die ohnmächtige Witwe hinweg zum Waschbecken. Erst dachte ich, er wollte Frau Pfeiffer ein Glas Wasser holen. Aber stattdessen begann Strobel, den riesigen Kaffeefleck auf seiner Hose mit Wasser zu bearbeiten. »Erst gestern habe ich den Anzug aus der Reinigung abgeholt. Vierzehn Mark!«, jammerte er.

Ich versuchte Frau Pfeiffer wieder zum Leben zu erwecken. Ich schlug ihr auf die Wangen und rief ihren Namen. Aber sie rührte sich nicht.

Pohl sah neugierig durch die Tür, die Brille meiner Vorgängerin auf der Nase, Modell Tropfenform mit Strass. Aber wenigstens konnte er jetzt wieder sehen.

»Holen Sie schnell das Parfümfläschchen aus meiner Tasche«, bat ich ihn. Strobels Hose war mittlerweile von oben bis unten klatschnass. Jetzt versuchte er sie mit dem Handtuch trocken zu reiben – natürlich vergeblich.

»Geschieht Ihnen recht«, sagte ich kalt zum Chef. »Wenn Sie auch nur einen Funken Feingefühl hätten, dann ...«

»Feingefühl?«, kam es höhnisch vom Waschbecken. »Ich bin Polizist und kann mir keine Gefühle leisten! Und Feingefühl schon zweimal nicht.«

»Haben Sie bei Ihrem Verhör wenigstens etwas erfahren?«, fragte ich. Strobel stieg in großen Schritten wieder über die Bewusstlose hinweg. Endlich kam Pohl mit dem Parfümfläschchen. Da Strobel nicht antwortete, half ich ihm auf die Sprünge: »Zum Beispiel, was Herr Pfeiffer an einem Mittwochnachmittag allein in der Geisterbahn zu suchen hat.«

»Ach«, bemerkte Strobel bissig. »Das ist Ihnen also auch schon wieder aufgefallen!«

»Na ja, ist doch eigenartig, oder?«, hielt ich ihm vor Augen. »Ein Mann in seinem Alter!«

»Liebe Frau Möbius«, wies Strobel mich zurecht, »jetzt überlassen Sie die Detektivarbeit mal Leuten, die dafür ein Gehalt vom Steuerzahler kriegen. Sorgen Sie lieber dafür, dass Schubert die Witwe zu Hause aufs Sofa legt!«

»Schubert ist bei einer ärztlichen Untersuchung«, erklärte ich leicht beleidigt und hielt Frau Pfeiffer das Parfümfläschchen unter die Nase. Es hatte doch sowieso keinen Sinn, mit dem Chef über meine Vermutungen zu reden. Bitte! Ich konnte sie auch für mich behalten!

»Dann bringen Sie Frau Pfeiffer eben nach Hause« wandte Strobel sich an Pohl.

Pohl schüttelte den Kopf. »Ich kann nicht Auto fahren, nachdem Sie mir auf meine Brille getreten sind.«

Ich platzte kichernd heraus: »Sie waren das, Chef?«

»Im Dunkeln in der Geisterbahn«, brummelte Strobel und wechselte schnell das Thema. »Also gut, dann rufen Sie ein Taxi, Pohl. Und Sie, Frau Möbius, begleiten Frau Pfeiffer nach Hause – wo Sie doch so viel überschüssiges Feingefühl besitzen«, stichelte er noch.

Frau Pfeiffer vor mir auf dem Boden stöhnte leise, dann schlug sie endlich die Augen auf und sah mir verwirrt ins Gesicht. Ich half ihr, sich aufzusetzen. »Sie sind ohnmächtig geworden«, erklärte ich ihr.

Endlich griff auch Strobel mit zu. Gemeinsam hievten wir sie vom Boden hoch. Der Chef drückte ihr das écrufarbene Hütchen, das sie bei ihrem Sturz verloren hatte, auf die blondierten Locken. »So, immer schön langsam«, versuchte er seine menschliche Seite herauszukehren. »Unsere Frau Möbius bringt Sie jetzt nach Hause. Dann legen Sie sich erst mal hin.«

»Entschuldigen Sie vielmals«, stammelte die immer noch völlig orientierungslose Frau. »Ich weiß gar nicht, wie das passieren konnte ...«

Strobel winkte begütigend ab. »Nur noch eine Frage«, traktierte er sie dann erneut. Sofort griff ich Frau Pfeiffer wieder unter die Arme, in Erwartung des nächsten Ohnmachtsanfalls.

»Keine Angst«, sagte Strobel, halb an mich gewandt. »Das hat nichts mit Ihrem Privatleben zu tun. Ich sollte nur wissen, ob Ihr Mann heute irgendwelche Termine hatte, ich meine, mit wem er zuletzt zusammen war.«

»Er hat angerufen«, entgegnete Frau Pfeiffer mit zitternder Stimme, »und gesagt, dass er nicht zum Mittagessen kommt. Liebling, warte nicht auf mich, das waren seine letzten Worte ...« Fassungslos schluchzte sie los.

Ich beeilte mich, Frau Pfeiffer aus Strobels Nähe wegzubringen.

Das Taxi hielt vor einer stattlichen Villa, die von einem mehrere Hektar großen Garten umgeben war.

»Haben Sie jemanden, der sich um Sie kümmert?«, fragte ich Frau Pfeiffer besorgt, als ich sie zur Haustür geleitete. Die Witwe zitterte immer noch am ganzen Körper.

»Sonja, das Hausmädchen«, nickte Frau Pfeiffer.

Das Hausmädchen war eine hübsche junge Türkin in einer blendend weißen Rüschenschürze. Als sie sah, in welchem Zustand Frau Pfeiffer war, verschwand sie eilig in die Küche, um ihr einen Tee aufzugießen. Frau Pfeiffer ließ sich ermattet auf das Sofa im Wohnzimmer sinken. Da saß die Witwe zwischen all ihren Perserteppichen, den Originalgemälden und den Designermöbeln.

Sie verbarg das Gesicht in den Händen. »Und wenn ich daran denke, dass Horsts Mutter in Bad Gastein zur Kur ist und keine Ahnung hat, dass ... Und natürlich wird sie behaupten, ich bin schuld.« Sie stockte gequält. »Ich bin an allem schuld. Immer! Ich kann es keinem recht machen.«

»Niemand kann es allen recht machen«, versuchte ich sie zu trösten.

Aber ich erreichte sie mit meinen Worten überhaupt nicht, so elend war sie. »Was mache ich denn jetzt?«, klagte sie weiter. »Das Grab, die Beerdigung ... die Raten, die Steuern, das Geld! Horst hat doch alles alleine gemacht!« Sie war völlig aufgelöst.

Doch bezüglich des Geldes konnte ihr geholfen werden. Ich entdeckte nämlich, dass eins der Gemälde leicht von der Wand geklappt war. »Ist hinter dem Bild der Safe?«, fragte ich.

Frau Pfeiffer nickte kraftlos. »Aber ich kriege ihn nicht auf. Ich habe praktisch keinen Pfennig.«

Sie hatte es also schon versucht!

Ich klappte das Gemälde zur Seite. Dahinter war ein massiger Tresor in die Wand eingelassen, den man nur über die Eingabe der richtigen Zahlenkombination öffnen konnte.

»Alles ist da drin!«, jammerte Frau Pfeiffer. »Die Scheckbücher, die Kontoauszüge, das Geld. Ich weiß nicht mal, bei welcher Bank Horst sein Konto hat. Ich musste mir Geld vom Dienstmädchen leihen ... für das Taxi.« In Frau Pfeiffers Worten klang plötzlich eher Verbitterung als tiefer Schmerz.

»Was ist das Geburtstagsdatum Ihres Mannes?«, fragte ich.

»17.4.38. Wieso?«, erwiderte Frau Pfeiffer.

Ich drehte am Zahlenrad, aber es tat sich nichts. »Weil die meisten Leute ihr Geburtsdatum nehmen«, erklärte ich ihr. »Oder das eines Menschen, den man liebt: der Frau oder der Freundin oder des Hundes ...«

Frau Pfeiffer schaute überrascht. Ihre Schwäche war plötzlich wie weggeblasen. »Versuchen Sie es mit: 15.4.1911«, sagte sie aufgeregt und fügte abfällig hinzu: »Der Geburtstag von meiner Schwiegermutter.«

Ich gab die Ziffern ein, und tatsächlich: Der Tresor sprang auf. Was ich hinter der stählernen Tür zu sehen bekam, verschlug mir für einen kurzen Augenblick den Atem: Dort lag stapelweise Bargeld, zum größten Teil noch mit Banderole. Das durfte gut und gerne eine halbe Million sein. Und das war nur das Barvermögen, das der Tote hinterlassen hatte. Dazu kam sicher noch einiges Geld auf Sparbüchern, in Aktien, Fonds etc.

»Also, eins steht fest«, bemerkte ich, »Ihre Geldprobleme sind gelöst.«

Hastig griff Frau Pfeiffer sich ein Bündel Banknoten aus dem Safe. Sonja kam mit dem Tee. Versteinert starrte sie auf den offenen Tresor. Es wunderte mich ein wenig, dass Frau Pfeiffer ihn so bedenkenlos offen stehen ließ. Sie schien vor Sonja keine Geheimnisse zu haben. Auch sonst fand ich das Verhältnis zwischen den beiden Frauen sonderbar. Frau Pfeiffer behandelte Sonja nicht wie eine Angestellte, sondern eher wie eine jüngere Schwester.

»Sie kommen jetzt allein zurecht?«, vergewisserte ich mich. Eigentlich hätte ich mir diese Frage sparen können, denn Frau Pfeiffer hatte ihren Zusammenbruch vollkommen überstanden.

»Sonja ist ja auch noch da«, beruhigte Frau Pfeiffer mich. Sie drückte sich zwar noch mal eine Träne aus dem Auge, doch es war offensichtlich, dass sie das eher der Form halber tat und nicht aus Trauer um ihren gerade verstorbenen Mann.

»Sagen Sie«, forschte ich nach dem Grund für ihre doch recht ungewöhnliche Gelassenheit, »hatte Ihr Mann eigentlich Feinde?«

Frau Pfeiffer warf Sonja einen bedeutungsschweren Blick zu. »Feinde?«, entgegnete sie hart. »Ich weiß nur, dass er keine Freunde hatte. Keinen einzigen!«

Ihre Antwort sprach Bände. Frau Pfeiffer hasste ihren Mann – und bemühte sich kaum, es vor mir zu verbergen. Was war da zwischen den Eheleuten wohl vorgefallen, dass Frau Pfeiffer wenige Stunden nach dem Tod ihres Mannes so über ihn sprach?, überlegte ich. Dahinter steckte mehr als die ganz normale Abneigung, die sich über Jahre hinweg in viele Ehen einnistet, genährt von offenen Zahnpastatuben, Unaufmerksamkeit, Knausrigkeit und Rechthaberei. Aber welchen Grund hatte Frau Pfeiffer, so über ihren Mann zu reden?

Und welche Rolle spielte Sonja, die deutlich mehr war als ein gewöhnliches Hausmädchen?

Ich verließ das »Trauerhaus« und stieg ins Taxi, das auf

mich gewartet hatte. Wir wollten gerade losfahren, da hielt ein Motorrad vor dem Haus. »Warten Sie noch einen Moment«, bat ich den Taxifahrer.

Ein junger Türke stieg von dem Motorrad und stiefelte mit energischen Schritten auf das Haus zu. Er klingelte Sturm. Schnell notierte ich die Nummer des Motorrads. Vielleicht war Ria von der Verkehrsüberwachung so lieb, die Nummer für mich nachzusehen.

Ich wartete noch ab, bis Frau Pfeiffer die Tür öffnete. Es war deutlich, dass sie den jungen Mann kannte und dass sie nicht gut auf ihn zu sprechen war. Die beiden begannen sich über irgendetwas zu streiten. Ich hatte genug gesehen. Das Taxi fuhr los.

Als ich am Polizeipräsidium aus dem Taxi stieg, fing Eugen mich ab. »Wo warst du?«, begrüßte er mich.

»In Venedig – mit meinem neuen Freund«, bohrte ich in seinen Wunden.

Eugen fand es gar nicht lustig, dass ich seine Gefühle so mit Füßen trat. »Dann hör eben endlich auf, mir nachzuspionieren«, riet ich ihm.

»Ich wollte dich ja auch nur fragen, ob du am Wochenende mit zu Hermanns Geburtstagsfete kommst«, verteidigte er sich. »Wir grillen im Garten. Und anschließend zeigt Hermann seine Dias von Las Vegas ...«

Ich lehnte entschieden ab, denn ich erinnerte mich an endlose langweilige Diaabende, die durch minutenlange Kommentare zu einzelnen Motiven noch künstlich in die Länge gezogen wurden.

Eugen verlegte sich aufs Jammern. »Bitte, Adelheid! Ich habe doch sonst niemanden, mit dem ich gehen könnte! Wie sieht das denn aus ...?«

»Das sieht aus, als wären wir seit zwei Jahren geschieden. Was zufällig auch stimmt«, entgegnete ich unbarmherzig. Aber dann überlegte ich es mir anders. Wenn Eugen etwas von mir wollte, war das eine gute Gelegenheit, ihn ebenfalls um einen Gefallen zu bitten. Mir stand eine Fahrt mit der Geisterbahn bevor. Schließlich musste ich mir ja einen Eindruck vom Tatort verschaffen. Aber da gab es ein Problem: Ich grusele mich entsetzlich, wenn man mich erschreckt. Und erst recht im Dunkeln. »Hast du heute Nachmittag schon was vor?«, fragte ich Eugen.

Eugen schüttelte verblüfft den Kopf.

»Gut, dann hol mich nach Dienstschluss ab.«

Ein schlecht rasierter Herr Ende vierzig in zerknitterter Edelgarderobe stürmte aus dem Präsidium und nickte Eugen einen kurzen Gruß zu. Er wirkte wie eine Mischung aus Künstler und Szenegänger.

Ich warf Eugen einen verwunderten Blick zu. Verkehrte er jetzt in Künstlerkreisen?

Eugen winkte ab: »Der wollte bloß zu deinem Chef.«

Später sollte ich diesen Herrn noch besser kennen lernen – und zwar in einer sehr unangenehmen Situation. Das ahnte ich aber zu diesem Zeitpunkt noch nicht.

»Wo willst du heute Nachmittag denn hin?«, kam Eugen auf mein Angebot zurück.

»Wir gehen zusammen auf den Dom«, erklärte ich. »Du darfst mich zu einer Currywurst einladen, und dann fahren wir zusammen Geisterbahn.«

Es war deutlich, dass Eugen sehr mit sich rang. Einerseits wusste er ja von dem Mord in der Geisterbahn und konnte sich denken, was ich auf dem Jahrmarkt wollte. Andererseits stand ihm Hermanns Geburtstagsfeier ins Haus ... Und so sagte er zu.

Ehe ich ins Büro ging, schaute ich noch kurz bei der Verkehrsüberwachung vorbei. Ria war allein im Büro. Sie fragte gar nicht lang, sondern suchte mir ohne viel Federlesens das Motorradkennzeichen, das ich mir vor der

Pfeifferschen Villa notiert hatte, aus der Verkehrssünderkartei.

»Der Besitzer hat schon eine ganze Latte an Übertretungen begangen«, stellte sie fest. Ich wollte mir die Adresse aufschreiben, doch Ria erklärte mir: »Dieser Hassan ist so gut wie nie zu Hause zu erreichen. Er ist fester freier Mitarbeiter der Geisterbahn auf dem Dom.«

»Bei der Geisterbahn?«, fragte ich ungläubig. Ich musste sofort mit Strobel sprechen. »Danke, Ria!«, verabschiedete ich mich und beeilte mich, ins Büro zurückzukommen.

In meinem Gehirn überschlugen sich die Schlussfolgerungen. Mord aus Eifersucht!, schoss es mir durch den Kopf. Diese Lösung drängte sich ja nachgerade auf. Warum war ich nicht sofort beim Abtippen von Pohls Notizen darauf gekommen? Als Täter kamen doch zuallererst die Mitarbeiter der Geisterbahn in Frage, denn sie konnten mühelos und unbemerkt in der Geisterbahn ein- und ausgehen. Außerdem kannten sie sich bestens in der Bahn aus und konnten in Ruhe die ideale Position finden, um einen Schuss auf einen Fahrgast abzufeuern. Und das Motiv war ja leicht zu rekonstruieren: Vielleicht war dieser Hassan in Sonja verliebt. Oder er konnte auch ihr Bruder sein. Und vielleicht hatte er erfahren, dass Sonja ein Verhältnis mit Herrn Pfeiffer gehabt hatte. Also lockt er Sonjas Liebhaber unter irgendeinem fadenscheinigen Vorwand in die Geisterbahn und erschießt ihn. Das war die Lösung!

Als ich ins Büro kam, stand Schubert, noch im Mantel, am Aquarium und war mal wieder dabei, Unmengen von Fischfutter hineinrieseln zu lassen. Ich habe es ihm schon hundertmal erklärt, wieso es den Fischen mit mehr Futter nicht besser, sondern schlechter geht. Diesmal nahm ich ihm einfach die Dose aus der Hand und machte das Aquarium zu.

»Fische sehen immer so traurig aus«, verteidigte Schubert sich. Der Kollege sah heute tatsächlich ziemlich krank aus. Er hatte tiefe Ringe unter den Augen, seine Haare standen struppig in alle Richtungen und er wirkte, alles in allem, sehr leidend. Andererseits: Das war ja nun wirklich nichts Neues.

»Waren Sie schon beim Chef?«, fragte ich.

»Der Chef hat Besuch«, erwiderte Schubert. »Aber ich bin sowieso nur gekommen, um zu sagen, dass ich zum Arzt muss.«

»Da waren Sie doch gerade?«, wunderte ich mich und linste durch die offenen Lamellen in Strobels Büro. Der Besuch war offensichtlich wieder weg. Am besten ging ich gleich zum Chef rüber, um ihm zu erzählen, was ich über das türkische Dienstmädchen der Pfeiffers herausgefunden hatte.

Schubert wedelte mit einem Brief vor meiner Nase herum. »Meine Überweisung an die Uniklinik«, sagte er mit schmerzlicher Genugtuung.

Ich nahm den Brief, um ihn an Strobel weiterzureichen, der in diesem Augenblick zur Tür hereinkam. Er war offensichtlich gerade im Aufbruch begriffen. »Ah, Schubert!«, grüßte er spöttisch-erfreut. Ich reichte dem Chef die Krankmeldung.

»Da! Schwarz auf weiß!«, sagte Schubert triumphierend. »Vom Vertrauensarzt für den Spezialisten an der Uniklinik!«

Strobel warf einen eiligen Blick auf das Papier und wollte Schubert zur Seite schieben. Doch da stutzte er und begann plötzlich sehr interessiert zu lesen.

»Ich muss Sie dringend sprechen, Chef, bevor Sie gehen«, fasste ich die Gelegenheit beim Schopf, »ich habe da einen Verdacht im Fall Pfeiffer: Das Dienstmädchen …«

Aber Strobel hörte mal wieder nicht zu. »Das klingt ja entsetzlich!«, wandte er sich mit leichter Anerkennung an Schubert und gab ihm den Schrieb zurück.

»Es fing damit an, dass ich plötzlich dieses Rauschen in den Ohren hatte«, nickte Schubert wichtig und vertiefte sich jetzt selbst in seine Krankengeschichte.

»Ich bin mit Dr. Tobler verabredet«, informierte Strobel mich eilig. »Wenn Pohl sich meldet, sagen Sie ihm, er soll sich eine Liste aller Klienten von Pfeiffers Steuerpraxis besorgen. Es scheint ganz so, als hätte dieser Pfeiffer seinen Kunden geholfen, das Finanzamt zu bescheißen, und dann hat er ihnen das gesparte Geld wieder abgepresst.«

Ich kam überhaupt nicht zu Wort. Außerdem war ich etwas verwirrt. Normalerweise hütet der Chef seine Untersuchungsergebnisse ja wie seinen Augapfel. Versuchte er jetzt wieder, mich mit einer falschen Fährte zu verwirren?

»Histologische Gewebeuntersuchung!«, las Schubert entsetzt von dem Blatt ab und blickte Hilfe suchend um sich.

Strobel war schon wieder nebenan und zog sich den Mantel über. »Ach, Frau Möbius«, kam er noch mal in mein Büro zurück. »Wenn die Ergebnisse vom Labor kommen, vor allem, was das Kaliber der Tatwaffe angeht und die vermutliche Schussbahn etcetera, dann geben Sie mir das über Funk durch.« Er packte den immer noch lesenden Schubert am Ärmel.

Dieser zitierte entsetzt aus seiner Überweisung: »... ist eine Langzeitbehandlung nicht auszuschließen!« Er versuchte sich aus Strobels Griff zu befreien, krank, wie er war. Doch gegen den Chef hatte er keine Chance. »Na, na, so schlimm wird's schon nicht kommen«, tröstete Strobel ihn leichthin, schob ihn vor sich her aus dem Zimmer und ließ mich allein zurück.

Wie immer interessierte sich mal wieder keiner für das, was ich herausgefunden hatte. Ich seufzte tief auf. In einer halben Stunde war Dienstschluss. Bis dahin würde der Chef nie und nimmer zurück sein. Fürs Erste musste ich meine Information also für mich behalten.

Dr. Dochnal rief an, um die Ergebnisse seiner Laboruntersuchungen mitzuteilen. Zunächst weigerte er sich, die Informationen an mich durchzugeben. – Das ist eine Anordnung vom Chef. – Ich musste ihm erst umständlich erklären, dass ich diesmal ausnahmsweise von Strobel ermächtigt war, die Laborergebnisse anzunehmen und weiterzugeben, ehe er schließlich doch loslegte.

Ich nahm mir einen Stift und notierte: Kaliber des Revolvers und genaue Durchschlagkraft.

Dr. Dochnal diktierte weiter: »Der Abstand, aus dem der Schuss abgegeben wurde, liegt zwischen 2 Meter 50 und 10 Meter, ist aber anhand des mir vorliegenden Untersuchungsmaterials nicht exakt zu bestimmen …«

»Wieso nicht?«, unterbrach ich ihn.

»Weil Sie dazu neben dem Standort des Opfers nach wie vor den Fundort der Patronenhülse brauchen. Unserer Laborarbeit sind Grenzen gesetzt«, antwortete Dr. Dochnal.

»Die Patronenhülse wurde nicht gefunden?«, wunderte ich mich. »Ich denke, die Spurensicherung hat alles abgesucht!«

Auf der anderen Seite der Leitung blieb es kurz still. Dann sagte Dr. Dochnal: »Frau Möbius, das zu klären ist Sache Ihres Chefs. Selbst wenn ich wollte: Ich darf Ihnen dazu gar nichts sagen.«

»War ja nur eine Frage!«, wiegelte ich ab. »Ist ja auch gar nicht meine Sache. Nur für den Fall, dass der Chef fragt.«

»Das wär's dann im Wesentlichen«, wollte Dr. Dochnal das Gespräch beenden.

»Und was ist mit der Schussbahn?«, hakte ich nach.

Dochnal seufzte leicht, aber antwortete dann doch: »Die Kugel ist seitlich von hinten in den Körper des Opfers eingedrungen, zwischen dem dritten und vierten Rippenbogen.«

»Seitlich von hinten? Das heißt, der Täter hat sich irgendwo in der Geisterbahn versteckt«, überlegte ich, »und ...«

»Frau Möbius!«, kam es mahnend aus dem Hörer. »Ich bin nicht befugt ...«

»Okay, okay«, unterbrach ich Dochnals Vortrag, der mir ja nur zu geläufig war. »Man wird ja mal fragen dürfen.«

Abgesehen von der Waffenart gaben die Ergebnisse von Dr. Dochnal nicht allzu viel her, außer dass jetzt mit Sicherheit feststand, dass der Täter nicht auf Armlänge neben dem Mordopfer gewesen war. Aber da gab es etwas, was mir sehr seltsam vorkam.

Pohl erschien in der Tür seines Büros. Seine schlechte Laune von heute Morgen war wie weggeblasen. Er strotzte geradezu vor Selbstbewusstsein.

»Der Chef lässt Ihnen ausrichten ...«, begann ich.

»Ich weiß«, winkte er ab. »Ich habe ihn im Flur getroffen.« Dann kam er zu dem Thema, das ihn eigentlich bewegte: »Wie finden Sie meine neue Brille? Die Brillenschlange im Laden meinte, ich sähe damit viel reifer aus.« Abwartend strahlte er mich durch das neue Modell an. Die Verkäuferin hatte ihn zu einem monströsen Gestell aus ockerbraunem Horn überredet, hinter dem sein schmales Gesicht fast verschwand.

»Hinreißend«, entgegnete ich höflich. »Übrigens, der Untersuchungsbericht von der Ballistik kam gerade durch. Hat man tatsächlich keine Patronenhülse gefunden? Sie waren doch dabei!«

Pohl begutachtete sich und seine neue Sehhilfe verliebt im Spiegel. »In der Geisterbahn?«, antwortete er nebenher. »Nein, da haben wir nichts gefunden. Wir haben den Laden extra stillgelegt.«

»Das gibt es doch nicht!«, wunderte ich mich. »Ich meine, nach allem, was man bisher weiß, sieht es doch so aus, als hätte der Täter irgendwo im Dunkeln gestanden und darauf gewartet, dass Pfeiffer vorbeifährt.«

Pohl begann vor mir auf und ab zu stolzieren, im zufriedenen Bewusstsein einer neuen Seriosität, die er mit seiner neuen Brille erstanden hatte. »Genau«, nickte er väterlich. »Der Täter muss hinter dem Skelett gestanden haben. Da ist es nicht dunkel, weil kurz davor die Wagen einen Kontakt auslösen, was das Skelett dazu veranlasst, aufzuheulen und gleichzeitig ein gespenstisches Licht auszustrahlen. Der Täter konnte Pfeiffer demnach sehr gut ausmachen. Sonst noch Fragen, Frau Möbius?«

»Aber wie konnte er dann nach dem Schuss, als es um ihn herum wieder stockfinster war, die Patronenhülse auflesen und verschwinden?«, bohrte ich weiter.

Doch mit einem Schlag war Pohls verliebte Selbstbeobachtung wie weggeblasen – und damit leider auch seine Auskunftsfreudigkeit. »Frau Möbius, bitte nicht!«, wehrte er ab.

»Man wird doch mal fragen dürfen!«, bemerkte ich.

»Von mir erfahren Sie nicht mal, wie spät es ist«, erklärte Pohl bestimmt.

Das konnte mich weniger beeindrucken. Ich warf einen Blick auf meine Armbanduhr. »Fünfzehn Uhr und achtundzwanzig Minuten«, grinste ich ihn an.

Pohl machte, dass er in sein Büro zurückkam, ehe er im Überschwang seines Besitzerstolzes noch weitere Geheimnisse verriet.

Ich überlegte: Irgendwo musste die Patronenhülse doch sein. Bloß: Wo?

Neue Gäste

Keine Spur von Mutti, dabei ist es schon halb zwölf. Eine Nachricht hat sie mir an der Rezeption hinterlassen: »Wo warst du? Komme heute später. Fahre jetzt mit Guido ins Casino nach Baden-Baden. Schade, dass Du nicht mitkommst. Alles Liebe! Mutti!«

Dass Mutti eine Verabredung vergisst, kommt wirklich äußerst selten vor. Eigentlich wollten wir heute Abend doch zum Freilichttheater in den Mönchshof. Wegen des bevorstehenden Schäferlaufes wird dort das Stück »Die Schäferlies« aufgeführt.

In Bad Urach ist der Schäferlauf momentan das alles beherrschende Thema. Er findet alle zwei Jahre statt. Morgen und übermorgen treffen hier die Schäfer aus Württemberg zum Leistungshüten zusammen. Am Sonntag steigt dann ein großes Volksfest mit Trachtenumzug, Schäferreigen und eben dem eigentlichen Schäferlauf, einem Wettlauf von Schäfermädchen und Schäfern. Die Vorbereitungen zu diesem Ereignis sind in Bad Urach schon in vollem Gange.

Nach meinem einsamen Abendessen habe ich den Klavierflügel entdeckt, der heute im Clubraum aufgestellt worden ist. Anlässlich des Festes soll dort nämlich ein Klavierabend stattfinden. Ich konnte an dem Flügel einfach nicht vorbeigehen.

Als ich den Clubraum kam, war dort niemand, bis auf Joey, den Barkeeper, einen kaffeebraunen Jamaikaner. Mit seinem dunklen Seidenanzug und dem weißen Hemd war er das Schickste, was ich in Bad Urach bisher gesehen hatte.

Ich setzte mich an den Flügel – ein echter Steinway! – und begann zu spielen. Zuerst einen Boogie, dann versuchte ich ein paar von den gängigen Schlagern: »Play it again«, »My

Baby just cares for me«, »Just a Gigolo ...«. Joey hat's gefallen. Sozusagen als Gage mixte er mir einen scheußlich grünen Cocktail, den er mir auf den Flügel stellte. Die ersten Kurgäste kamen bereits neugierig herein. Es machte richtig Spaß!

Immer mehr Neugierige kamen herein, um mir zuzuhören. Nach »Ballade pour Adeline« schlug ich ein paar Takte Chopin an. Da kam wie aus dem Nichts Renée Bruchnagel auf mich zugeschossen und schlug den Klavierdeckel zu. Ich konnte gerade noch meine Finger darunter hervorziehen. »Wenn das jeder machen würde!«, pfiff er mich vor allen Leuten an. Er hatte eine ziemliche Alkoholfahne.

Zwar waren die anderen Kurgäste ganz auf meiner Seite, aber das half wenig. »Dieser Flügel ist ein kostbarer Steinway«, erklärte Bruchnagel dem Publikum. »Familienbesitz. Und es ist Order von Frau Gebhardt, dass keiner auf dem Flügel spielt.« Dieses Argument zog. Meine Zuhörer zerstreuten sich, und Joey stellte eilig wieder den CD-Player an, um die peinliche Stille, die plötzlich entstanden war, zu überbrücken.

»Tut mir Leid, Frau Möbius«, sagte Bruchnagel mit verbissener Höflichkeit zu mir. »Wir sehen uns morgen zur Massage.« Damit verschwand er aus der Tür.

Ich war ziemlich sauer, nahm meinen Cocktail und setzte mich an die Bar. Joey kam zu mir herüber und lächelte mir bedauernd zu. »Ist schade!«, sagte er.

Ich nickte schlecht gelaunt. »Wieso ist dieser Bruchnagel eigentlich ständig muffelig?«

»Don't worry«, tröstete Joey mich. »Wenn er getrunken hat, ist er so. Eigentlich darf er nicht in die Bar. Order von Frau Gebhardt.«

»Ist dann wohl auch besser so«, meinte ich und nahm einen Schluck von meinem zuckersüßen Cocktail.

»Und vielleicht ist er frustriert«, erklärte Joey achselzuckend. »Früher hatte der Bruchnagel eine ... äh ... ein

Unternehmen ... Fitnesscenter und Dancecenter. Es hat nicht geklappt. Das Geld ...«

Ein Gast kam an die Bar. Joey musste wieder an die Arbeit. »See you«, nickte er mir zu und begann gewandt mit Flaschen und Gläsern zu jonglieren.

»Schade, dass man Sie unterbrochen hat«, wandte sich der Gast an mich, nachdem er seine Bestellung aufgegeben hatte. Ich habe ihn gleich als den Bruder von Guido Middeltrop erkannt. Er hat auch dieses sehr glatt geschnittene Gesicht, nur ein wenig breiter. Er ist größer als sein älterer Bruder, und im Gegensatz zu Guido sieht man ihm an, dass Essen zu seinen Leidenschaften gehört.

»Sie spielen sehr gut«, fand Herr Middeltrop. »Das sagt meine Frau auch.« Er nickte zu einem der Tische hinüber, an dem eine attraktive Brünette Mitte dreißig saß. Jetzt kam seine Frau ebenfalls zu uns herüber.

Die beiden stellten sich als Reinhold und Barbie Middeltrop vor.

»Dann sind Sie es, die von Guido Middeltrop erwartet werden?«, fragte ich.

»Kennen Sie meinen Schwager?«, fragte Barbara. »Wir hatten eigentlich gedacht, dass wir heute Abend zusammen essen gehen. Aber Guido ist gar nicht da. Sonst hat man in Bars ziemlich gute Chancen, ihn zu treffen, aber hier ist er ja auch nicht.«

»Ihr Schwager ist heute mit meiner Mutter zum Casino nach Baden-Baden gefahren«, entgegnete ich. »Mit ihrer Rückkehr rechne ich nicht vor zwölf.«

»Hoffentlich hat er genug Geld eingesteckt ...«, meinte Reinhold, wechselte dann aber schnell das Thema. »Was hat Sie denn nach Bad Urach verschlagen? Ihrem Akzent nach kommen Sie doch aus dem Hamburger Raum.«

Ich nickte und erklärte den beiden, dass ich als Begleitung für Mutti hier war, in der Zwischenzeit aber auch schon als therapiebedürftig eingestuft und auf diesem Wege Renée Bruchnagel in die Hände gefallen war, der mich eben vom Klavier vertrieben hatte.

»Bruchnagel heißt der Mann?«, hakte Reinhold Middeltrop nach. »Barbie, habe ich den Namen nicht schon mal irgendwo gehört?« Aber sie konnte sich nicht erinnern.

»Bruchnagel …«, überlegte Reinhold. »Ich komm nicht drauf.«

»Er hatte früher in Bochum ein Fitnessstudio«, erklärte ich. »Vielleicht daher.«

»Ach so«, sagte Barbara. »Das Unternehmen meines Mannes beliefert ja die Studios der ganzen Region mit Fitnessgeräten. Vielleicht ein früherer Kunde?«

Reinhold hatte deutlich keine Lust, über seine Arbeit zu reden. »Wir sind vor allem wegen der Wildschweine hier«, meinte er. »Eigentlich wollte ich in den Schwarzwald, weil dort die guten Wildrestaurants direkt vor der Tür liegen. Aber bis dorthin ist es ja nur eine halbe Stunde«, tröstete er sich selbst. »Da lohnt es sich, zum Abendessen ein paar Kilometer zu fahren.«

»Die Forellengerichte hier am Albrand sind auch nicht zu verachten«, sagte ich.

»Vergessen Sie's«, schaltete Barbara sich ein. »Reinhold isst Fisch nur, wenn er nicht nach Fisch schmeckt. Aber ich weiß es noch von früher. Ich habe an der Fachhochschule Reutlingen studiert. Das war auch der Grund, warum mein Mann und ich uns zuletzt doch für Bad Urach entschieden haben. Für mich ist diese Kur ein bisschen wie ein Ausflug in die Vergangenheit …« Sie lächelte versunken, doch in ihrem Gesicht lag auch etwas Trauriges, das ich nicht deuten konnte.

»Ach, dann kennen Sie sich hier aus?«, fragte ich nach und zählte ein paar Sehenswürdigkeiten der Region auf, die ich mittlerweile kennen gelernt hatte.

Sie nickte. »Ja, sogar sehr gut. Wir haben in unserer Studienzeit häufig Motorradausflüge gemacht, meistens zum Freeclimbing an den Albtrauf. Beim Klettern war ich aber nicht so geschickt wie die anderen«, meinte sie. »Dazu braucht man richtig Kraft in den Fingern. Darf man hier eigentlich rauchen?«, fragte sie dann und zog ihre Zigaretten aus der Handtasche.

Ich schüttelte den Kopf. »Kurhotel eben.«

Barbara griff nach ihrer Tasche. »Komme gleich zurück«, kündigte sie an, nahm ihr Sektglas und schritt hinaus.

Ihr Mann sandte ihr einen liebevollen Blick hinterher. »Wenn sie bloß das Rauchen sein lassen würde«, sagte er nachdenklich. »Aber sie möchte eben nicht zunehmen, und da bin ich ihr ein mahnendes Vorbild.« Er sah auf seine stattliche Bauchwölbung hinunter und grinste breit. »Wenn Sie mich zu der Zeit gesehen hätten, als Barbie und ich uns kennen gelernt haben: Ich war gertenschlank.«

Ich fand Reinholds offene Art einfach erfrischend – ganz das Gegenteil von seinem Bruder. »Mein Chef ist auch recht gut gebaut«, tröstete ich ihn. Und es steht ihm nicht mal schlecht.«

»Und in welcher Funktion arbeiten Sie für Ihren Chef?«, erkundigte er sich.

»Sekretärin bei der Kripo Hamburg«, erklärte ich, »Vorzimmer.«

Der Barkeeper stellte Reinhold Middeltrop einen neuen Bourbon hin. Nachdenklich schwenkte er sein Glas. Plötzlich wirkte er sehr bedrückt. »Die Qualmerei ist überhaupt nicht das Problem«, sagte er, wie für sich. »Erst hat sie gar nichts mehr gemacht. Nicht mal mehr geraucht. Nur stumm im Bett gelegen ... Hoffen wir, dass die Kur etwas bringt!« Er nahm einen großen Schluck aus seinem Glas.

Ich konnte mir schon denken, worauf er ansprach: Der Unfall ihres Sohnes. Aber heute Abend wirkte Barbie recht ausgeglichen.

Eben kam sie mit einem Stapel Prospekte aus dem Foyer zurück. »Sieh mal«, sagte sie zu Reinhold, »da stehen schöne Wanderausflüge drin. Manche dauern nicht mal eine Stunde. Du kommst doch auch mal mit, oder?«

Reinhold seufzte leicht, rang sich dann aber durch zu einem: »Sicher. Nächste Woche irgendwann … Aber morgen Abend fahren wir erst mal mit Guido in den Schwarzwald.«

»Wildschweinessen?«, tippte ich.

Weil nicht zu erwarten war, dass Guido in den nächsten Stunden noch in der Bar auftauchen würde, sind die beiden ins »Hinterseer« aufgebrochen. Dort soll es die besten Pasteten südlich von Stuttgart geben. Als Gourmetführer ist Reinhold Middeltrop sicher kaum zu schlagen.

Schon halb zwei! Mutti kann doch wohl auf sich aufpassen? Ich werde jetzt jedenfalls das Licht ausmachen.

Freitag

Auf falscher Fährte

Als ich aufwachte, lag Mutti neben mir und schlief noch tief und fest. Ich habe sie lieber nicht geweckt, auch wenn sie jetzt ihre nächste Schlammpackung verpasst. Es muss ja mindestens drei gewesen sein, als sie gestern Abend ins Hotel zurückgekommen ist. Abende mit Guido sind anscheinend immer exzessiv.

Ich habe mich entschieden, meinen Termin mit Renée Bruchnagel heute Morgen mal sausen zu lassen, und komme mir ein bisschen wie ein Schulmädchen vor, das Mathe schwänzt. Stattdessen habe ich einen kleinen Spaziergang auf die Mörikehütte gemacht. Ich will vermeiden, dass Bruchnagel mich im Garten aufstöbert und doch noch in seine Finger bekommt.

Die Mörikehütte ist wirklich ein Geheimtipp, da hat Frau Gebhardt nicht zu viel versprochen! Von der idyllisch an einem stillen Felsabhang gelegenen Wetterhütte hat man eine herrliche Aussicht auf das Fachwerkgewinkel der Altstadt und in die Seitentäler um Bad Urach. Der massive Tisch und die Bank, die vor der Hütte stehen, sind zum Schreiben wie geschaffen.

Die Septembersonne ist wieder mal herrlich warm. Am stahlblauen Himmel ziehen ein paar große weiße Wolken auf. Sollte es wider Erwarten doch noch regnen, kann ich mich ja in die Hütte zurückziehen.

Als ich zur Hütte aufgebrochen bin, bin ich an dem kleinen Jahrmarkt vorbeigekommen. Ich musste natürlich gleich wieder an den Dom in Hamburg denken. Der Uracher Jahrmarkt würde hundertmal auf das Heiligengeistfeld passen.

Ich weiß noch, früher, als Eugen und ich uns gerade kennengelernt hatten. Wie oft sind wir auf dem Dom gewesen, um eine Currywurst zu essen ...

Damals im Mordfall Pfeiffer habe ich es richtig genossen, mal wieder mit Eugen über den Dom zu schlendern, zwischen Losverkäufern, Zuckerwattebuden und den rasenden Karussells. Überall roch es nach gebrannten Mandeln. Ich war schon Ewigkeiten nicht mehr auf dem Jahrmarkt gewesen. Am schönsten finde ich immer noch das Riesenrad.

Eugen kaufte mir die versprochene Currywurst. Unterdessen ging ich schnell in eine Telefonzelle, um den Chef anzurufen. Aber er war noch nicht zu Hause. »Sie haben dreißig Sekunden Zeit ...«, erklärte mir der Anrufbeantworter. Ich musste es eben später noch mal versuchen.

Eugen wartete schon vor der Telefonzelle und sah mir dann versonnen dabei zu, wie ich meine Currywurst verspeiste. »Fast wie früher, was?«, lächelte er mir zu. »Jedes Mal, wenn ich im Dienst an einer Wurstbude vorbeikomme, muss ich an dich denken ...«

»Wie romantisch!«, spöttelte ich mit vollem Mund.

Ich hatte befürchtet, dass Eugen unseren Jahrmarktsausflug dazu benutzen würde, um seine Chancen bei mir erneut auszutesten. Der Mann hat wirklich einen langen Atem! Das muss man ihm lassen.

»Komm jetzt«, kürzte ich die Sache ab. »Sonst fange ich noch an zu weinen. Weißt du, wo die Geisterbahn ist?«

Eugen schaute verletzt. »Nein, Adelheid«, schaltete er auf stur. »Das würde der Kommissar auch gar nicht gerne sehen!«

»Ich denke, ich soll mit dir am Wochenende auf eine Grillparty?«, erinnerte ich ihn an unsere Abmachung.

»Na gut«, gab Eugen nach. »Aber nur unter einer Bedingung: Ich fahre mit, wenn ich den Arm um dich legen darf – wie früher!«

»Das ist Erpressung«, beschwerte ich mich. Aber in diesen sauren Apfel musste ich wohl beißen.

Die Fahrt in der Geisterbahn war, kurz gesagt, der pure Horror! Ich habe mich manchmal so erschreckt, dass ich streckenweise die Augen zugemacht habe und also überhaupt nichts mehr sehen konnte. Mit Ermitteln war da nicht viel. Nur Eugen kam voll auf seine Kosten, weil ich immer näher zu ihm hinrückte.

Immerhin, obwohl ich fast die ganze Zeit die Augen zugekniffen habe, konnte ich so viel feststellen: Die Gruselgestalten leuchteten viel zu kurz auf, um dem Mörder Gelegenheit zu geben, den Wagen an sich vorbeifahren zu lassen und den Insassen dann von hinten zu treffen. Er musste sofort schießen, wenn das Licht aufleuchtete. Dann aber hätte die Kugel Pfeiffer von vorne oder von der Seite getroffen. Aber auf keinen Fall schräg von hinten in den Rücken! Die Möglichkeit, dass der Mörder auf den Folgewagen gewartet hatte, bis er auf Pfeiffer schießen konnte, verwarf ich sofort. Die Insassen des nachfolgenden Wagens hätten ihn in dem erleuchteten Skelett sofort gesehen.

Ich atmete erleichtert auf, als Eugen und ich endlich durch die Flügeltür ins Tageslicht fuhren.

Die bisherigen Vermutungen, wie sich der Mord in der Geisterbahn abgespielt hatte, waren logisch nicht schlüssig, das war mir nach dieser nervenaufreibenden Ermittlungsfahrt klar. Aber ein anderer Gedanke setzte sich in meinem Kopf fest.

Ich zog Eugen hinter mir her zu einem der Kartenkontrolleure. »Möbius, Kriminalpolizei«, stellte ich mich vor.

Eugen machte ein gequältes Gesicht. Er hasst es, wenn ich seine Uniform als Vorwand benutze, Zeugen auszuhorchen.

»Welcher von den Wagen ist der Mordwagen?«, fragte ich.

»Keiner«, entgegnete der junge Mann. »Den habt ihr doch aus dem Verkehr gezogen. Steht hinten unter der Plane.« Er musste die nächsten Karten einsammeln.

Eugen begann zu nörgeln: »Lass gut sein, Adelheid!«

»Spendierst du mir eine Tüte gebrannte Mandeln?«, schickte ich ihn weg. »Ich komme gleich nach.« Ich wollte verhindern, dass er mir bei meinen Recherchen in den Rücken fiel. Muffelig zog Eugen zum nächsten Stand ab.

Der Kontrolleur brachte eben wieder einen Stoß Karten an die Kasse zurück. »Mich interessiert nicht der Mordwagen, sondern der Wagen dahinter«, heftete ich mich ihm an die Fersen. »Welcher von den Wagen in der Schlange ist hinter dem gefahren, in dem die Leiche saß?«

»Da kommt er«, sagte der Kontrolleur und zeigte auf den Wagen mit der Nummer eins, aus dem gerade kichernd zwei Mädchen stiegen. Die Nummer eins fuhr in die Warteschlange.

Das war die Gelegenheit! Schnell lief ich zu dem Wagen und tastete den Boden unter der Sitzbank ab. Und da entdeckte ich, was Strobel vergeblich gesucht hatte! Ganz weit hinten unter dem Sitz, sodass ich kaum drankam, ertastete ich etwas Glattes Rundes. Die Patronenhülse! Schnell ließ ich sie in meiner Tasche verschwinden und ging zu Eugen an den Nachbarstand.

Mit stummer Leidenschaft hängte er mir ein Riesen-Lebkuchenherz um, auf dem mit weißem Zuckerguss geschrieben stand: »Auf immer und ewig Dein«. Er warf mir einen tiefen Blick zu. »Für immer und ewig. Das ist mein voller Ernst, Adelheid!«

In diesem Augenblick fand ich Eugen richtig niedlich. Er hatte etwas von einem Teddybären, wie er da vor mir stand und mich sehr lieb ansah. Aber weiche Knie bekam ich nicht. Wer verliebt sich schon in Teddybären?!

Ich hängte ihm das Herz selber um. »Das habe ich schon mal gehört«, sagte ich. »Und nach ein paar Jahren war die Ewigkeit schon vorbei.«

In Eugens Augen stand die pure Verzweiflung. Er tat mir fast Leid.

Plötzlich entdeckte ich hinter seinem Rücken Hassan und Sonja an der Geisterbahn. Sie unterhielten sich aufgeregt. Beratschlagten die beiden etwa schon, wie sie jetzt an das Geld des Ermordeten kommen konnten?

»Bleib so stehen!«, bat ich Eugen.

Aber die beiden hatten mich schon entdeckt. Sonja deutete zu mir herüber. Jetzt sah auch Hassan her.

Es war besser, wenn er mich nicht erkannte, falls ich ihm später noch mal begegnen sollte. Eilig hakte ich den widerstrebenden Eugen unter und zog ihn weg. »Komm Eugen, ich muss noch zum Chef!«, erklärte ich ihm.

Strobel war gerade beim Abendessen, als ich bei ihm auftauchte. Er saß in einem abgewetzten Frotteemantel auf der Bank vor seinem Haus, gabelte etwas in sich hinein und las nebenher die Zeitung.

»Ich hoffe nicht, dass ich Sie störe, Chef«, begrüßte ich ihn.

»Wenn es Sie nicht stört, dass ich Sie im Negligé empfange«, erwiderte Strobel unfreundlich und legte die Zeitung weg.

Ich setzte mich zu ihm. »Aber nein. Was gibt es denn Schönes?«

Strobel antwortete bissig: »Lebendfrischer Islandhering an einer Komposition von Tomate und Senf.«

»Im Wellblech serviert mit angegammelter Sättigungsbeilage«, kommentierte ich das Menü. Bei Strobel gab es nämlich: Fisch aus der Dose und eine Scheibe trockenes Brot. »Das ist doch kein Essen für einen gestandenen Mann!«, hielt ich ihm vor. »Sie brauchen Vitamine, Gemüse, Salat, Hülsenfrüchte!«

Strobel nahm noch eine Gabel aus der Dose. »Ich bin mein ganzes Leben lang ohne Vitamine ausgekommen«, widersprach er mit vollem Mund. »Und von Hülsenfrüchten kriege ich Blähungen. – Sonst noch irgendwelche Bemerkungen zu meinen Essgewohnheiten?«

Wenn er schon so fragte ...! Eigentlich brannte es mir schon die ganze Zeit auf der Seele: Strobels Lebenswandel konnte nicht gesund sein. Wenn er einen aktuellen Fall hatte, arbeitete er häufig die Nächte durch oder schlief gleich im Büro und ernährte sich ausschließlich von Schneckennudeln. Und jetzt musste ich feststellen, dass es zu Hause nicht viel besser war!

»Ja«, packte ich also aus, »ich habe noch eine Bemerkung zu Ihren Essgewohnheiten: Was Ihnen fehlt, ist eine Frau.«

»Was hat das mit Essen zu tun?«, fragte Strobel unfreundlich zurück und ging ins Haus, um den Pfefferstreuer zu holen. Aber dieses Menü war mit Schärfe auch nicht mehr zu verfeinern.

»Wussten Sie nicht, dass unverheiratete Männer eine wesentlich kürzere Lebenserwartung haben als verheiratete – statistisch gesehen?«, gab ich eine Weisheit aus der Morgenzeitung zum Besten.

»Dann haben Sie ja die Lebenserwartung Ihres Mannes durch die Scheidung entscheidend verkürzt«, stellte Strobel trocken fest und ließ jede Menge Pfeffer auf den Dosenfisch rieseln.

Ich schüttelte den Kopf. »Bei mir ist das was anderes.

Ich habe gemerkt, dass ich für die Ehe nicht geschaffen bin.«

»Sehen Sie«, nickte Strobel, »die Ehe ist mörderisch. Ich spreche aus langjähriger beruflicher Erfahrung.« Er hielt mir die Zeitung unter die Nase. »Da – gestern in Wellingsbüttel! Unbescholtener Lagerarbeiter schlägt Frau und zwei Kinder tot! Warum tut einer so was? Doch bestimmt nicht, weil er zu wenig Vitamine bekommen hat!«

Strobel wollte mich nicht verstehen! »Das verwechseln Sie, Chef«, versuchte ich unsere lebensphilosophische Diskussion wieder in andere Bahnen zu lenken. »Die Vitamine einer Ehe sind Verständnis, Rücksichtnahme und Zärtlichkeit!«

Aber der Chef brachte mich mit einem unwilligen Gabelwinken zum Schweigen. »Warum sind Sie gekommen?«, fragte er.

Ich holte die Patronenhülse aus der Tasche und hielt sie ihm vor die Nase.

»Was soll das?«, fragte Strobel verblüfft.

»Die Hülse aus der Geisterbahn!«, erklärte ich, und weil Strobel schon wieder so misstrauisch guckte, schob ich nach: »Eugen wollte unbedingt mit mir ausgehen. Und ich dachte, wir könnten ja ruhig auf den Dom gehen.«

»Wo haben Sie die Patronenhülse her?« Erbost sprang Strobel auf. Mir schwante, dass ich mal wieder das Falsche gemacht hatte.

»Na ja, ich dachte, wo Ihre Leute nichts gefunden haben ...«, stotterte ich.

»Wir haben die ganze gottverdammte Bahn stillgelegt und jeden Quadratmeter durchgekämmt ...« Wütend marschierte er vor mir auf und ab.

»... weil Sie von der falschen Annahme ausgegangen sind, dass der Täter sich in der Bahn versteckt hat«, versuchte ich Strobel zu beschwichtigen. Ich verstand überhaupt nicht, wieso er sich aufregte. Jetzt war die Patronenhülse doch da!

»Was heißt hier Annahme?«, blaffte Strobel mich an. »Der Verlauf der Geschossbahn lässt gar keinen anderen Schluss zu!«

»Es sei denn, der Täter saß im Wagen!«, verriet ich ihm meine Theorie.

»... und war ein Orang-Utan, mit Armen so lang, dass er die Pistole aus circa zehn Metern Entfernung von der Einschussstelle auf seinen Beifahrer abdrücken konnte!«, ergänzte Strobel spöttisch. Er war mal wieder wie vernagelt.

»Der Täter muss im Wagen hinter dem Opfer gesessen haben«, machte ich dem Chef klar. »Dass die Kugel seitlich von hinten in den Körper eingedrungen ist, kann man nur so erklären, dass der Täter in der Kurve der Bahn auf Pfeiffer geschossen haben muss.«

»Muss!«, wiederholte Strobel höhnisch. »So, so! Und warum *muss* er das alles? Weil es Ihnen in den Kram passt, oder wie?«

»Nein! Weil ich die Patronenhülse unter dem Sitz im Wagen hinter dem Mordwagen gefunden habe. Und ich glaube nicht, dass sie dort ein Orang-Utan verloren hat!«

Strobel sank wieder auf die Bank. »Sie sind noch mal mein Untergang, Frau Möbius!« Er war richtig frustriert.

Ich wusste nicht, was er meinte. Er war doch jetzt in seinen Ermittlungen einen guten Schritt weiter!

Doch Strobel hielt mir bloß erbittert die Hülse vor die Nase. »Wie soll ich den Kollegen im Labor zum Beispiel erklären, wo ich die so plötzlich herhabe, hä? Von meiner Tippse zum Geburtstag gekriegt, oder was?«

Tippse! Ich kochte vor Zorn. Wortlos stand ich auf und ging. Dabei hatte ich eigentlich vorgehabt, ihm noch von

Hassan und Sonja zu erzählen. Aber dazu war mir die Lust gründlich vergangen!

»Entschuldigen Sie«, rief der Chef mir noch hinterher, »aber so ist das doch nun mal!«

Als ich zu Hause ankam, hatte ich immer noch eine Stinkwut. Für Strobel war und blieb ich die Tippse, und als Tippse hatte ich den Mund zu halten. Wer Schlüsse ziehen durfte, das entschied immer noch die Hierarchie. Gedacht wurde allenfalls in den oberen Gehaltsklassen. Tippsen sollten Protokolle tippen, Briefe eintüten und Kaffee kochen, aber um Gottes willen nicht mit eigenen Ideen aufwarten! Da stocherte man lieber tagelang im Dunkeln, ehe man sich von der *Tippse* etwas sagen ließ!

Zornig stiefelte ich ins Wohnzimmer. Und da erlebte ich eine Überraschung. Das Wohnzimmer hatte sich in eine Spielhalle verwandelt. Mutti saß mit einer aufgedonnerten Rothaarigen am Tisch, die Likörkaraffe in der Mitte und vor sich einen Stapel Zweimarkstücke. Die beiden spielten »Siebzehn und vier«, und Mutti war deutlich auf der Gewinnerseite.

Später erfuhr ich, dass die rothaarige Dame, Monique Hansen, schon seit drei Stunden hier auf mich gewartet hatte. Sie arbeitete in einer Nachtbar in St. Pauli.

»Schon wieder einundzwanzig!«, strahlte Mutti gerade.

»Ooooch! Bloß achtzehn«, sagte Monique enttäuscht.

»Kommen Sie, darauf trinken wir einen«, tröstete Mutti sie und füllte kichernd die Likörgläser neu. Die beiden waren so in ihr Spiel vertieft, dass sie mich nicht mal bemerkten.

»Guten Abend«, machte ich auf mich aufmerksam. »Bin ich hier richtig? In der Bongo-Bar?«

»Bongo-Bar!«, wiederholte Mutti entrüstet und warf

mir einen gläsernen Blick zu. »Komm lieber her und setz dich zu uns!«

Unser Besuch erhob sich. »Verzeihen Sie, aber Ihre Mutter war so nett ...«

»Fräulein Hansen hat unsere ganze Bettwäsche gebügelt!«, krähte Mutti fröhlich dazwischen.

Fräulein Hansen reichte mir die Hand. »Monique Hansen. Ich arbeite im Coconuts. Paula hat mir Ihre Adresse gegeben.« Dann senkte sie die Stimme. »Es geht um den Mord in der Geisterbahn ...« Ich starrte sie überrascht an.

»Jetzt sei doch nicht so ungemütlich, Adelheid«, schaltete Mutti sich beschwipst ein. »Setz dich endlich! Fräulein Hansen hat mir ein neues Kartenspiel beigebracht. Sehr interessant! Und man kann sogar Geld damit gewinnen!«

Aber leider musste ich Muttis Siegessträhne unterbrechen. »Lässt du uns vielleicht einen Augenblick allein, Mutti?«, schlug ich vor und half ihr auf die Beine.

»Aber wieso?«, quengelte sie. »Wo's gerade so schön gemütlich ist ...«

Ich bugsierte sie Richtung Küche. »Vielleicht machst du mir die Brokkolisuppe von gestern warm«, versuchte ich sie auf andere Gedanken zu bringen. »Ich habe außer einer Currywurst heute noch nichts gegessen.«

»Sag nicht immer Muddi zu mir!«, beschwerte sie sich, jetzt schon wieder etwas ernüchtert.

»In Ordnung, Muddi«, versprach ich. Endlich gab sie ihren Widerstand auf und verschwand in die Küche.

»Wer ist Paula?«, wandte ich mich an Monique.

»Paula Deichmann!«, half Monique mir auf die Sprünge. »Es ist schon über ein Jahr her. Der Mord an dem Freier aus Düsseldorf!«

Jetzt erinnerte ich mich wieder: Die Wasserleiche im Brocktorhafen. Strobel hatte sofort die Prostituierte

Paula Deichmann in Verdacht gehabt, weil sie als Letzte mit dem Manager gesehen worden war. Er hatte beim Verhör bloß abgewunken, als Paula ihm den Hinweis auf den wichtigen schwarzen Koffer gegeben hatte. Aber ich war Paulas Beobachtung nachgegangen und hatte festgestellt, dass der Koffer tatsächlich existierte: angefüllt mit geheimen Unterlagen zu technischen Neuentwicklungen. Und das hatte den Anstoß zu Ermittlungen im Rahmen einer groß angelegten Industriespionage-Affäre gegeben. Paula jedenfalls war damit aus dem Schneider.

»Wie geht es Paula denn?«, fragte ich.

»Sie arbeitet jetzt in der Nobis-Bar, direkt am Dom. Bei ihr habe ich mich heute Nachmittag drei Stunden ausgeweint.« Monique zündete sich nervös eine Zigarette an. Sie nahm einen tiefen Zug und fuhr beunruhigt fort: »Da hat Paula gesagt, da hilft nur eins: die Möbius. Und ... da bin ich! Ich habe Scheiße gebaut ... Ich meine ... ich bin durchgedreht ...«, verbesserte sie sich. Sie senkte die Stimme. »Ich habe neben ihm gesessen in der Geisterbahn ...« Sie nickte bedeutungsschwer.

Ich konnte es kaum fassen. Es gab eine Zeugin für den Mord an Pfeiffer! Und sie stand hier, vor mir auf dem Wohnzimmerteppich!

Monique sog sorgenvoll an ihrer Zigarette. »Zuerst dachte ich, das gehört mit zur Show, als es plötzlich hinter uns knallte«, erzählte sie. »Aber dann ist Pfeiffer neben mir zusammengesackt. Und ich habe die Panik gekriegt und bin einfach abgesprungen. Im Dunkeln, während der Fahrt. Natürlich habe ich mir ein paar blaue Flecke geholt und eine Prellung an der Hüfte. Aber in dem Augenblick habe ich das nicht mal gespürt.«

»Aber wieso sind Sie nicht zur Polizei gegangen?«, wollte ich wissen.

»Sie wissen doch, wie das ist ...«, winkte sie ab. »Unsereinem hängt doch jeder gerne was an, wie damals der Paula.«

»Haben Sie den Mörder vielleicht sogar gesehen?«, fragte ich sie.

»Nein, ich schwöre«, versicherte sie mir. »Ich war zu sehr mit dem Kunden, ich meine, Herrn Pfeiffer, beschäftigt.«

Nur mühsam konnte ich meine Belustigung verbergen. Immerhin ist eine Geisterbahn ein etwas ungewöhnlicher Ort für ein Schäferstündchen.

»Mit Pfeiffer hatte ich immer mittwochs Termin«, fuhr sie fort. »Er war mein bester Kunde – wenn auch etwas anstrengend. Ich meine, er war einer von der Sorte, denen es nur an den unmöglichsten Orten Spaß macht: Aufzüge, Taxis, Kino, Achterbahn ... Und eben beim letzten Mal die Geisterbahn. »Sie zuckte die Achseln. »Für dreihundert Mark im Voraus ist man nicht wählerisch, wenn Sie verstehen, was ich meine ...«

Monique drückte ihre Zigarette aus, und dann vertraute sie mir an: »Ich habe den Mörder zwar nicht sehen können, doch ich weiß, wer ihn gesehen hat. Aber das sage ich Ihnen nur, wenn Sie mir versprechen, mich aus der Sache rauszuhalten. Ich will nichts mit der Kripo zu tun haben.«

Mit dieser Bedingung brachte sie mich in eine große Klemme. Monique war die wichtigste Zeugin. Wenn ich die Kollegen nicht über das informierte, was sie mir anvertrauen wollte, übertrat ich alle Dienstvorschriften und überging den Chef. Und der hatte dann hinterher allerdings wirklich mal einen triftigen Grund, mir zu kündigen – den er nutzen würde, wie ich ihn kannte.

Wenn ich es aber anders machte, wenn ich den Chef benachrichtigte, dann kam ich an Moniques Informationen erst gar nicht heran.

»So oder gar nicht«, setzte sie mir das Messer auf die Brust, weil ich zögerte. »Ich habe meine Sachen schon gepackt. Die Polente findet mich nie.«

Mir blieb schließlich nichts anderes übrig, als auf ihre Bedingung einzugehen.

Monique zündete sich die nächste Zigarette an und begann zu erzählen: Als sie sich nach dem Mord aus der Geisterbahn davongestohlen hatte, hatte sie sich zu ihrer Freundin Paula in die Nobis-Bar geflüchtet, die ihr zur Stärkung der Nerven erst mal einen Irish Coffee eintrichterte. Zusammen überlegten die beiden Frauen, wie Monique, ohne sofort ins Gefängnis zu wandern, aus der Sache wieder rauskam. Da war plötzlich Otto Karstens im Nobis aufgetaucht, ebenfalls ein Stammkunde von Monique. Er kam einmal in der Woche von seinem Bauernhof in Oldesloe nach Hamburg. Dann machte er sich einen schönen Tag, traf sich um drei Uhr mit Monique und war pünktlich zum Kühemelken wieder in Oldesloe. Auch heute war Monique eigentlich mit ihm verabredet gewesen. Aber in der ganzen Aufregung hatte sie ihn glatt vergessen.

Otto hatte heute allerdings sowieso keine Zeit, denn er hatte etwas Besseres vor. Auf dem Dom war ihm mit dem Videorekorder eine Wahnsinnsaufnahme gelungen: Er hatte zufällig an der Geisterbahn gefilmt, als der tote Pfeiffer in seinem Wagen aus der Schwingtür fuhr. Und dieses Video wollte er am Nachmittag noch bei der Hamburger Fernsehproduktionsfirma vorbeibringen, die die Sendung »Video, Video« produzierte. Der Hobbyfilmer, der die beste Videosequenz einreichte, gewann nämlich 1000 Mark.

»Und ich sage Ihnen«, fuhr Monique fort, »auf genau diesem Video ist auch der Mörder zu sehen. Die Wagen fahren schließlich dicht hintereinander. Und der Schuss kam doch aus dem Wagen hinter uns.«

»Ich brauche heute Abend also nur den Fernseher anzuschalten«, ergänzte ich.

»Genau«, nickte Monique. »Die Sendung kommt um halb zehn. Otto war sich total sicher, dass er den Preis bekommt.« Sie schüttelte, immer noch fassungslos, den Kopf. »Wenn der wüsste ... Wir haben Otto natürlich nichts gesagt. Stellen Sie sich vor, Frau Möbius, ich wäre jetzt auch noch auf Video ...«

»Deine Suppe ist fertig!«, rief Mutti aus der Küche. »Essen Sie auch mit, Fräulein Hansen? Es ist genug für alle da.«

Monique nahm das Angebot gerne an. Es duftete ja auch schon die ganze Zeit so lecker aus der Küche.

»Es bleibt dabei ...?«, vergewisserte sie sich noch mal.

Ich nickte zurück: »Versprochen.«

Nach dem Abwasch setzte ich mich vor den Fernseher, denn ich wollte das Video von Otto Karstens nicht verpassen. Gleich würde sich zeigen, ob mein Verdacht richtig war: wenn nämlich Hassan in dem Wagen hinter dem Ermordeten aus der Geisterbahn fahren würde. Ich war mir so sicher, dass ich richtig lag!

Mutti hätte viel lieber mit mir noch ein bisschen »Siebzehn und vier« gespielt. Aber dann nahm sie ihre Likörkaraffe und setzte sich neben mich aufs Sofa. Eine halbe Stunde sahen wir Videos von niedlichen Babys, die übers Gras purzelten, und ungeschickte Sportskanonen.

Und dann endlich, ganz zum Schluss, trat ein älterer Mann neben die Moderatorin, der breit in die Kamera grinste: Otto Karstens. Die Moderatorin kündigte an: »Und mit den sensationellen Aufnahmen, die von dem Sieger unserer heutigen Runde, Herrn Otto Karstens aus Oldesloe, gefilmt wurden, wollen wir uns von Ihnen verabschieden, bis es das nächste Mal heißt: Video, Video.« Herr Karstens winkte in die Kamera. Das Band fuhr ab.

Gespannt setzte ich mich in meinem Sessel auf. Das Video von Herrn Karstens zeigte einen verwackelten Schwenk über den Trubel auf dem Dom, dann einen Zoom auf die Schwingtüren der Geisterbahn, aus dem jetzt der Wagen mit dem toten Herrn Pfeiffer herausfuhr. Gleich danach musste der Wagen mit dem Mörder kommen, aber da wurde schon der Abspann eingeblendet, und die Sendung war aus.

Ich sank in den Sessel zurück. Das war wieder nichts! Doch immerhin hatte ich jetzt eine Spur: Bauer Karstens aus Oldesloe. Er hatte die Originalversion des Videos. Und genau wie Monique war ich mir sicher, dass darauf der Mörder zu sehen war. Morgen früh würde ich nicht zum Dienst gehen, sondern gleich nach Oldesloe fahren. Aber wenigstens sollte ich vorher den Chef informieren.

Mutti war längst neben mir eingeschlafen. Mit einem seligen Lächeln auf dem Gesicht hielt sie sich an einem leeren Likörglas fest. Ohne dass ich es bemerkt hatte, hatte sie die ganze Karaffe leer gemacht. Dass sie morgen einen Schädel haben würde, war jetzt schon abzusehen.

Als ich Strobel anrief, sprang mal wieder der Anrufbeantworter an. »Sie haben dreißig Sekunden Zeit«, kam es ungnädig vom Band.

»Ich wollte nur sagen, dass ich morgen etwas später ins Büro komme«, erklärte ich dem Anrufbeantworter. »Es gibt da nämlich einen Augenzeugen im Mordfall Pfeiffer. Vielleicht kann ich Beweismaterial sicherstellen ... Ach, und übrigens: Irgendwer sollte sich das Dienstmädchen von Frau Pfeiffer mal näher ansehen. Ich habe sie mit einem türkischen Liebhaber oder Verwandten bei der Geisterbahn gesehen – rein zufällig! Vielleicht hatte der Pfeiffer ja was mit dem Mädchen. Und Sie wissen ja, wie heißblütig Türken ...«

Ein schrilles Pfeifen signalisierte mir, dass meine Redezeit abgelaufen war. Dann musste Strobel eben bis morgen Mittag warten, wenn er mehr wissen wollte.

Daraufhin weckte ich Mutti und verfrachtete sie ins Bett. »Das ist ein sehr nettes Fräulein, das Fräulein Hansen«, murmelte Mutti mir noch hinterher, als ich das Licht schon ausgemacht hatte. »Wann kommt sie uns mal wieder besuchen?«

»Ich weiß nicht«, erwiderte ich. »Schlaf gut, Mutti!«

»Sag nicht immer ...«, kam es noch zurück. Aber dann war sie schon wieder eingeschlafen. Was Mutti wohl gesagt hätte, wenn sie gewusst hätte, woher Monique so interessante Kartenspiele kannte?

Am nächsten Morgen kam Mutti nur in die Küche, um sich einen Eisbeutel zu holen. Ich trank schnell einen Kaffee. Dann ging ich in Holgers Zimmer, um ihn zu wecken. Er sollte mich nach Oldesloe fahren. Aber Holger war nicht in seinem Bett. Eigentlich hatte ich auch nicht ernsthaft damit gerechnet. Die Zeit, bis seine Ausbildung in der Polizeischule anfing, kostete er richtig aus. Und diesmal war es mir egal. Ein Ende war ja abzusehen.

Wahrscheinlich hatte Holger die Nacht wieder bei seiner Freundin Babette verbracht, mit der er mittlerweile schon stattliche drei Monate zusammen war – für seine Verhältnisse ein Rekord! Dann würde er, wie üblich, so gegen acht hier auftauchen, um sich aufs Ohr zu legen. Aber diesmal würde daraus nichts werden.

Dann rief ich Monique an und fragte sie nach der Adresse von Otto Karstens. Ich hatte Glück, denn Monique war gerade erst aus dem Coconuts zurückgekommen. Aber die Adresse von Otto Karstens wusste sie auch nicht. »Was wollen Sie überhaupt bei dem?«, fragte sie.

»Ich brauche das Video«, erklärte ich ihr. »Als Beweismittel – keine Angst, Ihr Name wird nicht genannt. Ich kann das Video doch auch gestern Abend im Fernsehen gesehen haben, oder?« Damit konnte ich sie beruhigen.

Die richtige Adresse erfuhr ich schließlich über die Auskunft. Jetzt sah ich durch das Fenster, dass Holger in seinem Kastenwagen eben unten vor dem Haus ankam. Ich fuhr in meinen Mantel, schulterte meine Tasche und lief ihm eilig entgegen.

»Morgen, mein Sohn«, fing ich ihn vor der Haustür ab und bugsierte ihn zum Auto zurück. »Komm, wir müssen nach Oldesloe.«

»Oldesloe?«, zwinkerte Holger mich übernächtigt an. »Sag mal, spinn ich oder was? Ich muss ins Bett.«

Ich nahm ihm den Schlüssel aus der Hand, schloss ihm die Fahrertür auf und schob ihn ins Auto. »Da kommst du ja wohl gerade her, oder?«

Holger zog ein Gesicht. »Ja, aber ...«

»Also, dann reiß dich zusammen«, erstickte ich seinen Protest. »In deinem Alter habe ich ganz andere Dinge durchgehalten!«

Ich stieg auf der anderen Seite ein. Holger seufzte missmutig und ließ den Wagen an. »Sag mal, wann machst du eigentlich endlich selber den Führerschein?«, fragte er mich vorwurfsvoll.

»Wenn ich mal keinen Dummen mehr finde, der mich fährt«, erklärte ich ihm.

Eine Viertelstunde tuckerten wir in Holgers grünem Kastenwagen Richtung Süden, dann kam Oldesloe, ein Dorf, das aus zwei Bauernhöfen und einer Telefonzelle bestand. Gleich der erste Bauernhof war der richtige. Holger parkte im Innenhof neben dem Mercedes. Aus den Ställen hörte man das erbärmliche Brüllen der Kühe.

Offensichtlich waren sie heute Morgen noch nicht gemolken worden. Holger rollte sich in seinem Wagen zusammen und war im selben Augenblick eingeschlafen.

Ich stieg aus und warf einen kurzen Blick in den Stall, aber da sah ich niemanden. Ich ging zum Wohngebäude. Auf mein Klingeln öffnete niemand. Also machte ich mich durch lautes Rufen bemerkbar. Ich war mir sicher, dass jemand da sein musste. Woher kam sonst der Mercedes? Außerdem würde der Bauer doch nicht weggehen, ehe die Kühe gemolken waren.

»Herr Karstens!«, rief ich, so laut ich konnte. »Machen Sie auf, Herr Karstens, Polizei!«

Dann stellte ich fest, dass die Nebentür, die in die Gesindeküche führte, nicht verschlossen war. Ich ging hinein. »Herr Karstens?«, rief ich. »Ich muss Sie sprechen.« Ich kam durch die große Küche, dann durch einen dunklen Flur und von da aus führte eine Tür in die gute Stube.

Auch hier sah ich niemanden. Aber auf dem Boden waren haufenweise Videos verteilt, die jemand in wilder Unordnung zurückgelassen hatte. Plötzlich hörte ich es hinter der Tür zischeln: »Schlag zu!«

Ich fuhr herum. Da standen zwei Männer. Der eine hielt eine Freiheitsstatue aus Eisen hoch, als wollte er sie mir über den Kopf schlagen. Diesen Herrn kannte ich bereits. Es war der schlecht rasierte Herr in Edelgarderobe, der gestern Nachmittag bei Strobel gewesen war.

»Schlag doch endlich, Ludwig! Jetzt schlag doch zu!«, regte sich der andere auf, ein älterer, ebenfalls sehr gut gekleideter Herr von der Sorte, wie man sie in den oberen Manageretagen vermuten würde, aber keinesfalls als Totschläger in einer Bauernstube in Oldesloe.

Der Künstlertyp kniff die Augen zu und versuchte zu schlagen, doch dann ließ er die Statue sinken. »Ich kann nicht.«

Der andere wollte ihm die Statue aus der Hand reißen, um die Sache selber zu erledigen. Aber Ludwig gab sie nicht her. »Wenn du sie jetzt zusammenschlägst, musst du sie auch umbringen«, hielt er seinem Komplizen vor. »Sie hat uns doch jetzt gesehen, Manfred, kapier doch!«

Regungslos verfolgte ich die Diskussion über meinen Exitus. Da machte Manfred, der Ältere von den beiden, dem Gerangel um die Statue ein Ende, griff sich den Revolver aus dem Jackett und drängte mich gegen die Wand.

»Manfred!« Ludwig wollte seinem Komplizen die Pistole entwinden.

Doch diesmal war Manfred stärker. »Geh mir aus dem Weg!«, drohte er. »Oder soll ich dich auch umlegen?« Ludwig ließ die Arme sinken.

Die Pistole war jetzt genau auf mich gerichtet. Aber das war alles so ein Durcheinander und Hin und Her. Ich hatte überhaupt keine Zeit, richtig Angst zu bekommen. Außerdem war die Pistole nicht entsichert. »Seien Sie doch vernünftig«, redete ich dem Älteren zu.

Manfred schüttelte erregt seinen grauen Kopf. »Nein! Ich kann nicht mehr!«

Ludwig sprang mir bei: »Manfred! Mach nicht alles noch schlimmer! Pfeiffer hat uns jahrelang erpresst! Dem Schwein trauert keiner nach! Und mit einem guten Anwalt bist du in ein, zwei Jahren wieder draußen. Aber wenn du eine Polizistin umbringst ...«

»Genau!«, nahm ich den Faden auf. »Damit kommen Sie nicht durch. Außerdem ist draußen im Wagen ein Kollege.«

Manfred fuchtelte mir mit der Pistole vor der Nase herum. »Blödsinn! Sie sind allein.«

»Wetten, dass draußen jemand ist?«, entgegnete ich. »Und die Kollegen im Ort sind auch verständigt und müssen jeden Moment hier sein.«

Ludwig machte einen Schritt auf Manfred zu und streckte die Hand aus. »Komm, Manfred, gib mir die Pistole!«

Manfred entsicherte die Pistole. »Nee, nee, Ludwig.« Er war jetzt zu allem entschlossen. »Du hängst da mit drin. Keiner weiß, dass wir hier sind, außer ihr. Noch ein Schuss, und wir sind aus dem Schlamassel raus. Bei dem Kuhgebrüll hört das kein Mensch.«

Im selben Augenblick hörte ich, dass ein Polizeiwagen mit Blaulicht auf den Hof fuhr. Manfred ließ verblüfft die Pistole sinken. Und auch ich konnte es kaum fassen. Jetzt merkte ich, dass mir die Knie zitterten.

Als ich mit den beiden Herren zu Strobel und Pohl auf den Hof kam, war ich völlig verwirrt. Wieso wusste Strobel, dass ich hier war? Und was hatten die beiden Herren mit dem ermordeten Pfeiffer zu tun? Ich ging ja immer noch von Hassan als Täter aus. Auch Holger war mittlerweile aus seinem Schlaf erwacht und sah fassungslos mit an, was sich vor seinen Augen abspielte.

Ich überreichte dem Chef die Pistole und das belastende Video, das die beiden Herren bis zu meinem Erscheinen aus den Hunderten von Videobändern herausgesucht hatten.

Für Strobel waren die beiden keine Unbekannten. »Hallo! So trifft man sich wieder«, begrüßte er sie bärbeißig. »Wie Max und Moritz.«

Ludwig wandte sich mit höflicher Zurückhaltung an Strobel. Er glaubte wohl immer noch, mit heiler Haut aus der Sache herauskommen zu können. »Herr Kommissar, mein Freund ist da in eine sehr peinliche Lage geraten«, erklärte er.

»Peinlich?«, fiel Strobel ihm ins Wort. »Hier handelt es sich um Mord, und Mord ist nicht peinlich, sondern strafbar. Pohl, legen Sie den Herren die Handschellen an.«

Damit war unsere Mission hier erfüllt. Ich stieg zu Holger in den Kastenwagen, und wir folgten Strobels Wagen bis zum Polizeipräsidium.

»Was waren das denn für Männer, die ihr da verhaftet habt?«, fragte Holger mich unterwegs. »Plötzlich rüttelt dein Chef mich wach, und dann kommst du mit der Pistole auf den Hof. Also, ich verstehe gar nichts mehr.«

Ich zuckte die Achseln. Ich hatte auch keine Ahnung. Mir sagte ja wieder keiner was. Die ganze Rückfahrt über grübelte ich darüber nach, wie das alles zusammenhing.

Erst später, als ich die Berichte ins Reine tippte, verstand ich, was sich wirklich abgespielt hatte. Und es stellte sich heraus, dass es diesmal Strobel gewesen war, der mit seinem Verdacht den richtigen Riecher gehabt hatte. Strobel hatte es mir am Vortag ja bereits gesagt: Der ermordete Pfeiffer hatte seinen gutbetuchten Klienten erst Tipps zur Steuerhinterziehung gegeben und sie dann mit seinem Wissen jahrelang erpresst.

Zu den Opfern der Erpressung gehörten der schlecht rasierte Ludwig Scholz, Bestsellerautor von Diätbüchern, und sein Freund, der sechzigjährige Manfred Tobler, ein Architekt, der mit seinen Bauaufträgen Millionen erwirtschaftete.

Scholz selbst war es gewesen, der Strobel auf die richtige Spur gebracht hatte, indem er dem Chef am Vortag einen Besuch abgestattet und ihn um die Herausgabe einiger brisanter Unterlagen gebeten hatte, die er noch im Büro seines Steuerberaters vermutete. Strobel hatte sofort auf Steuerhinterziehung mit nachfolgender Erpressung getippt. Vor allem, da man bei dem Mordopfer einen Briefumschlag mit 5000 Mark in Hundertmarkscheinen entdeckt hatte.

Und dann hatte Scholz noch einen Fehler gemacht: Als Strobel ihn, misstrauisch geworden, nach seinem Alibi gefragt hatte, hatte er angegeben, zum Zeitpunkt des

Mordes mit seinem Freund Tobler Tennis gespielt zu haben. Damit war auch der Architekt in den engeren Kreis der Verdächtigen gerückt. Daraufhin hatte Strobel sich Tobler vorgeknöpft – das war der Einsatz, bei dem er den unglücklichen Schubert trotz seiner Krankmeldung gezwungen hatte, ihn zu begleiten.

Am Abend dann hatte Strobel meine Nachricht auf dem Anrufbeantworter abgehört. Er hatte sofort den Verdacht, dass ich wieder auf eigene Faust ermittelte, und wollte mich davon abhalten. Am nächsten Tag fuhr er also vor dem Dienst bei uns zu Hause vorbei und klingelte Mutti aus dem Bett, die immer noch ihren Kater auskurierte. Und Mutti verriet ihm den Namen und den Arbeitsplatz von Monique. Das war mein Glück. Denn von Monique erfuhr der Chef, dass ich nach Oldesloe unterwegs war.

Und dann machte er Dampf. Er packte Schubert und Pohl ins Auto und fuhr mit Blaulicht Richtung Oldesloe. Aber, wie gesagt, das alles erfuhr ich erst später. Ich hatte Strobel zwar die richtige Spur gezeigt. Aber diesmal war es wirklich der Chef, der den Fall gelöst hatte.

Auch dass Schubert ebenfalls auf dem Bauernhof gewesen war, als die Verbrecher verhaftet wurden, bekam ich erst später mit. Die vergangenen 24 Stunden, in denen er Strobel gezwungenermaßen zu den Ermittlungen begleitet hatte, waren für ihn die reine Qual gewesen, denn er litt immer noch schrecklich wegen seiner Prostata. Als er dann mit Pohl und Strobel auf dem Bauernhof eintraf, konnte es mit einem Mal gar nicht schnell genug gehen. Er sprang aus Strobels Wagen, hastete eilig in den Kuhstall, und dort, zwischen den Kühen, ließ er der Natur freien Lauf. Schubert erzählte mir später: »Das war der schönste Tag in meinem Leben.«

Bei der Gelegenheit entdeckte Schubert übrigens auch Bauer Karstens, den die Herren Scholz und Tobler gefesselt und geknebelt in eine hintere Ecke des Kuhstalls gelegt hatten. Aber bis Schubert den Bauern befreit hatte, war es schon zu spät. Als er auf den Hof zurückkam, sah er Strobels Wagen gerade um die Ecke verschwinden.

Muss ich erwähnen, dass der Chef mir, kaum dass wir aus Oldesloe zurück waren, die Kündigung aussprach? Pohl sollte für mich alle Schreibarbeiten erledigen, und mich schickte er nach Hause.

Völlig am Boden zerstört, schlich ich nach Hause, legte mich aufs Sofa und igelte mich ein. Ich war sicher, dass Strobel seine Kündigung diesmal ganz bestimmt nicht zurückziehen würde. Es war einfach zu viel vorgefallen. Ich machte immer alles falsch. Und vielleicht war es ja sogar besser so, dass mir gekündigt worden war. Da kam ich niemandem mehr in die Quere und musste nicht mehr in letzter Minute von Strobel aus den Händen irgendwelcher Killer gerettet werden.

Drei volle Stunden brauchten Mutti und Holger, der deswegen eigens seine verspätete Nachtruhe unterbrach, bis sie mich wieder so weit aufgebaut hatten, dass ich mich nicht für die überflüssigste Sekretärin von ganz Hamburg hielt.

Und dann fuhr ich zu der kleinen Gasse, in der Strobel wohnte, und setzte mich auf die Gartenbank vor der Haustür. Und dort wartete ich, wartete und wartete. Langsam wurde es schon dunkel, und Strobel war immer noch nicht zurück. Endlich sah ich ihn die Gasse entlangkommen. Er wirkte müde und abgeschlafft, aber hochzufrieden, denn er hatte Scholz und Tobler ihr Geständnis entlockt. Das Video, auf dem zu sehen war, wie Tobler hinter dem Ermordeten aus der Geisterbahn fuhr, eilig aus dem Wagen stieg und in der Menge verschwand, sprach außerdem für sich.

»Und wenn Sie die ganze Nacht auf meiner Türschwelle warten«, begrüßte Strobel mich, »was zu viel ist, ist zu viel!« Er schloss die Tür auf und wollte schon im Haus verschwinden.

»Ich weiß gar nicht, was Sie wollen!«, hielt ich ihn zurück. »Sie haben einen mysteriösen Mord in weniger als 24 Stunden geklärt! Das soll Ihnen mal einer nachmachen.«

Strobel stutzte. Dann lächelte er verlegen. »Na ja ... so gesehen ...«

»Dann sind Sie also nicht mehr sauer auf mich?«, fragte ich vorsichtig.

»Was sonst?«, erwiderte Strobel. »Aber das ist Ihnen doch sicher lieber, als wenn Sie mir egal wären, oder?«

Ich schwieg verblüfft.

»Na, sehen Sie«, nickte Strobel mir zu und ließ die Haustür hinter sich ins Schloss fallen.

Erleichtert ging ich nach Hause, um mit Holger, Mutti und einer guten Flasche Sekt auf meinen neuen alten Job anzustoßen.

Es wurden übrigens später beide, der Architekt und der Schriftsteller, rechtskräftig verurteilt. Auch Ludwig Scholz wurde wegen Anstiftung zum Mord nach §§ 211, 26 Strafgesetzbuch zu einer hohen Haftstrafe verdonnert. Denn Tobler dachte ja gar nicht daran, alle Schuld auf sich zu nehmen, damit sein »Freund« ungestraft davonkam.

Ein bisschen Kopfzerbrechen hat mir aber noch die Sache mit der jungen Türkin, ihrem Bruder und Frau Pfeiffer bereitet.

Mein Hauptverdächtiger Hassan kam übrigens einen Tag später ins Präsidium, um zu erklären, dass er mit dem Mord an Pfeiffer nichts zu tun hatte.

Der junge Mann war völlig verzweifelt. Als Sonjas älterer Bruder hatte Hassan die Aufgabe, auf sie aufzupassen. Aber seit zwei Tagen war seine Schwester spurlos verschwunden, das Haus der Pfeiffers verrammelt. Und wenn sein Vater in der Türkei erfuhr, dass Sonja weg war, dann war die Hölle los.

Hassan konnte sich schon denken, wieso seine Schwester einfach abgehauen war. Er hatte ihr nämlich erklärt, dass er sie verheiraten würde, und zwar mit Mehmet, dem Besitzer eines Gemüseladens in St. Pauli. »Ich habe keine Lust mehr, auf dich aufzupassen«, hatte er ihr an den Kopf geworfen. »Das kann jetzt Mehmet übernehmen.« »Das hättest du wohl gern«, hatte seine Schwester ihm hasserfüllt geantwortet und war davongestürmt. Seither blieb sie verschwunden, wie auch Frau Pfeiffer. Es ist anzunehmen, das die beiden Frauen ins Ausland gereist sind, um sich dort mit Pfeiffers Geld ein schönes Leben zu machen.

Doch das alles ging uns von der Mord Zwo, Hamburg nichts mehr an, denn weder Hassan noch Frau Pfeiffer waren an dem Mord in der Geisterbahn beteiligt.

Aber manchmal stelle ich mir immer noch die Frage, was da wohl damals zwischen den Pfeiffers und den beiden jungen Türken vorgefallen ist. Ein Gefühl in mir lässt sich nicht davon abbringen, dass die beiden Frauen, Frau Pfeiffer und ihre junge Hausangestellte Sonja, ein gemeinsames schreckliches Geheimnis verbindet ...

Strobels Köder

Als ich aufs Hotelzimmer kam, um Mutti zum Mittagessen abzuholen, saß sie auf dem Bett und starrte mir bleich entgegen. Die Schränke und Schubladen waren geöffnet, und sie hatte die Hälfte ihrer Habseligkeiten schon in die Koffer und Taschen gepackt.

»Was ist denn hier los?«, fragte ich sie.

»Lass uns nach Hause fahren«, entgegnete Mutti bleich.

Ich brauchte eine ganze Weile, bis sie endlich damit rausrückte, weswegen ihr die Lust an der Kur gründlich vergangen war.

Herr Middeltrop hat Mutti gestern in Baden-Baden um 2000 Mark geprellt: Er hat ihr erklärt, dass er seine Kreditkarte vergessen hätte. Also hat Mutti ihm das Geld, das er fürs Roulette brauchte, großzügig vorgestreckt. Der Geldautomat ist ja direkt in der Spielhalle.

»Frau Mauz hatte Recht, dass sie nicht mitgefahren ist«, erklärte Mutti mir bedrückt. »Obwohl: Erst war es ja ein schrecklich netter Abend. Du weißt ja, Herr Middeltrop kann so galant sein. Es war ja auch nichts dabei, ihm das Geld zu leihen. Ich dachte doch, dass ich es später zurückbekomme!«

Als er und Mutti jedoch wieder in Bad Urach ankamen und sie zum Abschied gefragt hat, wann sie denn mit dem Geld rechnen kann, hat Herr Middeltrop bloß gesagt: »Sie als Gräfin können diesen kleinen Betrag doch wohl verschmerzen.«

Mutti blieb zuerst die Spucke weg. Aber dann hat sie Herrn Middeltrop klargemacht, dass sie eben keine Gräfin sei, sondern auch nur eine kleine Rente bezieht.

Daraufhin hat auch Guido die Karten aufgedeckt. »Das tut mir jetzt sehr Leid, Frau ... Ja, wie soll ich Sie denn nun nennen?«, hat er ihr kalt entgegnet. »Aber bei mir ist nichts zu holen. Die Geschäfte laufen schon eine ganze Weile schlecht. Vielleicht haben Sie den Dow Jones verfolgt ... Ich habe mehrmals aufs falsche Pferd gesetzt.« Damit hat er sie stehen lassen.

Mutti starrte unglücklich vor sich hin. »Wie kann man sich in einem Menschen so täuschen?«, klagte sie sich selbst an. »Und dabei habe ich noch zu dir gesagt, dass Herr Middeltrop ein Traum von einem Mann ist!«

Ich setzte mich neben sie und legte ihr den Arm um die Schulter. Sie tat mir richtig Leid. »Du hast zwar nichts gegen ihn in der Hand, aber du kannst dich drauf verlassen, dass ich ihn mir bei nächster Gelegenheit vorknöpfe«, versuchte ich sie zu trösten.

Mutti nickte nur stumm, doch nachdem ich ihr einen doppelten Likör aufs Zimmer bestellt hatte, ging es ihr wieder besser. Und sie wollte auch nicht mehr Hals über Kopf abreisen.

»Versuch die letzten Kurtage trotzdem zu genießen«, ermunterte ich sie.

In diesem Augenblick klopfte es. Es war Frau Mauz, die Mutti zum Tanztee abholen wollte.

»Das ist doch eine gute Idee: ein wenig Ablenkung«, redete ich ihr zu.

Und so verschwand Mutti eilig im Bad, um sich für das Tanzvergnügen zurechtzumachen.

Nachdem die beiden weg waren, bin ich wieder mit meiner Kladde zur Mörikehütte hochgestiegen. Beim Schreiben lasse ich mir die Sonne auf den Pelz brennen.

Ausgerechnet Mutti muss dieses Pech mit Herrn Middeltrop passieren! Dabei ist sie doch sonst so sparsam, um nicht zu sagen: Sie sitzt auf ihrem Geld – außer natürlich, wenn es um Holger geht. Aber sonst ... Ich habe immer den Eindruck, dass sie am Monatsende mehr auf dem Konto hat als am Anfang.

Und da kommt dieser Herr Middeltrop und verjubelt ihre eisern zusammengehaltenen Ersparnisse beim Roulette!

Dabei: Mutti hat noch Glück gehabt. Wenn ich da an den Fall Wimmer denke! Da ging es nicht nur um Geld, sondern um Kopf und Kragen …

Ich weiß es noch wie heute: Es war die Zeit, als Holger gerade seine Ausbildung zum Polizisten angefangen hatte. Ich war so stolz auf den Jungen! Und erleichtert. Vorher hatte Holger ja eine Ausbildung nach der anderen begonnen und wieder abgebrochen.

An dem Morgen, als der Mord am Kranführer Paul Wimmer entdeckt wurde, hatte ich das Büro für mich. Keiner der Herren tauchte zu Dienstbeginn auf. Schubert kam erst heute aus Wiesbaden zurück. Und Strobel und Pohl waren aus dem Bett geklingelt worden und bereits bei der Tatortbesichtigung. Es gab mal wieder viel zu tun.

Also nutzte ich die Zeit, um herauszufinden, um was es sich handelte. Ein kurzer Anruf bei der Streife, und ich wusste Bescheid. Wenn man es richtig anstellt, sind die Kollegen sehr auskunftsfreudig. Es geht eben nichts über ein kollegiales Arbeitsverhältnis. Und außerdem ging Hermann an den Apparat, ein guter Freund von Eugen mit einem Hang zu ellenlangen Vorträgen. Bei dem Diaabend neulich, zu dem ich Eugen begleiten musste, hat mich das mal wieder den letzten Nerv gekostet. Aber jetzt konnte mir nichts Besseres passieren als Hermann. Bereitwillig erzählte er alles, was er wusste.

Um sechs Uhr in der Frühe war auf der Wache ein Anruf des Poliers Matthias Kirchhoff von der Großbaustelle Fißler eingegangen. Bei Schichtbeginn hatten die Bauarbeiter nämlich ihren ehemaligen Kranführer Paul Wimmer tot in seinem völlig demolierten Wagen unterhalb des Krans entdeckt. Das Radio lief auf voller Lautstärke.

Die Todesursache war unschwer festzustellen: Genickbruch.

Offensichtlich war das Mordopfer in der Nacht auf der Baustelle mit seinem Mörder verabredet gewesen. Als Paul Wimmer mit seinem Auto auf der Baustelle vorfuhr, saß der Täter in der Führerkabine des Krans, in luftiger Höhe, zwanzig Meter über dem Boden. Wimmer, der natürlich nicht ahnen konnte, dass sein Mörder dort oben bereits auf ihn wartete, parkte unterhalb des Krans und drehte den Popsender im Radio auf, um sich die Wartezeit zu verkürzen. Das Gedudel aus dem Radio übertönte die Geräusche, die der Kran von sich gab, als der Unbekannte langsam den Arm mit der riesigen Greifschaufel über den Wagen von Wimmer schwenkte. Als dieser endlich bemerkte, was passierte, war es schon zu spät: Plötzlich splitterten die Fenster. Wimmers Auto wurde von der riesigen Greifschaufel gepackt und langsam in die Höhe gezogen.

Für Wimmer gab es kein Entrinnen, denn die Türen ließen sich nicht mehr öffnen. Tatenlos musste er erleben, wie er in seinem Auto langsam in die Höhe gezogen wurde. Bei einer Höhe von etwa zwanzig Metern öffnete der Unbekannte die Greifschaufeln und ließ den Wagen zu Boden krachen. Wimmer war sofort tot.

»Na, wenigstens hatte er es schnell hinter sich«, fand Hermann und schlug dann vor: »Komm doch mal wieder mit Eugen zum Diaabend. Wir hatten neulich noch gar nicht alle Bilder entwickelt. Das war doch richtig nett letzthin.«

»Ja, fand ich auch ganz toll«, log ich höflich. Aber zum Glück gelang es mir, das nächste Treffen auf die lange Bank zu schieben, in der Hoffnung, dass Hermann dann sicher wieder andere Dinge im Kopf haben würde als monatealte Urlaubsdias. Hermann verabschiedete sich noch endlose fünf Minuten. Endlich konnte ich auflegen. Hermann ist wirklich ein harter Brocken!

Für mich sah der ganze Tathergang nach Erpressung aus. Ein nächtliches Treffen auf einer verlassenen Baustelle deutete doch wohl auf eine Geldübergabe hin. Aber wen konnte Paul Wimmer erpresst haben? Und mit was?

Mir schien es nahe liegend, dass es sich bei dem Erpressungsopfer, demjenigen, der den Erpresser Wimmer aus dem Weg geräumt hatte, um eine Person im Umfeld der Baustelle Fißler handeln musste. Der Täter musste einen Kran bedienen können. Und damit war der Kreis der Verdächtigen doch schon erheblich eingeschränkt.

Ich zählte zwei und zwei zusammen, und schon hatte ich meinen Verdächtigen: den Polier Kirchhoff auf der Fißlerschen Baustelle. Es kommt ja immer wieder vor, dass Poliere illegale Einwanderer für einen Bruchteil des tariflichen Gehalts beschäftigen, um den Überschuss in die eigene Tasche zu stecken. Möglicherweise hatte der Kranführer den Polier der Baustelle mit seinem Wissen über sein Vergehen erpresst. Außerdem nahm ich an, dass der Polier einen Kran zu bedienen wusste.

Es war ganz leicht herauszubekommen, ob Kirchhoff tatsächlich Dreck am Stecken hatte. Ich rief Luise, die Sekretärin vom Betrugsdezernat, an. Mit ihr gehe ich mittags öfter in der Kantine essen. Ich hatte sie schnell überredet, mal für mich nachzusehen, ob es eine Akte Matthias Kirchhoff gab. Und tatsächlich: Das Betrugsdezernat ermittelte bereits gegen ihn wegen Beschäftigung von Schwarzarbeitern.

Ich war mit den Ergebnissen meiner morgendlichen Recherche sehr zufrieden. Meine Vermutungen schienen mir fast schon Tatsache. Jetzt wartete ich ungeduldig darauf, dass Strobel und Pohl vom Tatort zurückkehrten.

Aber die Tatortbesichtigung zog sich offensichtlich in die Länge.

Statt der Kollegen erschien Holger in meinem Büro. Er trug seine neuen Polizeiunifom und wirkte darin schrecklich unglücklich. Dabei fand ich, dass sie ihm sehr gut stand.

»Entsetzliche Klamotten!«, nörgelte er und zerrte unbehaglich am Hemdkragen. Und passen tun sie auch nicht. Kannst du sie nicht enger machen?«

Um seine Laune zu heben, bot ich ihm eine von Strobels Schneckennudeln an, die ich vor Dienstbeginn beim Bäcker besorgt hatte. Aber Holger fand, dass man von dem süßen Zeug bloß dick wurde, und verabschiedete sich wieder zur nächsten Lehrstunde.

Mittlerweile hatte ich schon längst die Goldfische gefüttert, die jüngsten Verhörprotokolle in den Computer getippt und die eingegangenen Briefe vorsortiert, aber die Kollegen waren immer noch nicht zurück.

Plötzlich wurde die Tür zu meinem Büro mit Karacho aufgerissen, und Kriminaldirektor Dr. Heimeran kam mit hochrotem Gesicht in mein Zimmer gestiefelt. »Gerade hat der Herr Bausenator angerufen«, schnaubte er zornbebend. »Strobel legt die Großbaustelle jetzt schon seit Stunden lahm. Macht der Mann sich keine Vorstellungen, was das eigentlich kostet?«

Dr. Heimeran und seine Kontakte zur Hamburger High-Society! Er wurde mal wieder von allerhöchster Stelle unter Druck gesetzt.

»Dann soll ich Strobel also ausrichten, dass auf Ihre Anordnung hin die Spurensicherung vorzeitig abgebrochen werden muss?«, fragte ich gehorsam zurück.

Der Kriminaldirektor stutzte. So hatte er sich das noch gar nicht vor Augen geführt. »Ich habe lediglich angedeutet«, wiegelte er ab, »dass der Herr Bausenator eine

Beschleunigung der Ermittlung aus Kostengründen begrüßen würde. Also drehen Sie mir nicht das Wort im Mund herum. Nicht, dass es hinterher heißt, ich hätte irgendwen ... im Amt begünstigt.«

»Das könnte man ja vermuten«, meinte ich verständnisvoll-besorgt. »Wo jeder weiß, dass das Büro von Herrn Fißler Ihren Bungalow gebaut hat ...«

Heimeran warf mir einen misstrauischen Blick zu. »Lächerlich! Ich kenne den Mann ja kaum«, stieß er aus. Er zog es vor, lieber doch auf den Abbruch der Ermittlungen zu verzichten, und rauschte aus dem Büro.

Ja, ja, unser Doktor Heimeran. Immer zackig, immer korrekt und mit den zweitbesten Beziehungen der Stadt.

Dr. Heimerans Rasierwasser hing noch in der Luft, da bekam ich erneut Besuch: Die völlig aufgelöste Ehefrau des Architekten Fißler kam in mein Büro gestöckelt, eine in gedeckten Tönen gekleidete Dame Mitte dreißig. So dezent ihr Kostümchen war, so teuer musste es auch gewesen sein. Ich hatte es neulich in Muttis Illustrierter »Dame mit Stil« gesehen, wo die neuesten Entwürfe der Modeschöpferin Sybille Fander vorgestellt wurden.

Frau Fißler kam gleich zur Sache. »Mein Mann hat Paul Wimmer umgebracht«, stieß sie bleich aus.

Mir blieb bei dieser harten Anschuldigung der Mund offen stehen. Schnell drückte ich auf die Aufnahmetaste des Kassettenrekorders.

»Dieter ist manisch eifersüchtig«, fuhr Frau Fißler aufgeregt fort. »Und er hat mehr als einmal gedroht, Paul umzubringen.«

»War seine Eifersucht berechtigt?«, fragte ich.

»Natürlich!« Frau Fißler begann sich zu ereifern: »Ich sitze doch nicht mein Leben lang zu Hause rum und warte, bis es dem Herrn Architekten einfällt, mal vorbeizuschauen. Er hat seine Karriere. Und was habe ich? Eine Scheckkarte und vier Kilo zu viel auf den Hüften von der Frustfresserei. Nein! Ich habe Paul im Fitnessclub kennen gelernt, und wir haben zusammen …« Sie stutzte. »… gejoggt«, ergänzte sie dann.

Ich konnte mir schon vorstellen, worin dieses »Joggen« bestanden hatte.

»Dieter ist mir nachgefahren«, fuhr Frau Fißler fort, »bis auf den Rasen der Alsteranlage, und hat eine Szene gemacht. Es hätte nicht viel gefehlt, und er hätte Paul überfahren.« Ihre Stimme begann zu zittern. »Wenn Paul nicht ins Wasser gesprungen wäre, dann wäre er vielleicht schon vorgestern …« Hilfe suchend sah sie mich an. »Da findet man endlich einen Menschen, der einen liebt und versteht, und dann … Wissen Sie, wir wollten zusammen weg. Mein Mann hat ja so lange intrigiert, bis Paul alle seine Jobs los war.«

»Ich hoffe, es ist Ihnen klar, dass Sie Ihren Mann damit schwerstens belasten«, führte ich Frau Fißler ernst vor Augen.

Dennoch blieb sie bei ihrer Aussage. »Er war es! Und ich will, dass er dafür bezahlt!«, beharrte sie, als sie das Protokoll unterschrieb. Hocherhobenen Hauptes stolzierte sie hinaus.

Trotz Frau Fißlers Anzeige zweifelte ich keine Sekunde an meiner Version des Baustellenmordes. Zwar muss ich zugeben, dass gehörnte Ehemänner durchaus ein Sicherheitsrisiko für die Liebhaber ihrer Ehefrauen darstellen. Trotzdem. Ich glaubte nicht an die Mordtheorie von Frau Fißler.

Gegen ein Uhr endlich kamen der Chef und Pohl von ihren Ermittlungen zurück. Mittlerweile war auch Schubert eingetroffen. Bestens erholt und strahlender Laune, schwärmte er von Wiesbaden. Aber nicht mal das konnte Strobel den Tag verderben. In seinen Augen blitzte der Triumph des erfolgreichen Jägers, als ich sein Büro betrat, um ihm das Protokoll von Frau Fißler vorzulegen. Ich hätte natürlich zu gerne gewusst, was der Chef bei seinen Ermittlungen herausgefunden hatte. Aber Strobel schwieg wie ein Grab.

Nachdem er Frau Fißlers Anzeige kurz überflogen hatte, platzte ich mit meiner Meinung heraus, dass ich den Architekten auf keinen Fall für den Mörder hielt. Strobel nickte dazu wohlwollend. Durch diese unverhoffte Zustimmung redete ich mich immer mehr in Fahrt.

»Natürlich hat es Fißler sicher gar nicht gepasst, dass seine Frau und Wimmer schamlos in aller Öffentlichkeit zusammen ›gejoggt‹ sind«, führte ich aus. »Immerhin steht sein Ruf auf dem Spiel, und in seiner exponierten Position wird man schnell zum Hanswurst degradiert. Aber das ist kein Grund für einen Mord. Ein so viel beschäftigter Mann wie Fißler ist doch eher froh, wenn seine Frau ein Hobby hat.«

»Hobby?«, echote Strobel perplex.

»Andere Zeiten, andere Sitten«, sagte ich schulterzuckend.

Strobel stand auf und klopfte mir anerkennend auf den Rücken. Spätestens zu diesem Zeitpunkt hätte ich misstrauisch werden müssen. »Sehr scharf analysiert, Frau Möbius, Kompliment«, lobte er mich überschwänglich. »Auch ich und der Kollege Pohl sind zu dem Schluss gekommen, dass Fißler als Täter nicht in Frage kommt. Außerdem hat er ein wasserdichtes Alibi. Verdächtig ist vielmehr …« Er tat, als suchte er nach dem Namen.

»Polier Kirchhoff«, half ich ihm weiter.

»Genau«, strahlte Strobel mich an. »Kirchhoff ist ja direkt unheimlich! Wie machen Sie das nur, Frau

Möbius? Pohl und ich laufen uns die Hacken krumm, und Sie erledigen den Fall quasi vom Schreibtisch aus.«

Bei so viel Lob wurde ich richtig verlegen. Und dann machte der Chef mir ein Angebot, von dem ich nicht mal zu träumen gewagt hätte. »Frau Möbius, was halten Sie davon, wenn Sie für Ihre Theorie, zur Abwechslung mal mit meinem Segen, die notwendigen Fakten ermitteln?«

Ich konnte es kaum glauben! Der Chef trat freiwillig hinter mich zurück, um die letzten Schritte der Recherche inklusive Überführung des Täters mir zu überlassen?

»Na, warum sagen Sie nichts?«, fragte Strobel. »Ist das ein Angebot?«

Ich klappte endlich den Mund zu. »Ist es. Kommt nur etwas überraschend«, stammelte ich. Eilig packte ich meine Sachen zusammen und machte mich auf den Weg zur Baustelle – ehe der Chef es sich doch noch anders überlegte.

Eigentlich hätte ich wissen müssen, dass Strobels großzügiges Angebot bei weitem nicht so nobel war, wie es im ersten Moment für mich den Anschein machte. Die Wahrheit war: Er wollte einfach sicher sein, dass ich ihm bei seinen Ermittlungen nicht in die Quere kam. Und da schien es ihm eine gute Lösung, mich auf eine falsche Fährte anzusetzen.

Strobel dagegen kümmerte sich jetzt in aller Ruhe um seinen Verdächtigen. Trotz meiner Ausführungen hielt er nach wie vor daran fest, dass Fißler der Mörder war. Die Aussage von Erika Fißler untermauerte seinen Verdacht ja noch. Strobel rückte dem Stararchitekten in den nächsten Stunden unnachgiebig auf die Pelle und zwirbelte ihn nach allen Regeln der Kunst.

Hätte er bloß auf mich gehört! Denn wenigstens in dieser Hinsicht hatte ich mich nicht getäuscht: Fißler war kein Mörder. Und außerdem hatte er eine direkte Telefonverbindung zum Bausenator und der wiederum zu Dr. Heimeran …

Aber auch ich tappte im Dunkeln. Dass Kirchhoff als Täter nicht in Frage kam, hatten Strobel und Pohl am Morgen längst ermittelt. Der Polier hatte ein wasserdichtes Alibi.

Als ich Kirchhoff auf der Baustelle mit der Frage auf den Leib rückte, wo er gestern Abend gewesen sei, blökte er mich genervt an: »Wie oft soll ich es noch sagen? Ich war gestern Nacht auf einer goldenen Hochzeit! Und mit mir die ganze Verwandtschaft und der Pfarrer von St. Martin. Der war zwar schon um zehn Uhr so voll wie seine Kirche am Ostersonntag, aber er wird Ihnen gerne bestätigen, dass ich den ganzen Abend da war.«

Mit hochrotem Kopf flüchtete ich von dem Ort meiner Blamage. Mein Schnellschuss in Sachen Kranmörder hatte sich als Irrtum herausgestellt. Und ich stand ohne Verdächtigen da. Also musste ich noch mal ganz von vorn anfangen. Doch jetzt wurde der Fall eigentlich erst richtig spannend.

Außerdem hatte ich einen großen Vorteil gegenüber meinen sonstigen Ermittlungen, die ich heimlich und in der Mittagspause anstellen muss. Ich hatte die offizielle Genehmigung vom Chef, im Fall Wimmer zu recherchieren. Das bedeutete, er würde mich nicht im Büro vermissen. Ich hatte also am Nachmittag freie Bahn.

Während ich an der Mörikehütte sitze und in meine Kladde schreibe, habe ich Nachbarn bekommen. Kurz unterhalb des Felsplateaus, auf dem die Hütte steht, gibt es eine weitere Bank, auf dem ein Pärchen Platz genommen hat. Eine ganze Weile haben sie herumgeflirtet, was mich nicht weiter gestört hat. Aber dann wurden die Stimmen plötzlich aufgeregt und ziemlich laut.

»1,5 Millionen Mark?!«, hörte ich plötzlich laut und deutlich die Stimme der jungen Frau.

»Eine Riesensumme, oder?«, klang dann die Männerstimme zu mir hoch. »Ich wäre alle Sorgen los! Und wir hätten das beste Wetter der Welt! Jeden Tag Sonne und Kokosnüsse bis zum Abwinken!«

Dann wurden die Stimmen wieder leiser. Man konnte kaum noch etwas verstehen.

Ich musste einfach wissen, worüber die beiden redeten. Und dann … Ich gebe es ja zu! Ich bin heimlich an den Rand des Abhangs gerobbt, sodass ich die beiden besser verstehen konnte. Von oben sah ich auf einen blonden Scheitel und einen dunklen Lockenkopf: Es waren Norbert Biesinger, unser junger Empfangschef, und Muttis Kosmetikerin, Nadine.

Hat Mutti nicht erzählt, Herr Biesinger sei mit Frau Gebhardt liiert? Aber ich bringe solche Geschichten sowieso immer durcheinander.

»Wir müssen uns beeilen! Wir haben noch genau 48 Stunden Zeit!«, war das Nächste, was ich mitbekam. Die beiden diskutierten aufgeregt.

Wenn ich die Satzfetzen, die ich aufgeschnappt habe, richtig interpretiere, dann dreht es sich bei den 1,5 Millionen Mark, von denen die beiden gesprochen haben, um den Inhalt eines Koffers, den Norbert Biesinger gestern Abend für Reinhold Middeltrop in Aufbewahrung genommen hat – wahrscheinlich Geld, das schwarz auf einem Schweizer Bankkonto eingezahlt werden soll. Als Herr Biesinger den ihm anvertrauten Koffer in den Safe gestellt hat, ist durch einen dummen Zufall das Schloss des Koffers aufgesprungen. Und jetzt sind Norbert und Nadine wahrscheinlich der größten Versuchung ihres Lebens ausgesetzt.

Die Kosmetikerin hat immer wieder den Kopf geschüttelt. Ich kann mich noch an die Worte »illegale Spielerei«, »Baden-

Baden« und »Existenz ruiniert« erinnern. Sie hat ihm vorgehalten: »Wir könnten nie wieder nach Deutschland zurück, wären ständig auf der Flucht vor der Polizei ...«

»Sind wir jetzt nicht auch ständig auf der Flucht?«, war alles, was er darauf erwidert hat. Danach war eine ganze Weile Schweigen. Die beiden haben sich nur stumm angesehen. Und dann haben sie sich sehr zärtlich und lange geküsst. Ich bin diskret und so leise, wie ich konnte, von dem felsigen Abhang zurückgerobbt.

Inzwischen sind sie wieder ins Tal gegangen, wahrscheinlich zum Dienst. Es muss doch einen Weg geben, die zwei vom größten Fehler ihres Lebens abzuhalten!!!

Was meinte Herr Biesinger wohl damit: Sie seien ständig auf der Flucht?

Komisch, dass Herr Middeltrop das Geld nicht längst in die Schweiz gebracht hat! Aber wahrscheinlich glaubt er, dass es im Hotelsafe sicher ist.

Kalt wird es hier plötzlich. Die Sonne geht ja auch schon hinter dem Berg unter. Kein Wunder, dass ich friere. Es ist sowieso Zeit, zum Abendessen ins Tal zurückzugehen.

Partnervermittlung »Harmonie«

Mutti hat bei der Wohltätigkeitstombola, die im Rahmen des Tanztees in der Glashalle veranstaltet wurde, eine abendliche Kutschfahrt gewonnen.

»Ich würde dich ja gern mitnehmen«, hat sie beim Abendessen herumgedruckst, »aber Frau Mauz hat mich gefragt, ob sie mitdarf. Und da konnte ich doch schlecht nein sagen …«

»Schon in Ordnung, Mutti«, habe ich sie beruhigt und innerlich Frau Mauz gedankt, dass sie mir zuvorgekommen ist.

Jetzt sitze ich im Clubraum, der mal wieder gähnend leer ist, und kann in Ruhe weiterschreiben.

Nachdem ich von der Baustelle zurückgekommen war, entdeckte ich den völlig demolierten Wagen des Toten im Innenhof des Präsidiums. Strobel hatte ihn als Beweisstück sichergestellt.

Im Zündschloss steckte noch der Autoschlüssel, an dem auch der Wohnungschlüssel des Toten hing. Ich nahm den Schlüsselbund an mich.

Eugen tat mir gerne den Gefallen, mich mit dem Streifenwagen zur Wimmerschen Wohnung zu fahren.

Holger sagt manchmal, ihm täte sein Vater fast schon Leid, wie er mich bereitwillig durch die Gegend kutschiert – ohne dass er in seinen Annäherungsversuchen auch nur einen Schritt weiterkommt. Aber erstens greife ich auf Eugens Fahrkünste fast ausschließlich bei »Dienstfahrten« zurück. Und zweitens: Hin und wieder ein kleiner Gefallen erhält die Freundschaft. Und das war schließlich eine Idde von Eugen, als wir nach der Scheidung vor dem Gericht auseinander gingen. »Lass uns Freunde bleiben!«, bat er mich und streckte mir die Hand hin. Und ich schlug ein.

Wimmers Appartement sah aus wie fast jede Junggesellenwohnung: Es lagen ein paar Socken und Hemden auf dem Boden verstreut. Im Wohnzimmer standen einige Bierflaschen herum, halb leere Fischdosen und eine angebissene Pizza.

Allerdings, in einer Hinsicht unterschied sich Wimmer schon vom handelsüblichen Junggesellen: An seinem Küchenfenster hatte er ein riesengroßes Fernrohr aufgebaut. Damit konnte er genau in die gegenüberliegende Wohnung der Nachbarin spähen, einer kurvenreichen Blondine, wie ich mit einem kurzen Blick durchs Fernrohr feststellte.

»Dein Mordopfer war wohl ein Spanner, wie?«, bemerkte Eugen gut gelaunt und warf sich auf das riesige Doppelbett im Schlafzimmer. »Mensch, Adelheid!«, staunte er. »Ein Wasserbett! Hast du das schon mal ausprobiert?« Er streckte sich lang auf Wimmers Bett aus und begann darauf herumzuwippen.

Ich versuchte unterdessen, mich auf die Details in der Wohnung zu konzentrieren. Aber ich entdeckte nichts Auffälliges, nichts, was auf irgendwelche Verstrickungen des Mordopfers in eine Erpressung hingewiesen hätte. Das überdimensionierte Fernrohr war mir zwar unsympathisch, aber kein Mordmotiv.

Eugen wippte immer noch auf dem Wasserbett herum. »Adelheid! Ich habe heute frei!«, rief er mir durch die Tür zu. »Kannst du nicht Strobel anrufen und ihm irgendwas vorweinen? Du hättest Zahnschmerzen oder Oma ist die Treppe runtergefallen?«

»Oder mein verflossener Ehemann hat einen Sonnenstich«, vervollständigte ich die Liste der Ausflüchte.

Eugen setzte sich auf und sah mich mit seinem traurigen Dackelblick an. »Ich kann dich einfach nicht vergessen, Adelheid!«

»Komisch«, stellte ich fest. »Als wir noch verheiratet waren, hast du mich schon vergessen, bevor du aus der Haustür warst.«

»Adelheid! Diese alten Geschichten ...!«, beschwerte Eugen sich.

Aber ich hatte gerade andere Dinge im Kopf, als mit Eugen unsere missglückte Beziehung aufzuarbeiten. Ich drückte die Wahlwiederholung am Telefon. Vielleicht erwies sich das letzte Telefonat des Ermordeten als eine brauchbare Spur.

»Partnervermittlung Olga Kowalski. Was kann ich für Sie tun?«, meldete sich eine Frau am anderen Ende der Leitung.

»Müller, Agnes Müller«, stotterte ich, nicht besonders originell, los. »Ich hätte gerne einen Termin«, fügte ich noch geistesgegenwärtig hinzu.

»Und wann ginge es bei Ihnen?«, flötete die Frauenstimme zurück.

»Am liebsten noch heute. Ich habe gleich Mittagspause. Wenn ich da vorbeikommen könnte?«

»Aber natürlich«, antwortete sie. »Also, dann notiere ich halb zwei im Institut Harmonie, Westerkade 7. Bis später.«

Ich legte den Hörer auf. Wimmer war wohl kaum der Mann, der sich über ein Eheinstitut vermitteln lassen wollte. Schließlich hatte die gut betuchte Erika Fißler vorgehabt, mit ihm durchzubrennen. Was hatte Wimmer aber dann mit Olga Kowalski zu schaffen? Ich blies zum Aufbruch. »Komm Eugen, wir müssen noch wo hin!«

Murrend erhob sich Eugen vom Wasserbett und trottete hinter mir her aus der Wohnung.

Das Eheinstitut »Harmonie« lag in einem hohen Bürogebäude im achten Stock – ganz in der Nähe der Fißlerschen Großbaustelle! In den Büroräumen empfing mich sanft dahinplätschernde Freundlichkeit in einem Ambiente aus Gummibäumen und gängigen Kunstdrucken.

Im Büro von Olga Kowalski erwartete mich der perfekte Gentleman: Olaf von Ritter, ein Herr um die Fünfzig, dem man seinen Erfolg bei Frauen ansah.

»Frau Kowalski ist nicht da?«, fragte ich.

»Leider nein«, lächelte der gut aussehende Herr mit sanftem Bedauern. »Urlaub! Florida. Sonntag ist sie geflogen. Aber ich bin sozusagen Frau Kowalskis rechte Hand und mit allem bestens vertraut.«

Zuerst wollte ich das Unternehmen Olga Kowalski abbrechen. Aber Herr von Ritter hatte mir schon einen Likör eingeschenkt, den er mir mit einer kleinen Verbeugung kredenzte.

Und dann machte ich eine interessante Entdeckung. Vom Bürofenster aus sah man direkt auf die Fißlersche Baustelle und den Kran, der in der Vornacht zum Mordwerkzeug geworden war.

»Ein bisschen Mut antrinken«, scherzte von Ritter und hob das Glas. »Ich habe vollstes Verständnis. Wenn Sie wüssten, wer schon alles auf diesem Stuhl gesessen hat und heute glücklich verheiratet ist. – Eine hübsche Bluse! Selbst genäht?«, versuchte er mich dann um den Finger zu wickeln.

»Ja, meine Mutter«, nickte ich. Ich wollte jetzt mal langsam die höfliche Konversation hinter mich bringen. Schließlich war ich nicht zum Spaß hier.

»Wenn du noch eine Mutter hast, dann danke Gott und sei zufrieden«, bemerkte von Ritter salbungsvoll.

»Na ja, auf die Dauer ist das aber kein Ersatz für einen Ehemann«, entgegnete ich.

»Wie wahr, wie wahr«, nickte er mir zu. Er setzte seine Lesebrille auf und kam endlich zum Geschäftlichen. »Wie sieht er denn nun aus, der Mann Ihrer Träume?«

»Groß, kräftig, ein gutes, freundliches Gesicht ...«, spann ich mir schnell zusammen.

Von Ritter notierte. »Haarfarbe?«, fragte er geschäftig.

Der Einfachheit halber beschrieb ich das, was ich vor mir sah: »Silberfuchsartig. Und blaue Augen ... Ein Beamter wäre nicht schlecht.«

»Da weiß man, was man hat, und die Pension ist auch nicht zu verachten«, lächelte mich Herr von Ritter über den Rand seiner Brille an.

So ging das noch eine ganze Weile. Als wir alles durchhatten, vom Bauchumfang bis zum Sternzeichen, legte von Ritter den Stift weg. »Ich glaube, ich habe genau das Richtige für Sie!«

»Wie? Völlig ausgeschlossen!«, stieß ich überrascht aus.

»Doch«, lächelte er mir zu. »Die genaue Anschrift und Telefonnummer kann ich Ihnen natürlich erst geben, wenn die Formalitäten erfüllt sind, Anzahlung etcetera, und die erste Kontaktaufnahme erfolgreich verlaufen sollte. Aber ein Foto habe ich da.« Er zog ein Bild aus einem Hängeregister hervor und legte es mir auf den Schreibtisch.

Ich traute meinen Augen nicht: Ewald Strobel höchstpersönlich! Im Smoking, eine Nelke in der Hand und ein breites Grinsen im Gesicht!

Ich war so verblüfft, dass ich allem, was von Ritter mir danach unterbreitete, nickend zustimmte: sowohl dem Termin für das erste Zusammentreffen mit dem »Mann meiner Träume« um 22 Uhr am selben Abend im Café Rendezvous wie einer Kostenaufstellung, die mein halbes Nettoeinkommen auffraß.

Strobel suchte eine Frau? Ich kannte den Chef nur als eingefleischten Junggesellen. Gut, hier und da verliebte er sich mal in eine der Frauen, die er im Lauf der Ermittlungen zu einem Mordfall kennen lernte. Wie in diese bekannte Filmschauspielerin, Doris Drömer, die nach der Aufklärung des Falles als Mörderin verhaftet wurde. Oder in diese vollbusige, attraktive Bardame, auf deren Verehrerliste die halbe Hamburger Unterwelt stand. Aber dass der Chef ernsthaft auf der Suche nach der Frau fürs Leben war? Ich hatte offensichtlich keine Ahnung, was im Herzen dieses Mannes, mit dem ich jeden Tag zusammenarbeitete, vorging.

Und dann: Ausgerechnet den Chef hielt Ehevermittler von Ritter für meinen Traummann? Sicher, ich mag große Männer mit wasserblauen Augen. Eigentlich habe ich auch nichts gegen eine etwas ruppige Art. Aber als Traummann? Darauf wäre ich nun wirklich nicht gekommen.

Herr von Ritter hielt die Eheberatung für beendet und geleitete mich zur Tür. »Hat doch gar nicht wehgetan, oder?«, säuselte er zum Abschied und hauchte einen Kuss auf meine Hand.

»Sie machen das wirklich ganz gut«, entgegnete ich. »Das hat schon mein Bekannter gesagt ...«

Herr von Ritter lächelte geschmeichelt. »Darf ich fragen, wer Sie empfohlen hat?«

»Paul Wimmer, Kranführer auf der Baustelle vor dem Haus«, warf ich ihm hin.

Für den Bruchteil einer Sekunde gefror sein charmantes Lächeln zu Eis. Aber sofort hatte er sich wieder gefangen. »Ach ja, der Herr Wimmer«, plauderte er bemüht unbeschwert weiter. »Ein alter Kunde. Allerdings habe ich den Verdacht, dass er sich sehr gern vermitteln lässt, aber nur ungern eine Bindung eingeht. Woher kennen Sie ihn denn?«

Jetzt war ich es, der die Miene gefror. Mit dieser Frage hatte von Ritter mich völlig überrumpelt. Ich gebe ja zu: Natürlich war diese Frage zu erwarten gewesen. Es war einfach sträflicher Leichtsinn, nicht darauf vorbereitet zu sein. Schnell dichtete ich etwas zusammen. »Ich arbeite im Architekturbüro Fißler, das die Baustelle betreut – rein buchhalterisch natürlich.« Zu diesem Zeitpunkt fiel mir einfach nichts Besseres ein. Und diese Ausrede hätte mich beinahe das Leben gekostet, wie ich später feststellen musste.

Als ich der Sekretärin im Vorzimmer meine Personalien hinterlegte – oder richtiger, die von Agnes Müller –, hatte ich ein ziemlich schlechtes Gefühl. Falls Olaf von Ritter misstrauisch geworden war, war es jetzt für ihn ein Leichtes, meine Aussagen zu überpüfen. Ein kurzer Anruf im Büro des Architekten Fißler genügte. Aber man muss ja nicht immer mit dem Schlimmsten rechnen …

Und als ich das Büro »Harmonie« verließ, war ich bereits wieder so in Gedanken, dass ich meinen Fauxpas schon fast vergessen hatte.

Noch am selben Abend wurde ich allerdings wieder daran erinnert. Langsam schwante mir, dass der attraktive Gentleman mit den grauen Schläfen möglicherweise gefährlich war – sogar sehr gefährlich!

Joey signalisiert mir, dass er die Bar gleich schließen will, nachdem er den ganzen Abend vergeblich auf Gäste gewartet hat. Ich trinke noch schnell meinen Sherry aus, und dann gehe ich ins Bett.

Samstag

Strobel bekommt die rote Karte

Für heute hatte ich mir ja vorgenommen, mich mit Nadine Stumpf zu unterhalten. Weil ich das Leistungshüten nicht ganz verpassen wollte, habe ich das Frühstück ausfallen lassen und bin um sieben zum Hüteplatz nach Wittlingen aufgebrochen. Es war wirklich sehenswert: Die Schäfer mit den langen Lodenjacken, die vielen Hirtenhunde und der Hindernisparcours, den die Schäfer mit ihrer Herde bewältigen mussten, ohne dass die Schafe in alle Windrichtungen auseinander liefen. Das Punktesystem habe ich nicht ganz begriffen. Wenn etwas nicht geklappt hat, war es für mich nur daran zu erkennen, dass die Schäfer ihre Hunde zusammengestaucht haben.

Schade, ich hätte gern noch länger zugesehen. Aber ich wollte ja noch in den Kosmetiksalon. Als Mutti und Frau Mauz auf dem Hütegelände eintrafen, bin ich nach Bad Urach zurückgefahren.

Ich bekam sofort einen Termin bei Nadine, obwohl ich nicht angemeldet war. »Ich möchte ein bisschen frischer aussehen«, erklärte ich Frau Stumpf den Grund meines Besuchs.

Nadine warf einen kritischen Blick auf mein Gesicht und meinte dann: »Ich verstehe schon, Ihre Falten. Welche Produkte benutzen Sie denn? Hoffentlich haben Sie auch Ihre Kosmetik auf die Tages- und Nachtpflege abgestimmt. Und haben Sie schon mal an Biolifting gedacht?«

Offen gestanden, so genau hatte ich mich mit diesem Thema bisher nicht beschäftigt. Ich benutze hin und wieder eine Creme, aber abgestimmt …? Ich nannte einen mir geläufigen Markennamen. Dabei kam ich mir vor wie eine Schülerin, die ihre Aufgaben nicht gemacht hat.

Nadine war mit meiner Antwort sichtlich unzufrieden und erklärte mir, dass diese Marke für meine Problemhaut eher Schlechtes als Gutes bewirken würde und dass ich meine Kosmetik dringend umstellen sollte.

Sie zeigte mir eine Reihe von Tiegeln und Töpfen, die preislich alle um die 200 Mark lagen. »Diese speziell auf Ihre Problemhaut abgestimmte Pflegeserie können Sie in unserem Haus erwerben«, erklärte sie. Außerdem legte sie mir eine Hormoncreme, »ganz neu auf dem Markt und mit sensationellen Pflegeergebnissen«, sehr ans Herz. »Sie werden sehen, diese Creme ersetzt das Lifting«, versprach sie mir.

An eine Hormoncreme hatte ich bisher eigentlich noch überhaupt nicht gedacht. Ich finde mich gar nicht so hässlich mit meinen paar Falten ... Letztendlich habe ich dann aber doch eine Augenfaltencreme erstanden (ein winziges Töpfchen Creme für 180 Mark). Einerseits, um die Versäumnisse der letzten Jahre auszugleichen, andererseits, weil es offensichtlich zum guten Ton gehört, sich hier mit der hauseigenen Marke einzudecken.

Nach dem Peeling und der Feuchtigkeitsmaske trug Nadine eine Pflegecreme auf meine Haut auf. Während sie die Creme einmassierte, gab sie mir Tipps, wie ich die Unebenheiten der Haut mit der richtigen Schminktechnik kaschieren kann. Da ich ihrer Ansicht nach ein extrem farbloser Typ bin, riet sie mir zu einem Permanent-Make-up. Ich wurde immer kleiner, während sie mir wortgewandt meine Schadstellen erklärte.

Aber wenigstens hatte ich endlich Gelegenheit, das Gespräch auf das Thema Diebstahl zu lenken. »Kommt man eigentlich nie in Versuchung, wenn man betuchtere Kurgäste als Kunden hat?«, begann ich, wie nebenbei. »Ich meine, viele Kurgäste achten doch sicher nicht besonders auf ihre Habseligkeiten, ihre Handtasche ...«

Nadine schüttelte den Kopf. »Nein. Wieso? Haben Sie Angst um Ihre Handtasche?«

»Es interessiert mich eher aus beruflichen Gründen«, erklärte ich. »Bei der Kripo Hamburg ...«

»Sie arbeiten bei der Kripo?« Nadine machte große Augen.

»Vorzimmer«, winkte ich ab. »Jedenfalls haben wir in Hamburg manchmal Fälle, in denen zum Beispiel Hotelangestellte mit dem Inhalt des Safes durchbrennen.«

Nadine, die gerade eine Puderquaste mit dem feuchtigkeitsspendenden Grundierungspuder bestäubte, hielt inne. »Und?«, fragte sie, plötzlich sehr aufmerksam. »Werden sie geschnappt?«

»Die meisten vor der Grenze«, nickte ich. »Und die wenigen, die doch den Absprung ins Ausland schaffen, gabeln die Kollegen von der Streife meistens nach drei, vier Jahren auf der Reeperbahn wieder auf. Ohne einen Pfennig Geld.«

Nadine begann mir jetzt so eifrig das Gesicht einzustäuben, dass ich den Puder in die Nase bekam. »*Ich* werde mich bestimmt nicht mit gestohlenem Geld aus dem Staub machen«, erklärte sie bestimmt. »Ich bin viel zu ängstlich.« Sie lachte spitz auf. Plötzlich wurde sie ernst. »Aber manchmal denke ich auch, wenn man zu viel fremdes Geld in die Finger bekommt, kann die Versuchung schon sehr groß sein ...«

Nach der Grundierung wurde ich geschminkt. Nadine griff zum Lipliner, um meine Lippen sorgfältig in einem mattdunklen Braunrosa zu umrahmen. Ich musste stillhalten. Aber ich war losgeworden, was ich Nadine sagen wollte, auch wenn mich dieser Hinweis alles in allem 360 Mark gekostet hatte.

Als Nadine mit ihrer Arbeit fertig war, erkannte ich mich selbst kaum wieder. Hier und da war die Schminke ein bisschen dick aufgetragen, aber das Ergebnis konnte sich durchaus sehen lassen.

Den einen oder anderen Schminktipp kann ich in Zukunft vielleicht tatsächlich mal ausprobieren. Die Kollegen im Büro werden ganz schön gucken! Andererseits: Bei meiner Arbeit ist es mir eigentlich immer lieber, wenn ich nicht auffalle. Auffallen ist bei der Kripo Hamburg nämlich meistens das Schlechteste, was einem passieren kann. Und das trifft nicht nur auf mich zu. Strobel erging es nicht besser, als er im Baustellenmord ermittelte.

Im Polizeipräsidium bahnte sich bereits eine Katastrophe an, als ich vom Eheinstitut zurückkam. Aber davon wusste noch niemand außer Kriminaldirektor Dr. Heimeran. Es herschte sozusagen die Ruhe vor dem Sturm.

Die Kollegen waren alle ausgeflogen. Also setzte ich mich an meinen Computer und loggte mich in die Fahndungsdatei der Kripo Hamburg ein. Ich gab den Namen Olga Kowalski ein. Aber die Besitzerin des Eheinstituts war ein unbeschriebenes Blatt.

Bei Olaf von Ritter hingegen wurde ich fündig: Betrügerischer Bankrott im Zusammenhang mit der väterlichen Firma »Ritter Development« und Heiratsschwindel spuckte der Computer aus.

Plötzlich stürmte Dr. Heimeran in mein Büro. »Wo ist Strobel?«, rief er und baute sich vor meinem Schreibtisch auf.

»Unterwegs im Baustellenmord, vermute ich.«

»Dieser Wahnsinnige!«, begann Dr. Heimeran zu toben. »Wissen Sie, was bei mir oben los ist?! Seit heute Morgen steht das Telefon praktisch nicht mehr still! Zwei Senatoren, zwei Anwälte, der Vorsitzende der Architektenkammer! Jeder verlangt Strobels Kopf auf einem silbernen Tablett! Und ich hätte nicht übel Lust, ihn den Leuten zu geben!«

Strobel war seinem Verdacht beharrlich nachgegangen und hatte dabei leider übersehen, dass es noch mächtigere Männer gab als Richter, die einen Durchsuchungsbefehl ausstellten. Der Kriminaldirektor war kurz vor dem Platzen.

Ausgerechnet in diesem Moment hörte ich nebenan im Büro des Chefs die Tür gehen. Strobel und Pohl kamen von ihrem Einsatz zurück. Bester Laune und leider auch sehr lautstark dozierte Strobel, dass er sich von Fißler, diesem Schmalspurakademiker, nicht abschütteln lassen werde.

Dr. Heimeran lauschte interessiert. Rasch ging er hinter der Tür in Deckung, die im selben Moment aufflog. »Wissen Sie, was Ihr großer Fehler ist, Pohl?«, posaunte der Chef. »Sie lassen sich von diesen feinen Herrschaften zu schnell ins Bockshorn jagen!«

Ich versuchte ihm ein heimliches Zeichen zu geben, aber vergeblich.

»Gucken Sie mich an, Herr Pohl«, warf Strobel sich in die Brust. »Ein Fels in der Brandung! Habe ich kalten Schweiß auf der Stirn? Flattert mein Puls? Nein, Herr Pohl! Und wenn ich alle Baustellen im Umkreis von hundert Kilometern stilllegen muss – ich kriege diesen Fißler! Und da kann unser kleiner Dr. Heimeran noch so lange mit Schaum vor dem Mund im Gelände rumrennen ...«

Ein spitzes »Aha« hinter seinem Rücken brachte den Chef zum Verstummen. Er fuhr herum – und sank in sich zusammen.

»Unser Herr Strobel«, sagte Heimeran zynisch. »Immer munter, immer unterwegs!«

Strobel versuchte ein schiefes Grinsen. »Man tut, was man kann.«

Dr. Heimeran schwoll gefährlich die Stirnader an. Und dann legte er los: »Wollen Sie die gesamte Wirtschaft stilllegen, Mann?! Und mich ganz nebenbei nervlich und gesellschaftlich aus meinem Fenster im siebten Stock treiben, Sie ... Sie ...?« Er schluckte das »Riesenrindvieh« runter. Denn Dr. Heimeran ist ein fanatischer Anhänger der korrekten Umgangsformen, und wenn er daran ersticken sollte. Aber seine Rache war schrecklich: »Sie sind vorläufig beurlaubt, Herr Hauptkommissar«, stieß er aus. Dann wandte er sich an Pohl: »Sie übernehmen den Fall und berichten direkt an mich. Noch Fragen?«

Es herrschte peinliche Stille.

»Von mir aus nicht«, sagte Pohl leise.

»Und jetzt rufen Sie Fißler an und entschuldigen sich«, kanzelte Heimeran den Chef ab. »Pohl, kommen Sie! Und bringen Sie die Unterlagen mit!« Er schritt hinaus.

Der Chef sah Heimeran wie vom Donner gerührt hinterher.

Pohl zog den Kopf zwischen die Schultern. »Tut mir Leid, Chef«, sagte er betreten. Einerseits fühlte er natürlich mit dem Chef. Aber andererseits bot sich ihm mit Strobels Dienstenthebung die Chance seines Lebens. Endlich konnte er als neuer Leiter der Ermittlungen einmal beweisen, was in ihm steckte, eine Gelegenheit, auf die er seit fast zehn Jahren gewartet hatte. Er packte die Unterlagen zum Fall Wimmer zusammen und eilte aus der Tür.

Wie betäubt schlich Strobel in sein Büro und räumte stumm seine Habseligkeiten aus den Schubladen: die Spirituosenvorräte, den Rasierapparat, die Erdnüsse – seine eiserne Ration für Krisenzeiten – und was sich dergleichen mehr im Lauf seiner langen Dienstjahre angesammelt hatte. Es war ein Bild zum Steineerweichen. Strobel hatte mit seiner Laufbahn als Hauptkommissar der Mord Zwo abgeschlossen.

»Chef! Was ist mit meinen Recherchen?«, versuchte ich ihn aus seinem Schneckenhaus herauszulocken. Ich war mir sicher, dass Heimeran schon wieder auf den Teppich kommen würde. Strobel sollte seinen Wutanfall einfach ad acta legen. Er brauchte ihm doch nur einen neuen Mörder zu präsentieren, einen, der nicht aus dem Umkreis von Heimerans Senatorenfreunden stammte. Und dass der Mörder ganz woanders zu suchen war, hielt ich aufgrund meiner Ermittlungen ja sowieso für wahrscheinlich.

Ich erzählte ihm, was ich herausgefunden hatte. »Der Polier kann es zwar nicht gewesen sein«, erklärte ich dem Chef, »denn der hat ein Alibi. Aber ich bin auf eine andere interessante Spur gestoßen. In der Wohnung des Mordopfers. Er hat an dem Abend noch mit jemandem telefoniert.«

Strobel klappte seinen Aktenkoffer zu und drehte sich zu mir um. »Ich bin nicht mehr zuständig, Frau Möbius«, sagte er mit totem Blick. »Wenden Sie sich an Kommissar Pohl!« Mechanisch griff er nach seinem Köfferchen und ging.

Es zerriss mir das Herz.

Als ich meiner Freundin Margret davon erzählt habe, hat sie gesagt: »Warum machst du das alles? Du löst die Fälle für deinen Chef, er erntet die Lorbeeren, und zum Dank versucht er dich auszubooten. Und du hältst ihm mal wieder die Stange! Du hättest froh sein sollen, dass Heimeran Strobel die rote Karte gezeigt hat.«

Aber ich sehe das anders. Erstens hat Strobel mir schon sehr oft bei meinen Alleingängen aus der Patsche geholfen. Und zweitens: Was kann ich mir denn Besseres wünschen als einen Sekretärinnenjob, bei dem ich meiner Leidenschaft nachgehen kann: dem Aufspüren von finsteren Machenschaften und verwickelten Zusammenhängen? Strobel, Pohl und Schubert machen die Vorarbeiten und das Offizielle, Pressetermine, Sitzungen mit

Heimeran etcetera, und ich kann ganz in Ruhe und im Stillen auf Spurensuche gehen.

Ich will ja gar keine Lorbeeren. Ich will den Fall lösen. Und ich will, dass unser Team zusammenbleibt. Denn unterm Strich habe ich die Kollegen eigentlich ganz gern: Schubert mit seinen Volkshochschul-Weisheiten und seinem Dauerschnupfen, Pohl mit seiner zurückhaltenden Solidarität und den ständig unrasierten Strobel, der manchmal wild um sich schlägt, aber im Grunde seines Herzens doch ein netter Kerl ist.

Und außerdem: Ich ertrage Strobels traurigen Blick nicht, wenn er sich vor mich hinstellt und sagt: »Jeder hier im Präsidium weiß doch, dass meine Sekretärin in Wirklichkeit die Fälle löst und ich ein totaler Versager bin.«

»Und«, habe ich Margret erklärt, »der Chef ist auch kein Versager. Er geht eben nur manchmal etwas verschlungene Pfade.«

Als Strobel so mutlos aus dem Präsidium schlich, war mir klar, dass noch am selben Abend etwas passieren musste. Wir mussten Heimeran den Mörder präsentieren, ehe Strobel sich seelisch auf seinen vorzeitigen Ruhestand einstellte. Aber ich muss zugeben, dass ich auch ohne seine Beurlaubung keine Ruhe gefunden hätte, ehe ich nicht noch ein paar Fragen geklärt hatte, die mir auf den Nägeln brannten.

Als ich nach Hause kam, dampfte mir das Essen entgegen. Mutti schenkte schon die Suppe aus. Holger und Eugen, beide in Dienstuniform, saßen mit gezückten Löffeln vor ihren Tellern, und es war der schönste Streit im Gange. Eugen hatte nämlich, seit er mich an der Westerkade 7 abgesetzt hatte, den Verdacht, dass ich über das Institut »Harmonie« einen neuen Lebenspartner suchte.

»Sag die Wahrheit, Adelheid«, sagte mein Exmann beleidigt, »stimmt es, dass du wieder heiraten willst?«

»Herr Möbius sieht nämlich seine Felle davonschwimmen«, stichelte Mutti.

Mein Herr Sohn amüsierte sich blendend über den Kleinkrieg in unserer Küche. »Also ehrlich, Adelheid, dass du so was nötig hast«, goss er noch ein bisschen Öl ins Feuer.

»Stellst du mir das Essen warm?«, bat ich Mutti, um die Diskussion abzukürzen. Ich wollte gleich noch in die Wohnung von Olga Kowalski. Vielleicht fand ich dort einen Anhaltspunkt, was Olga, von Ritter und Paul Wimmer miteinander zu tun hatten.

»Sag nicht immer Muddi zu mir!«, sagte Mutti in gereiztem Ton.

»In Ordnung, Muddi«, erwiderte ich.

»Wie kannst du mir so was antun, dir einen neuen Mann zu suchen«, meldete sich Eugen mit Leichenbittermiene zu Wort. »Wo du genau weißt, dass ich dich immer noch liebe und verehre!«

»Herr Möbius!«, griff Mutti entrüstet ein. »Reißen Sie sich zusammen!«

Worauf Eugen auf sie losging: »Du bist still, ja? Dir verdanke ich doch, dass meine Ehe kaputtgegangen ist. Wer hat denn ständig herumgestichelt? Und wenn man einmal Fußball gucken wollte, hast du nichts als Terror gemacht. Die Hölle auf Erden war das ...!«

»Komm, Eugen«, mischte Holger sich ein, »so ganz unschuldig warst du auch nicht!«

»... und wer hat mich verpfiffen bei deiner Mutter?«, ereiferte sich Eugen.

Ich sah zu, dass ich wegkam.

»Das war meine Pflicht als Mutter!«, hörte ich Mutti noch durch die Tür. »Sie haben meine Tochter auf das

Schändlichste betrogen, Herr Möbius, und auch noch mit einer kaum fünfundzwanzigjährigen Laborantin! Und überhaupt, muss ich mir so was gefallen lassen? In meiner eigenen Küche!«

Ich hatte absolut keine Lust, über die ollen Kamellen zu reden. Die Sache mit der Praktikantin setzt doch nun wirklich langsam Moos an. Und außerdem: Geht es uns heute nicht gut, gerade so, wie es ist, in unserer Frauenwirtschaft? Ich kann endlich wieder arbeiten. Und Eugen kommt nur noch auf Anfrage zu Besuch. So gesehen war seine Affäre mit der Praktikantin nicht mal der schlechteste aller möglichen Fehltritte.

Ein eiskalter Gentleman

Das schöne Herbstwetter scheint nicht mehr lange zu halten. Die Wettervorhersage hat Wolkenbrüche vorhergesagt. Ich nutze den letzten Sonnentag und sitze wieder an der Mörikehütte, während Mutti zum Tanzen ist. Sie war übrigens hellauf begeistert über mein neues Gesicht. »Du solltest dich unbedingt öfter schminken«, hat sie mir empfohlen. »Du siehst richtig wie eine Dame aus.« Diese Bemerkung hat mich etwas stutzig gemacht. Wie sehe ich denn sonst aus?

Als ich das Hotel verließ, bin ich Reinhold Middeltrop in die Arme gelaufen. »Haben Sie heute noch was vor?«, spielte er auf meine Kriegsbemalung an. Er hatte es eilig, weil er um vier bei Freunden in Stuttgart erwartet wurde.

»Die Einladung von meinen Freunden kommt mir gerade recht«, erzählte er gut gelaunt. »Heute Kaffee und Kuchen und später ein exquisites Gourmetrestaurant. Und am Sonntag schaue ich mir noch eine Ausstellung auf dem Messegelände an, bei der die neuesten Entwicklungen auf dem Gebiet der Orthopädie- und Sporttechnik vorgestellt werden.«

Barbie bleibt in Bad Urach, weil sie morgen zum Schäferlauf will.

Ehe er ins Hotel verschwand, hat er mir schnell noch die wichtigsten Wildschweinrestaurants im Schwarzwald genannt, die er mir wärmstens ans Herz legte. »Und wenn das Wetter tatsächlich umschlägt, wie die Wetterfrösche es angekündigt haben … Was gibt es da Besseres, als die kulinarischen Highlights der Region zu erkunden?«, fand er.

Jetzt sehe ich doch schon die ersten Haufenwolken am strahlend blauen Himmel aufziehen. Aber nach Regen sieht es bisher nicht aus.

Wo war ich stehen geblieben? Genau, der Chef war von den Ermittlungen ausgeschlossen. Und ich hoffte, in Olga Kowalskis Wohnung auf eine heiße Spur zu stoßen.

Frau Kowalski war, wie ich es erwartet hatte, nicht zu Hause. Olaf von Ritter hatte am Nachmittag ja erwähnt, dass sie im Urlaub sei.

Also klingelte ich bei der Nachbarin. Der Türsummer ging. Im dritten Stock erwartete mich eine Frau in Kittelschürze an der Tür, Frau Jädecke. »Ach, ich dachte, es ist mein Mann«, sagte sie misstrauisch.

»Tut mir auch Leid, Sie zu stören«, entschuldigte ich mich, ein wenig atemlos von den vielen Stufen. »Aber bei Kowalksi meldet sich niemand. Darf ich mich vorstellen? Ada Kowalski. Ich fliege morgen nach Prag weiter und hatte gehofft, meine Cousine kurz sehen zu können.«

Beim Wort »Cousine« verlor Frau Jädecke plötzlich komplett ihre Zurückhaltung und behandelte mich fortan wie eine alte Bekannte.

»Ehrlich gesagt, mache ich mir auch schon Sorgen«, sprudelte sie los. »Olga wollte doch nach Florida. Und sie wollte mir noch Bescheid geben, damit ich mich um die Katze und die Blumen kümmere. Aber als ich am Montag diesen Herrn von Ritter gefragt habe, da hat er nur gemeint, das hätte sie vergessen. Also, Olga Kowalski ihre Katze vergessen ... so was gibt es doch gar nicht!«

»Haben Sie den Schlüssel zu Olgas Wohnung?«, hakte ich ein. Frau Jädecke nickte.

Und da sie heute Abend sowieso noch nach der Katze sehen wollte, könnte ich genauso gut mitkommen, meinte sie.

Ich folgte einer unentwegt plappernden Frau Jädecke

in die dunkle Nachbarswohnung. »Muschi!«, rief sie lockend ins Dämmerlicht, während sie eine Tür nach der anderen öffnete und wieder zuschlug.

»Gestern, wie ich die Blumen im Schlafzimmer gieße«, vertraute sie mir an, »da fällt mir auf, dass Olgas Bett nicht gemacht ist. Ich denke, wer fährt nach Florida und macht sein Bett nicht vorher? Und dann: Im Schrank hängt noch das Kleid, das sie sich extra für den Urlaub gekauft hat – so ein trägerloses, damit man keine Streifen kriegt von der Sonne. Also, da stimmt was nicht, habe ich zu meinem Mann gesagt. Deshalb habe ich beim Reisebüro angerufen, und stellen Sie sich vor: Da ist überhaupt keine Olga Kowalski mitgeflogen!«

»Sind Sie sicher?!«, stieß ich aus.

Frau Jädecke nickte bedeutungsvoll. Endlich hatte sie die Katze gefunden, die sich im Wohnzimmer unter einem Sessel verkrochen hatte. Sie zog sie hervor und brachte sie in die Küche, wo sie ihr den Napf füllte. Unaufhaltsam redete sie weiter – nur diesmal zum Glück mit der Katze.

Herr von Ritter wurde mir immer unheimlicher. Zwar gehörte Frau Jädecke bestimmt zu den Menschen, die sich auch gerne mal ein paar Histörchen über ihre Nachbarschaft zusammenreimen. Aber ihre Vermutungen machten mir den Gentleman aus dem Institut »Harmonie« nicht unbedingt sympathischer.

Als die Katze gefüttert war, wandte sich Frau Jädecke wieder mir zu. »Seit Olga mit diesem von Ritter zusammen ist, ich weiß nicht ...«, sagte sie kopfschüttelnd und schloss die Wohnungstür hinter mir zu. »Olga wollte doch eigentlich gar nicht nach Florida. Das hat dieser windige Kerl ihr eingeredet, nur damit er sie los ist und er mit ihren Kundinnen losziehen kann! Also, so was von einem windigen Schönling! Aber Olga, na ja, die ist ihm ja direkt hörig. Sie ist ja auch über zehn Jahre älter als er. Unverschämt gut aussehend, dieser Herr von Ritter, sag ich Ihnen ...«

»Danke, Frau Jädecke«, versuchte ich ihren Redefluss zu stoppen. »Aber ich muss jetzt wirklich ...«

»Der ist bloß hinter ihrem Geld her und hinter ihrer Firma ...«, fuhr sie unbeirrt fort. Auch wenn ihre Gedanken zu Olgas Verschwinden sehr aufschlussreich waren – ich musste jetzt zusehen, dass ich hier wegkam. Ich weiß nicht mehr, welche Zauberformel mich schließlich doch von Frau Jädeckes Mitteilungsdrang erlöste.

Mir schwirrte der Kopf, als ich die Treppen hinunterstieg. Da ging plötzlich das Licht aus, und ich stand im Finstern.

»Moment, ich mach das Licht wieder an!«, rief Frau Jädecke mir durchs Treppenhaus hinterher.

Wenig später ging das Licht wieder an, und ich sah in die Augen von – Olaf von Ritter. Er war genauso überrascht wie ich. Blitzschnell versperrte er mir den Weg.

»Frau Müller ... So ein Zufall!«, zischte er mich an. Die Art, wie er mich mit seinen Blicken durchbohrte, ließ keinen Zweifel daran, dass er mittlerweile Verdacht geschöpft hatte.

»Meine Schneiderin wohnt im vierten Stock«, haspelte ich mir eine Ausrede zusammen. »Ich hab etwas zugenommen. Muss Sachen ändern lassen. Die vielen Schneckennudeln im Büro ...«

»In der Buchhaltung, ja, ja«, sagte er mit bedeutungsvollem Unterton. In seinen Augen blitzte es kalt. Er war mir jetzt gefährlich nahe.

Aus den Augenwinkeln stellte ich fest, dass es hinter dem Treppengeländer mindestens sieben Meter in die Tiefe ging. Ich durfte von Ritter jetzt auf keinen Fall zeigen, dass ich ihn für einen Mann hielt, der zu allem fähig war. Ich musste ihn in der Sicherheit wiegen, dass das Zusammentreffen hier im Treppenhaus tatsächlich reiner Zufall war.

»Ich muss mich ja noch hübsch machen für heute Abend ...«, tat ich unbefangen. »Drücken Sie mir die Daumen!«

Herr von Ritter verzog das Gesicht zu einer hämischen Grimasse. Doch endlich, sehr zögernd, machte er den Weg frei. Zutiefst erleichtert lief ich aus dem Haus.

Draußen stand Eugen mit seinem Polizeiwagen. Eifersüchtig war er mir nachgefahren, um zu sehen, mit wem ich mich zum heimlichen Rendezvous traf. Diesmal war ich richtig froh, ihn zu sehen, auch wenn er mir mal wieder nachspioniert hatte. Aufatmend stieg ich in seinen Wagen.

Als ich neben Eugen saß, verschwendete ich kaum noch einen Gedanken an den Schreck, den ich gerade erlebt hatte. Olaf von Ritter hingegen dachte schon noch an mich ...

Mit quietschenden Reifen fuhren wir los. »Was machst du bei Herrn Kowalski?«, stellte Eugen mich zur Rede. Er war stocksauer.

»Da ist nichts«, beruhigte ich ihn.

Aber Eugen war nicht davon abzubringen, dass »Herr« Kowalski mein neuer Geliebter sei.

»Adelheid«, versuchte er mich wild entschlossen zurückzuerobern. »Sieh mal, du und ich ... ich glaube ja sonst nicht an die Sterne, aber mir ist, als ...«

»Wo fährst du hin?«, unterbrach ich ihn.

»Zu Oma, was sonst?«, antwortete er.

»Könntest du mich vielleicht vorher an der Fißlerschen Baustelle absetzen?«, bat ich ihn.

»Ach, Adelheid«, beschwerte sich Eugen, »ich versuche

unsere Beziehung zu kitten, und du benutzt mich bloß als Chauffeur.« Er runzelte todtraurig die Stirn. »Was willst du da eigentlich, mitten in der Nacht?«, fragte er dann.

»Ich muss nachdenken, Eugen, und auf Baustellen geht das am besten.«

Ich wollte mir nämlich das Führerhaus des Krans mal etwas genauer ansehen. Bisher hatte ich einen dubiosen Heiratsvermittler, eine verschwundene Institutsbesitzerin und einen toten Kranführer. Aber das alles ergab keinen Sinn. Vielleicht fand ich oben im Kranführerhaus das entscheidende Verbindungsstück, das die Puzzlestücke im Mordfall Wimmer zu einem Bild zusammensetzte.

Zwar gefiel mir der Gedanke überhaupt nicht, auf den hohen schwankenden Kran zu klettern. Schon in der Schule habe ich bei Kletterübungen jedes Mal kläglich versagt und war immer froh, wenn ich wieder am Boden war. Aber diesmal musste es sein.

Eugen ließ mich an der Baustelle aus dem Wagen und fuhr geknickt weiter.

Ich stapfte durch den Sand und den Matsch über die einsam im Dunkeln daliegende Baustelle zum Kran. Dann kletterte ich die Eisenleiter hoch, die im Krangerüst nach oben führte. »Bloß nicht nach unten gucken!«, hämmerte ich mir ein.

Ich war ziemlich erleichtert, als ich endlich in der Kabine saß. Hier fühlte ich mich etwas sicherer, jedenfalls solange ich den direkten Blick nach unten vermied. Aber unangenehm war es schon, dass der Kran bei jedem Windstoß leicht mitschwang.

Vor mir auf dem Armaturenbrett gab es eine Menge Hebel und Knöpfe. Bestimmt war es gar nicht so einfach, den Kran zu bedienen. Ich hätte jedenfalls nicht gewusst, wie man die Greifschaufeln hinunterlässt, um damit zielgenau ein Auto zu greifen, es zwanzig Meter in die Höhe zu ziehen und dann auf den Boden krachen zu lassen.

Langsam gewöhnte ich mich an die Höhe und an das leichte Schwanken des Krans. Als ich aus dem Fenster schaute, bot sich mir ein atemberaubender Anblick: Hamburg bei Nacht. Von hier aus konnte ich sogar bis zur Binnenalster sehen, und ganz in der Ferne, zwischen zwei Häuserblocks hindurch, entdeckte ich das Riesenrad vom Dom. Welch ein Panorama!

Da bemerkte ich das Fernglas, das an einem Nagel an der Kabinenwand hing. So war das also! Paul Wimmer hatte sich nicht nur von seinem Küchenfenster aus Einblicke in fremde Wohnungen verschafft, er war diesem »Hobby« auch von hier oben aus nachgegangen.

Ich nahm das Fernglas vom Nagel, setzte es vor die Augen und ließ meinen Blick an den Häuserfronten entlangschweifen. Aber zunächst sah ich nichts als Schwärze. Die meisten der umliegenden Gebäude waren Bürohochhäuser, und um diese Uhrzeit lagen die Büros selbstverständlich dunkel und verlassen da. Aber dort! Jetzt hatte ich ein Fenster im Blick, hinter dem noch Licht war. Es durchfuhr mich wie ein Blitz. Da war es, das Motiv! Jetzt fügten sich die Einzelstücke zusammen.

Das Büro, das ich mit Hilfe des Fernglases einsehen konnte, war das Chefzimmer der Partnervermittlung »Harmonie«, genau dieses Zimmer, in dem ich selbst heute Mittag auf dem Klientenstuhl gesessen hatte. Auch Paul Wimmer hatte von hier aus in dieses Fenster sehen können. Und dabei hatte er vermutlich etwas beobachtet, was keine Zuschauer vertrug: War er vielleicht Zeuge des Mordes an Olga Kowalski geworden?

Ich hätte darauf schwören können, dass es so gewesen war! Deswegen hatte Olga Kowalski nicht in dem Flieger nach Florida gesessen! Und deswegen musste der Kranführer Paul Wimmer in der vergangenen Nacht sein Leben lassen. Olaf von Ritter war es, der sein zweites Opfer gestern Abend genau hier, auf diesem Kranführerstuhl, erwartet hatte …

Plötzlich spürte ich, dass der Kran unter mir in leichten Stößen zu zittern begann. Mir lief ein eiskalter Schauder über den Rücken. Es kam jemand heraufgeklettert. Und wer dieser Jemand war, darüber machte ich mir keine Illusionen. Verzweifelt suchte ich nach einem Versteck, aber da war keins, hier, zwanzig Meter über der Erde auf dem schwankenden Kran. Wieso nur hatte ich Eugen nach Hause geschickt?! Da schwang sich Olaf von Ritter auch schon über die Plattform!

Meine zitternden Hände wollten mir überhaupt nicht gehorchen, als ich hastig versuchte, die Kabine zu verriegeln. Schon war von Ritter an der Tür. Da! Im allerletzten Moment gelang es mir, den Riegel umzulegen.

Wie gelähmt starrte ich in das vor wildem Hass verzerrte Gesicht hinter dem Fenster. Olaf von Ritter, der Herzensbrecher in Nadelstreifen, hatte die Maske fallen gelassen. Der sanfte Heiratsvermittler war ein skrupelloser Mörder. Und ich war mutterseelenallein mit ihm, hier auf dieser gottverlassenen Baustelle.

Mit roher Gewalt rüttelte von Ritter an der Kabinentür. Als er feststellte, dass ich mich eingeschlossen hatte, begann er in wütenden Fausthieben auf das Fenster einzudreschen. Aber das Glas hielt.

Plötzlich machte er kehrt und verschwand wieder unter der Plattform. Ich war nicht so naiv, mir einzubilden, dass er aufgegeben hatte …

Mich fröstelt jetzt noch, wenn ich daran denke – hier, Hunderte Kilometer von der Fißlerschen Baustelle entfernt an der idyllischen Mörikehütte, hoch über Bad Urach. Obwohl: Das Frösteln kann auch daher rühren, dass die Sonne plötzlich hinter dicken Wolkenbergen verschwunden ist. Mit einem Mal sieht es nach Regen aus. Es zucken sogar schon die ersten Blitze ins Tal. Mir scheint, ich sollte schnellstens aufbrechen, wenn ich vor dem Gewitter noch im Hotel ankommen will.

In letzter Minute

Das wurde höchste Zeit. Ich bin knapp zehn Minuten im Hotel, und jetzt prasselt ein Wolkenbruch nieder, dass man kaum drei Meter weit sehen kann.

Zum Glück ist Mutti ja in der Glashalle im Trockenen.

An der Rezeption habe ich eine Nachricht von Holger vorgefunden: Er ist in den nächsten beiden Wochen nicht zu erreichen, weil er umzieht. Typisch Holger! Erst hört man gar nichts von ihm. Und dann ruft er kurz an, wenn keiner da ist, nur um Bescheid zu geben, dass man ihn nicht erreichen kann. Ich möchte mal wissen, wo der Junge sich abends rumtreibt. Da geht er nämlich auch nie ans Telefon. Wie ich ihn kenne, schlägt er sich die Nächte in Marseilles Straßencafés und Discos um die Ohren. Dabei muss er in der Confiserie morgens zeitig anfangen. Wahrscheinlich hofft er auf die Toleranz seines Schwiegervaters in spe.

Wenn Marseille bloß nicht so weit weg wäre! Ich sehe schon: Mein nächster Jahresurlaub wird mich nach Südfrankreich führen. Vorher sollte ich aber dringend einen Volkshochschulkurs in Französisch belegen. Ich will wenigstens den Kaffee in Marseille selbst bestellen können. Denn aus der Schulzeit ist ja nun leider so gut wie nichts hängen geblieben.

Eigentlich finde ich es richtig schade, dass Holger seine Polizeiausbildung an den Nagel gehängt hat. Er wäre bestimmt ein guter Polizist geworden! Dann hätten wir gleich zwei in der Familie gehabt.

Aber meine beiden Polizisten waren damals, als ich auf dem schwankenden Kran saß wie die Maus in der Falle, weit weg, bei Mutti im Wohnzimmer, und ahnten nicht mal, in welcher Gefahr ich mich befand.

Unter mir auf der dunklen Baustelle suchte Olaf von Ritter herum. Plötzlich bückte er sich und hob etwas auf: Ich erkannte, dass er eine große Eisenstange in der Hand hielt. Dann machte er sich wieder auf den Weg nach oben. Ich saß wie zu Eis erstarrt. Nun war es für ihn ein Leichtes, die Scheiben zu zertrümmern. Und wenn das schützende Glas erst zerschlagen war, war es kein Problem mehr, die Tür von innen zu öffnen und ... Ich mochte gar nicht daran denken.

Jetzt erschien von Ritter vor der Kabinentür. Schon hob er die riesige Brechstange, und dann krachten seine Schläge auf das Glas ein. Einmal, zweimal ... Das Glas zeigte erste Risse, und dann war er durch.

Ich war halb ohnmächtig vor Angst, als er in die Kabine griff. Ich glaube, ich habe noch mit irgendeinem harten Gegenstand auf seine Hand eingeschlagen, aber das beeindruckte ihn nicht mehr. Er löste die Verriegelung und riss die Tür auf. Das war das Ende! Ich schloss die Augen. Von Ritter packte mich. Jetzt würde er mich aus der Kabine zerren und vom Kran stoßen. Doch dann ... passierte nichts mehr.

Als ich vorsichtig durch die Augenlider blinzelte, stand von Ritter regungslos vor mir und blickte nach unten.

Auf einmal hörte ich ganz weit entfernt die Stimme meines Jungen. »Hey, Sie da oben! Aufhören oder es kracht!«

In dieser Situation traute ich meinen fünf Sinnen nicht mehr. Das konnte nicht Holger sein! Holger saß zu Hause bei Mutti auf dem Sofa und schaute wahrscheinlich gerade gemeinsam mit ihr den Krimi im Ersten. Doch dann fielen vier Schüsse.

»Klettern Sie da runter, Mann!«, scholl Holgers Stimme herauf. Und jetzt erkannte ich, dass meine Sinne mich nicht getäuscht hatten. Tief unter mir stand mein Junge in Polizeiuniform. Eugen war bei ihm. Holger hielt die

Pistole auf von Ritter gerichtet und brüllte: »Klettern Sie da runter, Mann, oder ich hole Sie runter – mit dem Rest im Magazin. Ich zähle bis drei! Eins … zwei …«

Ungläubig sah ich zu, wie von Ritter von der Kabine wegtrat, die Eisenstange fallen ließ und langsam die Hände hob. Ich war gerettet!

Ich muss jetzt noch schlucken, wenn ich daran denke, wie Holger plötzlich wie aus dem Nichts auf der Baustelle auftauchte, um mich aus den Händen dieses Verbrechers zu befreien. Ich war so stolz auf den Jungen! Wenn er nicht gekommen wäre …

Eigentlich habe ich meine Rettung auch Pohl und Eugens Schussligkeit zu verdanken.

Pohl hatte nämlich als zur Zeit leitender Ermittlungsbeamter bei Mutti angerufen und wollte kontrollieren, ob ich zu Hause und nicht etwa auf nächtlicher Verbrecherjagd war. Dieser Anruf versetzte Mutti und Holger in äußerste Sorge. Sie befürchteten, dass Herr Pohl mit seiner Vermutung ins Schwarze getroffen hatte. Und dann war Eugen aufgetaucht. Er hatte mal wieder seine Dienstpistole vergessen und wollte sie holen. Als Holger und Mutti von ihm erfuhren, dass er mich an der Fißlerschen Baustelle abgesetzt hatte, wo in der Vornacht der Mord passiert war, der gerade in den Nachrichten gebracht worden war, griff Holger sich sofort seine Dienstjacke und zerrte Eugen hinter sich her zum Auto zurück. Und so kam es, dass ich doch noch gerettet wurde, obwohl es eigentlich keine Hoffnung mehr für mich gab.

Ich hatte immer noch sehr wacklige Knie, als ich von dem Kran herunterkam und wieder auf festem Boden stand. Holger legte von Ritter bereits die Handschellen an – dem ersten Verbrecher, den er während seiner erst wenige Wochen dauernden Dienstzeit gestellt hatte!

Noch immer ziemlich aufgelöst, drückte ich meinen Jungen an mich. Holger meinte bloß: »Du machst Sachen!«

Eugen war ein bisschen beleidigt. »Und ich?«, beschwerte er sich. Da bekam auch er einen Kuss auf die Wange, während von Ritter schweigend und finster im kalten Hamburger Nachtwind neben uns stand.

Eugen rief vom Dienstwagen aus die Kollegen von der Streife an, damit sie von Ritter abholten. »Deine Rettung sollte dir schon die eine oder andere Flasche Champagner wert sein«, wollte Eugen mich zu einem gemeinsamen Abend überreden. Aber ich winkte ab. Sobald die Kollegen von der Streife eintrafen, musste ich zu meiner Verabredung. Ich wusste, dass mir eine lange Nacht bevorstand – aber nicht so, wie Eugen dachte.

Aufgebrezelt wie ein Konfirmand, in einer Duftwolke von Rasierwasser und mit einer roten Rose in der Hand, wartete der Chef im »Rendezvous« auf seine angekündigte »Herzdame«. Leider gab er sich nicht die geringste Mühe, seine Enttäuschung zu verbergen, als er erkennen musste, dass die angekündigte »Agnes Müller« in Wirklichkeit seine Sekretärin Adelheid Möbius war. Ich hatte ja nicht mal Zeit gefunden, mich ein bisschen in Schale zu werfen. Eigentlich wäre das eine sehr gute Gelegenheit gewesen, dem Chef mal zu zeigen, was ich neben zweihundert Anschlägen in der Minute sonst noch alles zu bieten habe! So aber, mit windzerzausten Haaren und im Bürodress, sah ich neben dem Chef ein wenig blass aus.

»Darf ich fragen, wieso Sie in meine Intimsphäre geraten sind?«, fragte er vorwurfsvoll. Es war deutlich, dass er im Augenblick mit allem, was Mord Zwo hieß, nichts mehr zu tun haben wollte. Mit diesem Kapitel seines Lebens hatte er abgeschlossen.

»Sie haben den Fall Wimmer gelöst, Chef!«, versuchte ich ihn aus seiner Frührentner-Endzeitstimmung herauszulocken. »Von Ritter ist der Mörder. Paul Wimmer hat von seinem Kran aus mitgekriegt, wie er seine Chefin und Geliebte im Büro erwürgt oder sonstwie ins Jenseits befördert hat.«

»Hat er das?«, fragte Strobel teilnahmslos zurück.

»Ja«, nickte ich. »Im Augenblick ist es nur eine Vermutung, aber ich bin sicher, Paul Wimmer hat von Ritter erpresst!«

Plötzlich erwachte der Chef aus seiner Lethargie. »Mittels eines Briefes, den er aus Zeitungsbuchstaben zusammengeklebt hat«, ergänzte er. Von dem Erpresserbrief hatte er über Erika Fißler erfahren. Vor einer Stunde, als Strobel sich für unser Rendezvous schick gemacht hatte, war Frau Fißler nämlich bei ihm zu Hause aufgetaucht, weil sie ihre Anzeige zurückziehen wollte. Denn sie hatte in der Wohnung ihres ermordeten Geliebten die Reste der Zeitung gefunden, aus der Wimmer die Buchstaben für seinen Erpresserbrief herausgeschnitten hatte. Da wurde ihr klar, dass ihr Mann mit dem Mord an Paul Wimmer nicht das Geringste zu tun hatte.

Zu dem Zeitpunkt aber interessierte sich der Chef nicht für Indizien und Motive, nicht für Erpresserbriefe und nicht für zurückgezogene Anzeigen. Er war beurlaubt und hatte mit Hamburgs Verbrecherwelt nichts mehr zu tun.

Und jetzt mit einem Mal begannen Strobels Augen wieder zu glänzen.

»Ich wette, Olga Kowalskis Leiche liegt irgendwo im Beton der Baustelle«, weihte ich den Chef in meine Vermutungen ein.

Tatendurstig blies Strobel zum Aufbruch. Schließlich

wartete im Kommissariat ein hochverdächtiger mutmaßlicher Doppelmörder darauf, verhört zu werden.

Ich atmete auf. Strobel hatte seine Krise überstanden. Er war wieder ganz der Alte!

»Also, Ihnen ist einfach nicht beizukommen, Frau Möbius«, merkte Strobel noch an, als wir schon im Auto saßen. »Da setze ich Sie auf eine falsche Spur, und am Ende ist es die richtige. Und ich knöpfe mir die richtige Spur vor, und am Ende bin ich strafversetzt nach Gran Canaria ... Wie machen Sie das bloß, Frau Möbius?«

»Weibliche Intuition?«, schlug ich vor. Ich versuchte Strobel meinen Triumph nicht spüren zu lassen, sonst überlegte er es sich vielleicht doch wieder anders und bestand auf seiner Frühpensionierung.

Bis fünf Uhr morgens dauerte das Verhör mit Olaf von Ritter. Dann hatten wir ein vollständiges Geständnis.

Von Ritter hatte Olga Kowalksi in der vergangenen Woche vor Beginn der Geschäftszeit, um acht Uhr, mit bloßen Händen erwürgt, nachdem sie wenige Wochen zuvor ihr Testament zu seinen Gunsten geändert hatte, sodass von Ritter nach ihrem Tod nicht nur die »Freiheit«, sondern auch ein guter Batzen Geld erwartete. Und dann trieb Paul Wimmer, der von seinem Kran aus den Mord durch das Fernglas beobachtet hatte, den Heiratsvermittler mit seinem Erpresserbrief in die Enge.

Einen Kran zu bedienen hatte von Ritter übrigens in der väterlichen Baufirma »Ritter Development« gelernt. Olga Kowalskis Leiche fand die Spurensicherung am nächsten Tag in einem der Auffüllschächte auf der Fißlerschen Baustelle.

Wieder lag die Großbaustelle einen ganzen Vormittag lang still, aber diesmal mit Genehmigung von Kriminaldirektor Dr. Heimeran, der über die schnelle Lösung dieses mysteriösen Falles höchst zufrieden war und den Chef feierlich wieder in seinen Posten als Hauptkommissar einsetzte.

Es regnet immer noch, aber nicht mehr so heftig wie noch um halb vier. Eigentlich müsste Mutti gleich vom Tanztee zurückkommen. Mit einem Regenschirm bewaffnet, könnten wir es vielleicht doch noch wagen, in die Innenstadt aufzubrechen. Bestimmt werden die schwäbischen Spezialitäten nicht nur draußen auf dem Marktplatz, sondern auch in den umliegenden Restaurants serviert.

Sonntagabend

Schreckliche Neuigkeiten

Es ist etwas Schreckliches passiert. Als Mutti und ich heute Abend vom Abschlusskonzert des Schäferlaufs ins Hotel zurückkamen, schwirrte das Haus vor Polizei.

Reinhold Middeltrop ist tot.

Einer der Schäfer hier aus dem Ort hat ihn entdeckt. Nach den starken Regenfällen am Samstag schien heute wieder die Sonne. Deswegen hat sich der Schäfer mit seinen beiden Hunden von Bad Urach aus zu Fuß auf den Heimweg gemacht, zurück auf die Albhochfläche. Dabei hat er den Weg durch das Pfähler Tal an der Elsach entlang gewählt. Als er den Anstieg durch den Wald nehmen wollte, sind ihm plötzlich seine Hunde weggelaufen. Zwar hat der Schäfer gerufen und gepfiffen, aber seine Hunde kamen nicht zurück. Er hat sie nur irgendwo bachaufwärts winseln und bellen hören.

Ziemlich verärgert schlug sich der Schäfer also durch das Gestrüpp, um seine Hunde zu suchen. Aber als er sie endlich fand, war mit einem Schlag sein ganzer Zorn verraucht.

Die Hunde schnüffelten an einer Leiche herum, die sich zwischen zwei scharfen Felsen am Uferrand verkeilt hatte. Es war die Leiche von Reinhold Middeltrop! Die Polizei nahm an, dass er sich bei dem Gewitter am Samstag in die Falkensteiner Höhle zurückgezogen hat. Dort ist er ertrunken. Seinen toten Körper hat der Fluss aus der Höhle ins Freie gespült.

Barbie erfuhr von dem schrecklichen Unglück erst, als sie von der Volkstanzvorführung auf dem Marktplatz ins Kurhotel zurückkehrte. Dort wurde sie von zwei Polizisten in Empfang genommen. Die Arme musste dann ihren Mann identifizieren. Keine angenehme Aufgabe bei einer Wasserleiche!

Die Stimmung im Hotel war beim Abendessen sehr gedrückt. Frau Gebhardt merkte man das Entsetzen ebenfalls an, als sie ihre übliche Runde von Tisch zu Tisch machte. »Dass das ausgerechnet einem Gast aus unserem Hotel passieren musste!«, sagte sie bleich zu Mutti und mir. »Dabei habe ich doch den großen Aushang am schwarzen Brett gemacht: Nie ohne Führer in die Höhlen! Außerdem liegen überall Faltblätter aus, die auf die Gefahren einer Höhlenbegehung hinweisen. Ich begreife das nicht! Ausgerechnet jetzt, wo wir sowieso Probleme mit den Buchungen haben. Wenn sich das herumspricht, dass einer *unserer* Gäste in der Falkensteiner Höhle ertrunken ist!«

Fassungslos sank sie auf einen Stuhl. »Normalerweise halte ich solche Dinge ja von meinen Gästen fern«, erklärte sie zu ihrer Entschuldigung. »Aber, wissen Sie, das geht mir alles schon sehr nahe. Seit die Krankenkassen kaum noch Kuren verschreiben, wird es immer schwieriger, das Hotel voll zu bekommen …«

»Wieso kann man denn in einer Höhle ertrinken?«, wunderte ich mich.

»Es gibt zahlreiche Höhlen am Albtrauf, die sich bei starkem Regen in kürzester Zeit mit großen Wassermassen füllen«, erklärte sie. »Und dazu gehört eben auch die Falkensteiner Höhle. Bei einer Begehung muss man immer das Wetter im Auge behalten, denn die Höhle ist quasi das Abflussrohr für die Schwäbische Alb. Der gesamte Niederschlag auf der Alb fließt fast ungehindert durch den kalkigen Boden in die Falkensteiner Höhle. Und wenn quadratmeterkilometerweise Regen versickert, können Sie sich ja vorstellen …« Sie schüttelte entsetzt den Kopf und fuhr fort: »Jedenfalls gibt es für den, der sich bei einem Unwetter dort aufhält, keine Rettung mehr …«

»Vom Wasser abgeschnitten!«, sagte Mutti entsetzt. »Wie bei uns am Wattenmeer. Die erste Frau meines verstorbenen dritten Ehemannes hatte eine Cousine ...«

Doch angesichts ihrer Sorgen um die zukünftigen Einnahmen hatte Frau Gebhardt wenig Sinn für Muttis Schreckenshistörchen aus dem hohen Norden. Sie stand abrupt auf, um ihre Runde durch den Speisesaal fortzusetzen.

Mutti fasste mich am Arm. »Wenn ich an die arme junge Frau Middeltrop denke! Dabei hat sie es doch sowieso mit den Nerven. Erst verliert sie ihr Kind. Und jetzt ihren Mann auf so grausame Weise! So hat sie sich ihre Kur sicher nicht vorgestellt.« Sie schüttelte betroffen den Kopf. »Aber das ist wie bei der Freundin meiner Schulfreundin Erika, weißt du noch, diese Frau mit der dicken Brille, die uns öfter besucht hast, als du noch klein warst. Sie hatte mit ihrem Mann diese Kreuzfahrt gebucht ...«

Bis zum Dessert unterhielt Mutti mich mit tragischen Todesfällen aus ihrer näheren und weiteren Bekanntschaft. Ich hörte nur mit halbem Ohr zu.

Mir gingen andere Sachen durch den Kopf. Als ich gestern mit Reinhold Middeltrop gesprochen hatte, war er doch im Aufbruch gewesen, um rechtzeitig bei seinen Freunden in Stuttgart zu sein. Außerdem passte es überhaupt nicht in das Bild, das ich mir von dem gemütlichen Genießer gemacht hatte, dass er allein zu einem längeren Spaziergang aufbrach. Da stimmte doch was nicht!

Und jetzt, wo ich neben Mutti im Hotelbett liege, drängt sich mir die ganze Zeit das Gespräch zwischen Nadine Stumpf und Norbert Biesinger auf, das ich unfreiwillig belauscht habe. Ich muss herausbekommen, ob das Geld noch im Safe ist. Aber in dieser Sache kann ich frühestens morgen um acht etwas erreichen.

Aber davor will ich mir morgen früh sicherheitshalber ein Bild machen, wie dieses schreckliche Unglück passieren konnte. Die Sache lässt mir keine Ruhe. Und wenn ich früh genug aufbreche, bin ich vor dem Frühstück von der Falkensteiner Höhle wieder zurück. Mutti muss überhaupt nichts davon mitkriegen. Ein Tief ist ja laut Wettervorhersage in den nächsten Tagen nicht zu erwarten. Ich brauche also nichts zu befürchten.

Für meinen Höhlenausflug sollte ich mich auf jeden Fall ausrüsten. Ich werde mir von Mutti drei Wollknäuel borgen, damit ich mich in der Höhle nicht verlaufe. Aber woher nehme ich eine Taschenlampe?

Mutti hält sich zwar noch die Handarbeitszeitschrift vor die Nase, ist aber schon seit einer ganzen Weile eingeschlafen. Das Problem mit der Taschenlampe wird sich schon irgendwie lösen. Hoffentlich!

Montag

Ein böser Verdacht

Leise stand ich am nächsten Morgen um halb sechs auf, zog meine Wanderstiefel an und schlang mir einen warmen Pullover um die Hüften. Von draußen fielen die Strahlen der Morgensonne herein, aber nach meinen Erfahrungen aus der Nebelhöhle wusste ich, dass es auch bei schönem Wetter in einer Höhle empfindlich kalt werden kann.

Die Taschenlampe fand ich dort, wo ich sie vermutet hatte. In dem Raum mit den Reinigungsmitteln lag hinten im Regal die Notausrüstung des Hotels: Kerzen, Streichhölzer und zwei Taschenlampen. Eine davon steckte ich in meine Umhängetasche. Dann bestellte ich mir ein Taxi.

Zehn Minuten später war ich unterwegs zur Falkensteiner Höhle. An dem Wanderparkplatz in der Nähe der Höhle ließ mich der Taxifahrer raus. »Von hier sind es noch zehn Minuten«, erklärte er mir. »Immer den Hauptweg entlang. Sie können sich eigentlich gar nicht verlaufen.« Ich verabredete mit ihm, dass er mich um halb acht wieder hier abholte. Dann stiefelte ich los.

Der schmale Weg schlängelte sich malerisch durch den Wald an einem Bach entlang. Das musste die Elsach sein, die vorgestern noch mit einer tosenden Strömung die Leiche von Reinhold Middeltrop zu Tal getragen hat. Wenn man das Rinnsal jetzt so lieblich von Fels zu Fels plätschern sah, war es kaum vorstellbar, dass der Bach eine solche Kraft entwickeln konnte.

Schon bald wurde der Weg immer steiler. Vor einer schroffen Felswand machte er eine scharfe Biegung, und dann sah ich auch schon den Eingang zur Falkensteiner Höhle, ein riesiges schwarzes Loch in einem hundert Meter hohen Felsmassiv, aus dem die Elsach floß.

Am Eingang der Höhle zog ich eins von meinen drei Wollknäueln aus der Tasche und legte ein Ende um einen Felsen. Dann knipste ich die Taschenlampe an und tappte vorsichtig in die Höhle hinein. Schnell umschloss mich die nachtschwarze Kälte der Höhle.

Im Lichtkegel der Taschenlampe sah ich deutlich, wie hoch das Wasser vorgestern in der Höhle angestiegen war: Auf anderthalb Meter – kaum vorstellbar, wenn ich das harmlose Rinnsal ansah, das sich jetzt seinen Weg zwischen den Felsen suchte. Welche Gewalt das Wasser am Samstag gehabt haben musste, davon legte das Durcheinander der Felsen Zeugnis ab. Wenn es selbst dicke Steine verschob, mit welcher Leichtigkeit hatte es dann die Leiche Reinhold Middeltrops mit sich fortgetragen! Ich versuchte nicht daran zu denken, dass hier vor wenigen Stunden ein Toter vorbeigetrieben war.

Weiter und weiter kletterte und schlidderte ich in die eiskalte Schwärze der Höhle hinein. Trotz meines Wollpullovers fröstelte ich. Kalt tropfte mir das Wasser von der Decke in den Nacken. Ein paar Mal wäre ich beinahe ausgerutscht, denn der Fels war furchtbar glitschig. Aber ich entdeckte nichts, was mich weitergebracht hätte. Außerdem war das mit dicken Felsbrocken durchmischte Geröll leider mehr als unübersichtlich. An einem Felsvorsprung hatte sich eine völlig ausgebleichte Regenjacke verhakt. Aber die hing hier sicher schon seit mehreren Regengüssen. Irgendwo klemmte eine uralte Coladose im Geröll. Das war aber auch schon alles.

Und dann war es abgewickelt, Muttis erstes Knäuel. Ich leuchtete in die Dunkelheit hinein. Alles, was möglicherweise an Spuren in der Höhle vorhanden gewesen war, mussten die gewaltigen Wassermassen mit sich gerissen haben.

Ich wollte schon umkehren, da fiel der Kegel meiner Taschenlampe auf ein filigranes Fantasiegebilde aus durchscheinendem Weiß: Tropfsteine! Das wollte ich mir unbedingt ansehen. Ich stolperte noch ein paar Meter weiter. Und hinter der nächsten Biegung empfing mich ein Höhlensalon wie aus Zuckerguss. Die Wände waren vollständig mit weiß reflektierendem Tropfstein überzogen. Hier und da standen bizarre Stalakmitenkegel. Staunend leuchtete ich die Wände entlang. Und dann fiel der Schein meiner Taschenlampe auf etwas, das meine Aufmerksamkeit erregte: In Augenhöhe, halb schon von der Nässe verwischt, hatte jemand mit schwarzem Ruß etwas auf die weiße Tropfsteinwand geschrieben. Der Ruß schien von abgebrannten Streichhölzern zu stammen, die zwischen den Fingern zerrieben worden waren. Es waren vier Buchstaben, ungelenk neben- und übereinander hingeschmiert, so, als hätte der Schreiber nicht gesehen, wo er fortfahren musste. Die Schrift konnte noch nicht alt sein, sonst hätte das Kalkwasser, das hier überall durch die Decke tropfte, sie unkenntlich gemacht. Ich trat näher heran. Und jetzt erkannte ich auch, was die Krakel bedeuteten. Es durchfuhr mich kalt. Die vier Buchstaben hießen: MORD.

Ich begann zu zittern – vor Kälte und vor Entsetzen. Hastig machte ich kehrt und stolperte am Wasserlauf entlang durch die Höhle bis zum Ausgang.

Draußen empfingen mich die Strahlen der Septembersonne, die mild durch das Blätterdach leuchteten. Ich atmete auf. Jetzt, wo die Angstgespenster verflogen waren, ärgerte ich mich über mich selbst. Ich hätte die Tropfsteinhöhle genauer untersuchen müssen. Mit größter Wahrscheinlichkeit hatte ich genau den Teil der Höhle gefunden, in dem Reinhold Middeltrop die letzten Minuten seines Lebens zugebracht hatte. Vielleicht gab es dort noch andere Spuren.

Aber dann entschloss ich mich, die weitere Spurensicherung der Polizei zu überlassen. Alles in mir sträubte sich bei dem Gedanken, noch mal allein in die Höhle zu müssen. Also kehrte ich zum Parkplatz zurück.

Seither bin ich felsenfest davon überzeugt, dass der Tod des Bochumer Sportgerätehändlers nicht bloß ein Unfall war. Es war der perfekte Mord. Als Mordwerkzeuge brauchte man nicht mehr als Ortskenntnis, etwas Überredungskunst und eine Taschenlampe, mit der man sich außer Reichweite des Opfers brachte, sobald man es weit genug in die Höhle gelockt hatte. Alle möglichen Spuren schwemmte das Hochwasser davon.

Wenige Minuten später traf mein Taxi ein und brachte mich zum Hotel zurück.

Ich hatte gehofft, Mutti wäre schon im Frühstücksraum, als ich kurz vor acht im Kurhotel eintraf. Aber natürlich lief ich ihr geradewegs in die Arme, als ich ins Hotelzimmer kam.

»Adelheid, wo warst du?«, empfing sie mich vorwurfsvoll. »Um Gottes willen, wie siehst du denn aus?«

»Ich muss dringend duschen«, entgegnete ich. Denn jetzt bemerkte ich es auch. Bei meinem Höhlenausflug hatte ich mich von oben bis unten mit Sand und Dreck beschmiert. Von der Eiseskälte in der Höhle hatte ich ganz blaue Lippen.

»Du bist doch nicht etwa ...?«, hielt sie mich zurück. Und dann legte sie los. Ich musste eine Schimpfkanonade über mich ergehen lassen, die sich gewaschen hatte. »Und das alles mit deinem kranken Fuß!«, hielt sie mir vor. »Was, wenn du wieder umgeknickt wärst? Kein Mensch hätte dir helfen können ...«

Mutti beruhigte sich erst, als ich ihr versprach, nie wieder in diese »Todeshöhle« zu gehen.

Bevor ich ins Badezimmer ging, um zu duschen, ließ ich mich zuerst mit der Polizeidienststelle Bad Urach verbinden.

»Blessinger, grüß Gott?«, kam es mürrisch aus dem Apparat.

»Adelheid Möbius mein Name«, meldete ich mich. »Ich habe Ihnen bezüglich des Todesfalles Reinhold Middeltrop eine wichtige Beobachtung mitzuteilen. Ich war heute Morgen in der Falkensteiner Höhle, und da habe ich …«

»Doch nicht etwa allein?«, fiel Herr Blessinger mir ins Wort.

»Doch, allein«, antwortete ich. »Und da habe ich etwa fünfundsiebzig Meter vom Eingang …«

»Sie sind nicht von hier, oder?«, stellte Herr Blessinger ungnädig fest.

»Nein«, entgegnete ich und wollte mit meiner Schilderung fortfahren. Doch der Mann hörte mir nicht mal zu.

»Wissen Sie, dass Ihr einsamer Ausflug in die Höhle sträflicher Leichtsinn war?«, stauchte er mich zusammen. »Wie viele Touristen müssen denn noch ihr Leben in der Höhle lassen, ehe Sie es endlich begreifen? Eine Höhlenbegehung ist kein Spaziergang. Aber nein! Die Herrschaften latschen darin herum, als gäbe es weder Steinschlag noch Überschwemmung … und dann möglichst noch in Stöckelschuhen …«

»Ich hatte Wanderschuhe an«, warf ich kleinlaut ein. Außer an plötzliche Wassereinbrüche hatte ich tatsächlich an keine weiteren Gefahren gedacht. »Ich habe eine Schrift in der Höhle entdeckt«, kam ich schnell zum entscheidenden Punkt. »Jemand hat das Wort ›Mord‹ mit Ruß an die Wand geschrieben.«

»Tatsächlich?«, kam es gelangweilt aus dem Hörer.

»Das ist nämlich so«, holte ich zu einer Erklärung aus, »ich hatte von Anfang an den Verdacht, dass mit dem Tod von Herrn Middeltrop etwas nicht stimmt. Er hat doch am Samstagnachmittag noch zu mir gesagt, dass er gleich nach Stuttgart fährt. Er hatte gar nicht vor, einen Ausflug zu der Höhle zu unternehmen.«

»Wegen Schmierereien an den Höhlenwänden wird unsere Streife kaum ausrücken«, bremste mich der Polizist. »Was glauben Sie, was da alles hingekritzelt wird. Jeder meint doch, er müsste sich da verewigen.«

»Aber die Schrift war noch ganz frisch«, beharrte ich. »Und gestern kam man doch gar nicht in die Höhle rein, weil das Wasser noch zu hoch stand.«

»Wo haben Sie die Schrift denn entdeckt?«, zeigte er sich von jetzt auf gleich gesprächsbereit.

»Etwa fünfundsiebzig Meter vom Eingang«, erklärte ich ihm, erleichtert, dass er mir endlich zuhörte. »Auf der rechten Wand, da, wo die Tropfsteine sind.«

»Ah ja«, kam es aus dem Hörer. »Dann werden wir uns die Schrift mal ansehen. Aber versprechen Sie mir, dass Sie solche Ausflüge demnächst unterlassen.«

»Ja, sicher«, sagte ich. »Wann höre ich denn von Ihnen?«

»Hören?«, fragte Herr Blessinger. »Wieso?«

»Na ja, wegen der Zeugenbefragung«, half ich ihm auf die Sprünge. »Sie müssen doch sicher meine Aussage zu Protokoll nehmen.«

»Ach so«, sagte er. »Wir melden uns bei Ihnen. Auf Wiederhören.« Er legte auf.

Da wusste ich, dass Herr Blessinger meine Meldung überhaupt nicht ernst genommen hatte. Er hatte sich ja nicht mal die Nummer notiert, unter der ich zu erreichen war. Er würde die ganze Sache auf sich beruhen lassen und unbeeindruckt zur Tagesordnung übergehen.

Frustriert beschloss ich, zunächst einmal zu duschen. Das Wasser war so heiß, dass meine Haut ganz rot wurde, und endlich, ganz langsam, wurde mir wieder warm. Nachdem ich mich angezogen hatte, setzte ich mich aufs Bett und dachte nach. Dann musste ich eben selbst die Initiative ergreifen. Was blieb mir anderes übrig? Und zuallererst musste ich herausfinden, ob das Geld noch im Tresor war. Ich beschloss, mit Barbie Middeltrop zu sprechen.

Nach dem Frühstück musste Mutti zur Anwendung. Sobald sie das Hotel verlassen hatte, stattete ich Barbie Middeltrop einen Besuch ab.

Frau Middeltrop lag noch im Bett. Müde und mit verquollenen Augen sah sie mir entgegen. Sie hielt eine Tasse Pfefferminztee umklammert. Auf dem Nachttisch stand eine große Flasche Hustensaft neben einer Familienpackung Papiertaschentücher.

Der ganze Boden war mit ihren Habseligkeiten übersät: ihre Kostüme, die Sandalen, ein Sommerhut, die Sonnencreme und was eben sonst noch alles in einem Urlaubskoffer zu finden ist. Neben ihrem Bett stand ein Koffer, der bereits fertig gepackt schien – wahrscheinlich der ihres toten Mannes.

»Es tut mir so Leid, was mit Ihrem Mann passiert ist«, begann ich. »Ich wollte fragen, ob ich irgendetwas für Sie tun kann?«

Frau Middeltrop setzte die Tasse ab und sagte mit seltsam schleppender Stimme: »Danke, mir ist nicht zu helfen.«

»Vielleicht ein Beruhigungsmittel?«, schlug ich vor.

Frau Middeltrop lachte heiser. »Ich bin bis zum Hals voll gestopft mit Beruhigungsmitteln. Seit dem Unfall meines Sohnes bin ich ja mit Psychopharmaka ausreichend versorgt. Und jetzt kann ich wieder anfangen, die Dinger zu schlucken.«

Nun verstand ich, wieso sie mir so seltsam vorgekommen war – so fremd und abwesend. »Sicher kümmert sich Ihr Schwager um Sie?«, fragte ich nach.

Sie nieste und griff nach den Taschentüchern. »Wir reisen heute Abend ab.«

Das konnte ich gut verstehen. An ihrer Stelle hätte ich auch sofort die Koffer gepackt.

»Hat Ihr Mann eigentlich irgendetwas davon erzählt, dass er am Nachmittag noch einen Spaziergang machen wollte?« fragte ich dann.

Barbie Middeltrop zog ein schmerzliches Gesicht und schüttelte den Kopf. »Bitte nicht!«, wehrte sie ab.

Also sprach ich das Thema nicht weiter an. Sie war verständlicherweise noch viel zu schockiert, um Fragen über ihren Mann zu beantworten. »Eigentlich bin ich gekommen, um Ihnen mitzuteilen, dass Ihr Mann im Safe eine gute Summe Geld deponiert hat«, erklärte ich ihr.

»Woher wollen Sie das wissen?«, fragte Barbie überrascht.

»Ich habe es zufällig erfahren«, wich ich aus.

Es klopfte, und Guido Middeltrop kam herein.

»Wusstest du von dem Geld, das Reinhold im Hotelsafe deponiert hat?«, wandte sich Barbie an ihn.

Guido schüttelte den Kopf. »Aber möglich wäre es schon. Reinhold ist doch öfter in die Schweiz gefahren ...« Er stockte.

»Stimmt«, nickte Barbie. »Aber warum hat er mir davon nichts gesagt?« Sie ließ sich in die Kissen zurückfallen. »Guido, ich bin so müde ... so müde.«

»Du solltest versuchen zu schlafen«, sagte er. »Und Sie gehen jetzt besser«, sagte er zu mir.

Ich ließ die beiden allein.

Jetzt brauchte ich bloß noch die Rezeption im Auge zu behalten, dann wusste ich, ob der Koffer verschwunden war. Mit der Tageszeitung setzte ich mich ins Foyer und wartete. Wenn Guido finanziell so knapp war, wie er gegenüber Mutti gesagt hatte, dann würde er nicht lange zögern, den Geldkoffer seines Bruders an sich zu nehmen.

Und ich hatte richtig gerechnet. Keine zehn Minuten nach mir kam Guido Middeltrop herunter und klingelte an der Rezeption.

Norbert Biesinger hatte heute offensichtlich seinen freien Tag. Die Dame, die heute am Empfang arbeitete, hatte ich zuvor noch nie gesehen. Die beiden redeten sehr leise miteinander. Dann verschwand die Dame im Hinterzimmer. Als sie zurückkam, schüttelte sie den Kopf. »Es tut mir Leid«, hörte ich sie sagen. »Von Ihrem verstorbenen Bruder ist nichts in Empfang genommen worden.«

»Sind Sie sicher?«, fragte Guido Middeltrop, jetzt schon etwas lauter, zurück.

»Ganz sicher«, nickte die Angestellte. »Ich habe weder den Koffer selbst noch die Durchschrift der Quittung gefunden.«

Genau das, was ich befürchtet hatte. Ich musste unbedingt verhindern, dass Herr Biesinger und Nadine Stumpf mit dem Koffer verschwanden, und zwar sofort.

Ich wollte eben aufbrechen, da kam Guido Middeltrop in großen Schritten auf mich zu, fasste mich hart am Handgelenk und riss mich aus dem Stuhl. »Wie kommen Sie dazu, meiner Schwägerin einen Floh ins Ohr zu setzen?«, begann er zornig. »Von wegen ein Koffer voll Geld!« Die Angestellte sah irritiert zu uns herüber. »Meine Schwägerin hat gestern erfahren, dass sie Witwe ist, und Sie haben nichts Besseres zu tun, als über den Verstorbenen Märchen in die Welt zu setzen!«, ereiferte er sich.

Ich riss mich los. »Dabei hätten Sie das Geld so gut gebrauchen können, nicht wahr?« Ich sah ihn scharf an. »Zum Beispiel, um Ihre Schulden bei meiner Mutter zu begleichen!«

»Ihre Mutter bekommt ihre lächerlichen zweitausend Mark – noch heute!«, warf er mir abfällig hin. »Die bezahle ich aus der Portokasse der Firma! Ach was!«, winkte er dann ab. »Warum rege ich mich überhaupt auf?« Damit machte er auf dem Absatz kehrt und stampfte die Treppe hinauf.

Immerhin! Mein Vorstoß hatte mir eine interessante Information eingebracht: Guido Middeltrop gehörte zu denjenigen, die vom Tod Reinhold Middeltrops profitierten. Im Zorn sagt man eben oft mehr, als einem eigentlich lieb ist.

Aber jetzt musste ich dringend mit Nadine sprechen. Sicher konnte man mir im Kosmetiksalon ihre Adresse geben. Ich hoffte bloß, dass sie und ihr Freund nicht schon mit dem Geldkoffer auf und davon waren.

Verdeckte Ermittlungen

Als ich in den Kosmetiksalon kam, erlebte ich eine Überraschung. Nadine war gar nicht dabei, eine Flucht vorzubereiten. Sie empfing mich hinter dem Kundentresen. Weder schien sie in Eile, noch bemerkte ich an ihr irgendwelche Anzeichen von Nervosität.

»Haben Sie sich jetzt doch zu dem Permanent-Make-up entschlossen?«, begrüßte sie mich unbefangen. »Leider bin ich besetzt. Wir können aber für den Abend einen Termin ausmachen.«

Sollte Biesinger, wie ich vermutete, den Mord eingefädelt haben, dann war sie jedenfalls völlig ahnungslos. »Ich muss mit Ihnen reden«, kam ich sofort zu Sache.

»War etwas mit den Cremes nicht in Ordnung?«, fragte sie besorgt.

Ich schüttelte den Kopf. »Wo sind wir ungestört?«

Verblüfft schlug Nadine vor, dass wir uns in einer der unbesetzten Sonnenbankkabinen unterhalten konnten.

»Wundern Sie sich nicht«, bat ich sie, als sie die Tür hinter uns geschlossen hatte. »Beantworten Sie einfach meine Fragen.«

Nadine sah mich ratlos an.

»Wo waren Sie vorgestern zwischen drei und fünf?«, begann ich.

»Da habe ich meinen freien Tag genommen: wegen des Schäferlaufs. Den ganzen Vormittag habe ich Stühle geschleppt und dann am Mittag im Festzelt bedient«, antwortete sie. »Aber wieso wollen Sie das wissen?«

»Und Herr Biesinger?«, fragte ich weiter.

Nadine verschränkte feindselig die Arme. »Frau Gebhardt hat Sie geschickt?«, sagte sie misstrauisch.

Ich schüttelte den Kopf. »Es geht um das Unglück.«

Aber Nadine hatte tatsächlich keine Ahnung.

»Am Samstagnachmittag ist Herr Middeltrop in der Falkensteiner Höhle ertrunken«, teilte ich ihr also mit. »Und seither ist der Geldkoffer spurlos verschwunden.«

»Nein!« Nadine fasste sich entsetzt an den Kopf. »Norbert hat heute Morgen schon ein paar Mal angerufen. Jetzt weiß ich, wieso er mich so dringend erreichen wollte ...« Sie stockte. »Sie glauben doch nicht, dass Norbert mit dem Tod irgendwas zu tun hat?«

»Wo war er am Samstag?«, wiederholte ich meine Frage.

»Norbert war den ganzen Nachmittag mit mir im Festzelt. Er hat am Zapfhahn gestanden.« Nadine war immer noch wie vom Donner gerührt. »Was mache ich denn jetzt bloß? Norbert will sich mit dem Koffer absetzen!«

»Am besten, Sie sehen zu, dass Sie Ihren Norbert erwischen und ihn wieder zur Vernunft bringen«, riet ich ihr. »Und lassen Sie sich irgendeine Ausrede einfallen, wieso der Koffer heute Morgen um neun nicht im Safe war, als der Bruder des Ermordeten danach gefragt hat.«

Nadine wollte eilig los. Doch in der Tür der Kabine drehte sie sich noch mal zu mir um. »Woher wissen Sie ...?«, begann sie.

Ich schüttelte den Kopf. »Das ist doch jetzt egal. Beeilen Sie sich lieber.«

Nadine nickte, griff im Kundenraum nach ihrer Tasche und dem Mantel und stürmte aus dem Salon.

Ihre Kollegin sah ihr verwundert hinterher. »Was soll das denn jetzt?«, fragte sie erstaunt. »Die Kundin wartet schon.«

»Organisieren Sie eine Vertretung«, empfahl ich ihr, ehe ich ging.

Mein Verdacht, dass Biesinger der Mörder war, hatte sich zerschlagen. Aber wer kam dann als derjenige in

Frage, der Reinhold Middeltrop in die Höhle gelockt und ihn dort im Stich gelassen hatte, als der Wettersturz einsetzte?

Es musste jemand sein, der die geologischen Gegebenheiten der Region einkalkuliert hatte, jemand, dem die Falkensteiner Höhle vertraut war.

Da war zum einen Guido Middeltrop. War es denkbar, dass er es war, der seinen Bruder in die Höhle gelockt hatte? Immerhin half ihm Reinholds Tod aus der finanziellen Misere. Und er war in Bad Urach ein regelmäßiger Kurgast. Er musste sich also der Gefahr, die bei starkem Regen in der Falkensteiner Höhle lauerte, bewusst sein. War das vielleicht sogar der Grund, wieso er seinen Bruder und seine Schwägerin überredet hatte, ebenfalls in Bad Urach zu kuren, dass er nämlich von Anfang an den Tod seines Bruders geplant hatte? Ich musste herausfinden, wo er sich vorgestern am späten Nachmittag aufgehalten hatte.

Und dann war da noch Renée Bruchnagel. Er war auf Reinhold Middeltrop nicht allzu gut zu sprechen. Und rabiat, wie er war, hätte ich ihm einen Mord durchaus zugetraut.

Es war gleich halb zwölf, Zeit für meine Massage. Alles in mir sträubte sich dagegen, mich heute wieder bei diesem Stiernacken auf die Bank zu legen und durchwalken zu lassen. Aber ich hatte keine Wahl. Ich musste unauffällig mit Renée Bruchnagel ins Gespräch kommen. Da bot sich die Massage geradezu an.

Seufzend machte ich mich auf den Weg, um mich in die Hände meines Masseurs zu begeben.

»Auch mal wieder da?«, begrüßte Bruchnagel mich in der Massagekabine und grinste.

»Beim letzten Mal war ich leider verhindert«, entgegnete

ich unbehaglich und bereitete mich innerlich auf die Tortur vor, die mich gleich erwartete. Aber meine Sorge war diesmal umsonst.

»Kommt vor«, entgegnete Bruchnagel bloß und cremte sich pfeifend die Hände ein, während ich mich hinter dem Vorhang auszog.

Der Mann war völlig verändert. Er strotzte sozusagen vor guter Laune. Ich legte mich auf die Bank und biss die Zähne aufeinander, in Erwartung der Knetattacke, die jetzt über mich hereinbrechen würde. Aber da spürte ich seine Hände sehr sanft über meinen Rücken und die Beine fahren. »Jetzt sind wir so weit, dass Ihre Muskeln alle wieder zu arbeiten begonnen haben. Jetzt arbeiten wir der Verkrampfung durch Entspannung entgegen«, erklärte er aufgeräumt.

Und diesmal war die Massage wirklich eine Wohltat. Mit seinen riesigen Händen strich er sanft meine rückwärtigen Körperteile aus.

»Waren Sie eigentlich auch beim Schäferlauf?«, begann ich ihn auszuhorchen.

»Da gehen nur Touristen hin«, entgegnete er, ungewöhnlich gesprächsselig. »Das ist mir alles viel zu voll. Ich bin zu Hause geblieben. Da ist das Bier billiger. Und ich kann Ihnen versichern: Ich hatte das beste Wochenende seit langem.«

»Das hört sich aber eher nach melancholischer Singleparty an«, forschte ich nach Renées Alibi.

»Was dagegen einzuwenden?«, fragte er zurück. »Wenn das Fernsehprogramm gut ist, kann ich mir nichts Besseres vorstellen. Und nach ein paar Bier hat man sowieso keine große Lust mehr auf Smalltalk – jedenfalls ich nicht.«

Ist ja klar«, grummelte ich in den Schaumstoff der Bank hinein.

»Und heute Abend wird wieder gebechert«, erklärte er mir mit bärbeißiger Fröhlichkeit.

»Gibt es einen Anlass?«, setzte ich mein heimliches Verhör fort.

»Das kann man wohl sagen!«, grinste er breit.

Ich traute mich einfach nicht, die nächste Frage zu stellen – nicht, solange ich Bruchnagel auf der Massagebank noch hilflos ausgeliefert war.

Endlich war die halbe Stunde rum. Noch ganz benommen von den einschläfernden Streicheleinheiten, verschwand ich hinter dem Vorhang, um mich wieder anzukleiden. »Haben Sie eigentlich schon von dem schrecklichen Todesfall gehört?«, fragte ich durch den Vorhang.

»Sie meinen Herrn Middeltrop? Wer hat das nicht?«, entgegnete er mit unverhohlener Genugtuung. »Bei schlechtem Wetter geht man ja auch nicht in die Höhle. Das weiß hier jeder.«

Ich öffnete den Vorhang, und dann ging ich zum Angriff über. »Sie hatten eine ganz schöne Wut auf Herrn Middeltrop, oder?«

»Wie kommen Sie darauf?« Misstrauisch sah er mich an.

»Bochum«, warf ich ihm hin. »Ein Fitnessstudio, das dichtmachen musste.«

Seine Augen verengten sich zu schmalen Schlitzen. »Hören Sie«, sagte er scharf. »Ich bin Ihnen keinerlei Auskunft schuldig. Auf Wiedersehen!«

»Was haben Sie zu verbergen, Herr Bruchnagel?«, fragte ich hartnäckig. Aber da stand er einfach auf und drängte mich mit seinem massigen Oberkörper zur Tür hinaus.

Bruchnagel weinte dem Toten keine Träne nach, das war überdeutlich. Ich musste herausfinden, was der Grund für seinen Hass auf Reinhold Middeltrop war. Und das würde ich auch ohne seine Hilfe erreichen.

Die Lösung dieser Frage kostete mich zehn Minuten und ein Ferngespräch nach Bochum.

Gegenüber der Dame vom Kundenservice der Firma Middeltrop & Partner gab ich mich als Mitarbeiterin des Fitnessstudios Bruchnagel aus. »Wir möchten gerne zehn Brustmuskeltrainer bestellen«, erklärte ich.

»Haben Sie schon eine Kundennummer?«, erkundigte sie sich.

»Sicher«, entgegnete ich, »aber ich habe sie im Augenblick nicht zur Hand.«

»Einen Moment, bitte«, kam es aus dem Hörer. Man hörte, wie im Hintergrund ein Computer bedient wurde. Wenig später meldete sich die Dame wieder. Sie klang jetzt deutlich reservierter. »Wir können Ihnen die Lieferung fertig machen. In Ihrem Fall müsste ich allerdings auf Vorauskasse bestehen«, erklärte sie mir.

»Vorauskasse?«, fragte ich nach. »Ist das bei Ihnen üblich?«

»Es tut mir Leid«, kam die Antwort, »in Fällen wie dem Ihrigen ... Immerhin haben wir bei Ihnen ja schon einmal vierzig Geräte abholen lassen, weil die Zahlungen ausgeblieben sind.«

Da hatte ich die Information, die ich brauchte. Renée Bruchnagel war gegenüber der Firma Middeltrop in Zahlungsschwierigkeiten geraten. Und als Middeltrop die unbezahlten Sportgeräte wieder abgeholt hatte, hatte das natürlich das Aus für Bruchnagel bedeutet. Und allem Anschein nach sah Renée in Reinhold Middeltrop den Schuldigen dafür, dass er seinen Traum vom eigenen Fitnessstudio begraben musste. Dazu kamen wahrscheinlich jede Menge Schulden aus dem Konkurs, die ihn täglich an seine Misere erinnerten und seinen Hass nährten.

Und da taucht das Hassobjekt ausgerechnet in Bad Urach auf, wo Bruchnagel seit seinem geschäftlichen

Zusammenbruch als Masseur untergekommen ist – eine günstige Gelegenheit, Schicksal zu spielen …

Es war schon halb eins und Zeit zum Mittagessen. Im Foyer des Hotels traf ich auf Guido Middeltrop, der eben im Begriff war, mit einem schwarzen Aktenkoffer im Fahrstuhl zu verschwinden. Mir fiel ein Stein vom Herzen! Nadine war es also gelungen, ihren Freund dazu zu überreden, den Koffer zurückzubringen!

Als Guido mich bemerkte, zögerte er kurz. Doch dann kam er auf mich zu. »Ich muss mich bei Ihnen entschuldigen«, begann er. »Sie müssen verstehen: die Umstände. Unsere Nerven sind sehr überreizt.«

»Ich kann es mir vorstellen«, entgegnete ich. »Auf welchem Weg ist der Koffer denn wieder aufgetaucht?«

»Dank Herrn Biesinger«, erzählte Guido Middeltrop. »Als er heute Vormittag vom Tod meines Bruders erfuhr, hat er meine Schwägerin angerufen und sie über das Vorhandensein dieses Koffers informiert. Mein Bruder hatte ihn tatsächlich gebeten, den Koffer einzuschließen, aber nicht im Hoteltresor, sondern im Safe bei der Bank. Das ist der Grund, wieso der Koffer heute Morgen nicht aufzufinden war.«

»Dann wäre das ja geklärt«, sagte ich.

Guido nickte. »Meine Schwägerin und ich werden übrigens heute Abend zusammen abreisen. Sie werden es sicher verstehen, dass wir diesem Ort so bald als möglich den Rücken kehren wollen.«

»So was ist ja auch kaum begreiflich«, bohrte ich nach seinem Alibi. »Sie sitzen gemütlich beim Bier im Festzelt, während Ihr Bruder drei Kilometer entfernt um sein Leben kämpft.«

Herr Middeltrop sah mich schief von der Seite an. »Festzelte gehören nicht zu meinen bevorzugten Aufenthaltsorten«, korrigierte er mich. »Nein, ich hatte mich vor dem ganzen Trubel um den Schäferlauf auf mein Zimmer zurückgezogen. Aber jetzt entschuldigen Sie mich. Ich habe noch zu packen. Übrigens, grüßen Sie bitte Ihre Mutter. Ich werde ihr das geliehene Geld an der Rezeption hinterlegen.« Er reichte mir die Hand und ging.

Das war vor drei Stunden. Seither sitze ich mit meiner Kladde im Foyer und versuche die Ereignisse der vergangenen Stunden in eine Ordnung zu bringen. Mir ist immer noch kalt von meinem Höhlenausflug. Jetzt beginnt schon das typische Kratzen im Hals, das bei mir immer auf eine herannahende Erkältung hinweist.

Ich hatte gehofft, dass sich während des Schreibens ein konkreterer Hinweis auf den Mörder herauskristallisieren würde. Aber ich bin immer noch genau da, wo ich um halb eins schon war. Es gibt zwei Verdächtige: Guido Middeltrop und Renée Bruchnagel. Und einer meiner Verdächtigen wird in etwa zwei Stunden aus Bad Urach verschwinden.

Schon die ganze Zeit warte ich darauf, dass Guido noch mal außer Haus geht. Dann könnte ich seinen Schlüssel vom Brett nehmen und mich in seinem Zimmer umsehen. Sollte er es gewesen sein, der am Samstagnachmittag mit Reinhold in die Falkensteiner Höhle aufgebrochen ist, dann müssten sich doch irgendwelche Spuren finden lassen: Lehm an den Schuhen, ein dreckverkrustetes Hemd, irgendwas ... Doch bisher ist Guido nicht aufgetaucht.

Und während ich mich hier fruchtlos im Kreis drehe, ist er möglicherweise gerade dabei, die letzten Beweismittel in seinem Koffer verschwinden zu lassen. Ich sehe es direkt vor mir ...

Dazu spüre ich, dass ich mir etwas eingefangen habe.

Der Kopf ist heiß, und durch die Nase bekomme ich kaum noch Luft. Hoffentlich hat mir mein Ausflug in die eiskalte Höhle keine Grippe eingebracht ...

Da kommt mir eine Idee ...

Dienstag

Tiefe Wunden

Jetzt bin ich so weit, dass ich nicht mal mehr krächzen kann. Das Schlucken fällt mir schwer, die Nase läuft, und meine Knochen schmerzen.

Durch den Schnupfen hat mich meine Nase im wahrsten Sinne des Wortes darauf gebracht. Als ich gestern im Foyer darauf wartete, dass Guido seinen Schlüssel an das Bord hängte, und meine Überlegungen niederschrieb, kam mir mit einem Mal ein neuer Verdacht.

Ich machte mich auf den Weg, um noch einmal Barbara Middeltrop einen Besuch abzustatten. Als ich ihr Zimmer betrat, schloss sie gerade ihren Koffer.

»Der Geldkoffer hat sich doch noch gefunden, nicht wahr?«, sagte ich zu ihr.

Sie nestelte sich ihren Schal zurecht und griff nach einem Taschentuch. »Ja, aber das ist nicht so wichtig …« Sie hustete heiser.

»Geht es Ihnen schon etwas besser?«, fragte ich.

»Leider nicht.« Sie versuchte ein Lächeln, das aber sehr kläglich ausfiel. »Es ist wirklich eine scheußliche Grippe, die ich mir da gefangen habe. Aber zu Hause in Bochum wird sich das schon von allein auskurieren. Entschuldigen Sie, ich bin in Eile«, wollte sie mich dann hinauskomplimentieren.

»Ich habe mir auch eine Erkältung geholt«, sagte ich. »In der Falkensteiner Höhle.«

Barbie starrte mich mit großen Augen an. Hektisch griff sie nach ihren Zigaretten. »Was wollen Sie damit sagen?«

»Wo waren Sie eigentlich am Samstagnachmittag zwischen drei und fünf, kurz bevor das Gewitter losbrach?«, trat ich auf sie zu.

Hastig zündete sie sich eine Zigarette an. »Auf einem Spaziergang«, gab sie zurück.

»Zur Falkensteiner Höhle?«, ergänzte ich.

Sie rauchte hastiger. Ihre Hand begann zu zittern. »Was wollen Sie eigentlich?«, stieß sie aus. »Der Tod meines Mannes war ein Unfall. Das hat die Polizei eindeutig festgestellt.«

»Und Sie sind die Einzige, die es besser weiß«, bemerkte ich ruhig.

Sie bekam einen Hustenanfall und drückte nervös ihre Zigarette aus. »Wie können Sie so etwas behaupten?!«, regte sie sich auf. »Was fällt Ihnen eigentlich ein ...?« Sie griff nach dem Telefonhörer, aber ich war schneller und packte sie bei den Armen. Dabei rutschten die langen Ärmel ihres Pullovers hoch. Ihre Ellenbogen wiesen große Schürfwunden auf.

Sie stutzte und warf mir einen entsetzten Blick zu. Aber sie gab noch nicht auf. »Verlassen Sie sofort das Zimmer, sonst rufe ich die Polizei!«, stieß sie verzweifelt aus.

Ich ließ sie los. Barbie *war* die Mörderin. Ich war mir hundertprozentig sicher. Aber Frau Middeltrop schätzte die Sachlage richtig ein. Außer meiner Vermutung gab es nichts, was darauf hinwies, dass sie mit dem Tod ihres Mannes irgendetwas zu tun haben könnte. Die Schürfwunden an ihren Armen konnten von überallher stammen. Und eine Erkältung als Indiz? Die Uracher Polizisten würden mich auslachen, wenn ich ihnen meine Grippetheorie unterbreiten würde.

Ich steckte fest. Es gab nun mal keine Zeugen. Und sollte es Beweismaterial gegeben haben, dann hatte Barbie es längst vernichtet. Der einzige wirkliche Beweis war die Schrift an der Höhlenwand. Und was die Polizei davon hielt, hatte man mir ja schon unmißverständlich deutlich gemacht.

Plötzlich kam mir ein Gedanke. Vielleicht gab es doch jemanden, der im Todesfall Reinhold Middeltrop eine wichtige Information liefern konnte, ein Zeuge, der nicht in Bad Urach zu suchen war, sondern so weit weg, dass Barbie nicht fürchten musste, dass er von sich aus einer Ungereimtheit auf die Spur kam, die mit dem Tod ihres Mannes zusammenhing.

»Jetzt gehen Sie endlich!«, fuhr Barbie ungeduldig auf und wies mich zur Tür.

Aber ich ging nicht – noch nicht. »Rufen Sie ruhig die Polizei an«, pokerte ich jetzt. »Die wird sich nämlich brennend für folgende Frage interessieren: Wieso haben Sie die Polizei nicht schon Samstagnacht über das Verschwinden Ihres Mannes informiert?«

»Mein Schwager wird jeden Moment hier sein«, rief sie aufgeregt. »Und ehe er Sie ...«

Aber dann stockte sie und wurde bleich. Erstarrt hörte sie zu, als ich ihr meinen Gedanken von dem belastenden Telefonat vor Augen führte: »Sie haben doch am Samstag einen Anruf von den Freunden Ihres Mannes aus Stuttgart erhalten, die Ihnen mitgeteilt haben, daß Ihr Mann dort nie eingetroffen ist. Aber Sie wussten ja, daß Ihr Mann nie mehr nach Stuttgart fahren würde. Also haben Sie Ihre Bekannten beruhigt und ihnen erzählt, ihr Mann hätte es sich anders überlegt. Es ist ein Leichtes zu beweisen, dass dieses Telefonat stattgefunden hat, Frau Middeltrop.«

Barbie begann hilflos nach einer Erklärung zu suchen. Aber dann sank sie aufs Bett und verbarg ihr Gesicht in den Händen. Sie wusste, das Spiel war aus.

»Warum?«, sagte ich. Die beiden hatten am Donnerstag so harmonisch auf mich gewirkt! Und jetzt das! Darauf konnte ich mir einfach keinen Reim machen!

»Ich wollte Gerechtigkeit«, sagte sie mit brüchiger Stimme. »Er hat mein Kind getötet ...« Fahrig griff sie wieder nach den Zigaretten, aber ich nahm sie ihr aus der Hand.

»Sie meinen den Unfall?«, fragte ich verblüfft.

»Unfall!«, stieß sie aus. »Ich kann das Wort nicht mehr hören.« Tränen traten ihr in die Augen, als sie bitter fortfuhr: »Wenn einer mit hundertsechzig über die Autobahn rast – bei Nebel! – ein achtjähriges Kind auf der Rückbank – ohne Kindersitz! Das nenne ich keinen Unfall, das nenne ich Mord! Und der Mörder lebt und lebt und lebt«, fuhr Barbara nach Luft ringend fort, »atmet, isst, schläft im Bett nebenan ... Das ist unerträglich. Das ist nicht zu ertragen! Mein Oliver durfte nur acht Jahre alt werden. Er hatte doch noch gar nicht gelebt ...«

Sie starrte mit versteinertem Blick vor sich hin, als sie fortfuhr: »Es war alles ganz leicht. Ich musste ihn nur allein lassen. Ich musste ihn im Dunkeln ohne Licht in der Höhle zurücklassen. Dann kam der Regen zu Hilfe, und der Rest erledigte sich von allein ... Das war doch auch bloß ein Unfall.« Fragend sah sie mich an.

Ich kannte den Blick aus diesen toten Augen, die hoffnungslose Leere, die sich dahinter verbarg. Es war der Blick von Frau Reiber, kurz nachdem sie ihren Sohn Jan verloren hatte. Und Barbies Blick zeigte mir, dass in ihrem Innern immer noch das gleiche sprachlose Chaos herrschte wie zu dem Zeitpunkt, als sie vom Tod ihres Kindes erfahren hatte. Die Tabletten, die Therapien und jetzt die Kur ... Es hatte alles nichts geholfen. Sie tat mir Leid.

Ich griff nach dem Hörer und wählte die 040, dann die Nummer vom Polizeipräsidium Hamburg und die Durchwahl von Strobel.

»Hallo, Chef«, begann ich. »Sie könnten mir einen großen Gefallen tun. Rufen Sie die Polizei Bad Urach an. Ich befinde mich auf Zimmer 317 im Hotel ›Schönblick‹. Auf dem Bett vor mir sitzt die Mörderin von Reinhold Middeltrop. Die auf der Wache wissen dann schon Bescheid.«

»Guter Witz«, entgegnete Strobel. »Soll ich Ihnen vielleicht auch noch den Weihnachtsmann vorbeischicken?«

»Das ist kein Witz, Chef«, sagte ich sehr ernst. »Bitte beeilen Sie sich. Ich glaube zwar nicht an Fluchtgefahr, aber ich möchte nicht ewig hier rumstehen.«

»Und wieso rufen Sie nicht selbst auf der Wache an?«, hakte Strobel nach.

»Weil mich die Polizisten vom hiesigen Revier für eine durchgedrehte Hobbyschnüfflerin halten, die gerne ein bisschen Agatha Christie spielt«, erklärte ich, langsam schon etwas ungeduldig.

»Ach nee«, sagte Strobel. »Frau Möbius, ich glaube, Sie wollen mir mit einem kleinen Racheakt bloß meinen gelungenen Coup heimzahlen, indem Sie mich dazu bringen, mich durch einen Anruf bei den Kollegen in Bad Urach bis auf die Knochen zu blamieren.«

»Was für ein Coup?«, fragte ich dazwischen.

Strobel klang plötzlich sehr verblüfft. »Ach so! Nichts, nichts! Mit *was* für einem Mörder sitzen Sie auf dem Hotelzimmer?«

Dem Chef musste man mal wieder alles dreimal sagen! »Merken Sie sich bloß: Todesfall Reinhold Middeltrop, Hotel Schönblick, Zimmer 317. Machen Sie den Kollegen richtig Dampf. Und blasen Sie sich ruhig ein bisschen auf: Polizeipräsidium Hamburg etcetera, Sie wissen schon ...«

»Ich blase mich nie auf«, murmelte Strobel beleidigt in den Hörer. Aber endlich hatte er verstanden. Er versprach, sofort bei der Polizeistation Bad Urach anzurufen.

Schon zehn Minuten später tauchten zwei Streifenbeamte mit Handschellen in Zimmer 317 auf. Aber die Handschellen waren gar nicht nötig. Ohne jeden Widerstand folgte Barbara Middeltrop den Polizisten nach draußen.

Auf dem Flur trafen sie auf Guido, der gerade Barbies Koffer holen wollte. Konsterniert sah er von einem zum anderen. »Barbie, wo bleibst du?«, sagte er. »Komm, wir wollen fahren!«

Barbie schüttelte nur stumm den Kopf und wandte sich zum Gehen.

Guido Middeltrop traf ich später auf dem Revier, als ich zu einer kurzen Befragung kam. Mittlerweile hatte er den Anwalt der Familie verständigt. Aber der konnte ihm wenig Hoffnung machen. Allenfalls kann Barbara wegen ihrer Psychose auf verminderte Schuldfähigkeit hoffen. Aber um die Haftstrafe kommt sie nicht herum.

Als ich von der Wache zurückkam, saß Mutti mit einem Krimi auf dem Bett und sah mir vorwurfsvoll entgegen.

»Ich weiß alles! Frau Gebhardt hat erzählt, dass du ihr die Polizei ins Haus geholt hast.«

Aber ich hatte auch noch ein Hühnchen mit Mutti zu rupfen. »Das war Strobel«, verbesserte ich sie.

»Strobel?«, echote sie erstaunt. »Was macht denn der Herr Hauptkommissar in Bad Urach?«

»Nichts, Mutti«, entgegnete ich. »Aber wir hatten ein sehr aufschlussreiches Telefonat.«

Mutti machte große runde Augen. »So?«

»Und du wirst mir jetzt erzählen, was Strobel mit seinem gelungenen Coup gemeint hat!«

Ertappt sah Mutti mich an. »Ach, Adelheid«, begann sie zu drucksen. »Du musstest doch sowieso irgendwann Urlaub nehmen …«

»Was hat das mit dem Coup zu tun?«, hakte ich eisern nach.

Unbehaglich erklärte Mutti: »Strobel war so nett, mir über Dr. Heimeran und seine Kontakte das Attest zu besorgen.«

»Du hast also gar kein Rheuma?«, sagte ich fassungslos.

»Doch schon …«, antwortete Mutti. »So ein Zwicken in den Fingergelenken, und manchmal auch in den Zehen …«

»Das wohl eher von zu engen Schuhen kommt«, warf ich ein. »Aber was hat dein Rheuma mit Strobels Coup zu tun?«

»Strobel hat zwei Bedingungen an das Attest geknüpft«, beichtete Mutti. »Erstens, dass *er* entscheiden darf, wo es hingehen soll …«

»Und zweitens?«, bohrte ich.

»Dass du mitkommst. Es wäre doch schade gewesen, das Attest für die Kur verfallen zu lassen …«

Ich musste mich erst mal setzen. Meine Mutter, Rosa Müller-Graf-Kleditsch, machte mit dem Chef gemeinsame Sache?

»Adelheid«, versuchte sich Mutti zu rechtfertigen, »ich dachte doch die ganze Zeit, dass ich dich sowieso nicht zu der Kur überreden kann. Aber dann kamst du mit diesem Gutschein …«

Zutiefst enttäuscht, schüttelte ich ihre Hand von meinem Arm und stand auf. »Mutti, das hätte ich nie von dir gedacht!« Damit ließ ich sie im Hotelzimmer allein.

Mir ging alles Mögliche durch den Kopf, als ich wütend durch die langen Hotelflure zum Aufzug marschierte und nach unten fuhr. Noch nie in meinem Leben war ich so enttäuscht worden! Reichte es nicht, dass Strobel seit Jahren mit mir krumme Spielchen spielte? Fiel mir jetzt auch noch meine eigene Mutter mit solch hinterhältigen Methoden in den Rücken? Aber das würde ich mir nicht gefallen lassen! Vielleicht sollte ich ja von zu Hause ausziehen! Dann würde Mutti merken, was sie angerichtet hatte!

Und dann stand ich draußen vor dem Hotel und wusste nicht, wo ich hinsollte. In die Altstadt, um wütend eine Weinschorle zu trinken? Auf die Kurterrasse, um zornbebend der »Kleinen Nachtmusik« von Mozart zu lauschen, die dort heute Abend gespielt wurde? Beides würde wenig Spaß machen. Vielleicht sollte ich mir ja lieber im Clubraum des Hotels einen ordentlichen Vergessens-Cocktail mixen lassen? Aber ehe ich die Entscheidung getroffen hatte, überfiel mich ein Schüttelfrost, wie ich ihn selbst bei jahrzehntelangem Hamburger Schmuddelwetter nie erlebt habe. Ich konnte mich kaum auf den Beinen halten. Wohl oder übel beschloss ich, umzukehren und ins Zimmer zurückzugehen.

Dort saß Mutti immer noch auf dem Bett und sah mir mit großen Augen entgegen. »Adelheid, du hast ja Recht«, begann sie geknickt. »Meine Abmachung mit Strobel, das war …«

Aber dann stockte sie, denn mich ergriff erneut ein Zittern, dass mir die Zähne klapperten. Besorgt sprang sie auf. »Adelheid, was ist denn?«

Aber ich winkte nur stumm ab, klappte die Bettdecke auf und legte mich, so, wie ich war, in die Kissen. Ich glaube, Mutti hat mir später noch die Schuhe ausgezogen, denn als Dr. Fischer kam, standen sie neben meinem Bett.

»Eine besonders schwere Form von Sommergrippe«, stellte Dr. Fischer mit einem Blick aufs Thermometer fest. »Recht ungewöhnlich in einem so warmen Spätsommer!«

»39,8!«, hörte ich Muttis angstvolle Stimme. »Muss sie in die Klinik?«

Aber Dr. Fischer beruhigte sie. Er verschrieb mir Penicillin, eine Wärmflasche, jede Menge Pfefferminztee und viel Schlaf. Dann sind mir wohl wieder die Augen zugefallen, denn danach weiß ich nichts mehr.

Heute Morgen ging es mir schon deutlich besser. Mutti aber besteht darauf, dass ich im Bett bleibe. Bevor sie zur Anwendung gegangen ist, hat sie mir zwei große Kannen Pfefferminztee aufs Zimmer bringen lassen. »Und wenn ich zurückkomme, will ich dich genau hier, an dieser Stelle antreffen«, hat sie streng gesagt. Und da hat sie mich auch angetroffen, als sie um halb zwölf zurückkam.

Sie brachte mir einen Riesenblumenstrauß mit. »Guck mal, hat jemand für dich vor die Tür gestellt«, sagte sie und sah mir neugierig dabei zu, wie ich den Umschlag öffnete, der zwischen den Gerbera steckte.

»Liebe Frau Möbius«, stand auf der Karte, »Sie haben mit Ihrer Vermutung hundertprozentig ins Schwarze getroffen. Ich konnte Norbert davon überzeugen, nicht den größten Fehler seines Lebens zu begehen. Vielen Dank.

Ihnen wünsche ich gute Genesung. Vielleicht sehen wir uns irgendwann einmal wieder.

Ihre Nadine Stumpf.«

»Was schreibt er denn?«, fragte Mutti neugierig.

»Nicht so wichtig, Mutti«, winkte ich ab. »Und außerdem ist es kein Er, sondern eine Sie, die mir die Blumen geschickt hat.«

Mutti zog ein Gesicht. »Du kannst mir ruhig auch mal was erzählen«, sagte sie. »Auch von der Geschichte mit dem Höhlenmord erfahre ich mal wieder als Letzte. Wie stehe ich denn da? Frau Gebhardt hat mich gerade an der Rezeption abgefangen und gefragt, wie das war, als du Frau Middeltrop überführt hast. Die ganze Stadt weiß Bescheid. Nur ich habe mal wieder keine Ahnung!« Damit legte sie mir vorwurfsvoll die Tageszeitung auf die Bettdecke.

Auf der Titelseite prangte die Überschrift: »Hobby-Detektivin entlarvt Höhlenmörderin«.

»Jetzt nicht, Mutti«, bat ich. Denn ich war schon wieder schrecklich müde.

Zum Glück hatte Mutti ein Einsehen. Sie nahm die Zeitung mit ins Café, um mit meiner ehemaligen Handarbeitslehrerin die jüngsten Ereignisse zu diskutieren. Was soll man auch bei dem Wetter anderes machen? Mittlerweile hat sich der Himmel über Bad Urach nämlich wieder zugezogen, und seit 24 Stunden jagt ein Herbstschauer den nächsten. Mir scheint, für dieses Jahr hat sich der Sommer aus Bad Urach verabschiedet.

Und ich liege hier im Hotelzimmer und gebe mir alle Mühe, meine Grippe auszukurieren. Denn übermorgen fahren wir nach Hause. Ich hoffe, dass ich bis dahin wieder auf dem Damm bin.

Ich freue mich schon richtig auf Hamburg, wenn ich endlich wieder an meinem Schreibtisch in der Mordkommission sitze – der Hamburger Regen prasselt gegen die Scheiben, Schubert kommt mit seiner Herbstgrippe zum Dienst und Pohl testet irgendwelche neuen Computerspiele aus dem Internet. Dann reißt Strobel die Tür auf und wirft mir ein Verhörprotokoll auf den Tisch mit den Worten: »Abtippen, Frau Möbius, und ein bisschen plötzlich, wenn ich bitten darf.« Und ehe die Tür wieder hinter ihm ins Schloss fällt, ruft er mir noch zu: »Ach, und besorgen Sie ein paar Schneckennudeln.«

»In Ordnung, Chef«, werde ich ihm antworten und dann, wie immer, den Kopfhörer aufsetzen und die Ermittlungsergebnisse zu einem neuen Fall in den Computer tippen.

Darauf freue ich mich wirklich!

Carina Martinez

Bei aller Liebe

Blut ist dicker als Wasser

Roman

Eine »klassische« Familie sind die Hafner-Borkmanns nun wirklich nicht: Sarah und Rainer haben drei halbwüchsige Kinder – ein gemeinsames und je eines aus ihren früheren Ehen. Ein turbulentes, manchmal verzwicktes Familienleben ist damit garantiert. Und dass das so bleibt, dafür sorgt auch Helmut Hafner, Sarahs Exmann und Rainers bester Freund, der als eingefleischter Single ab und zu mal ein bisschen Nestwärme braucht ... und dabei regelmäßig Verwirrung stiftet.

vgs verlagsgesellschaft, Köln

www.tvspielfilm.de
Wir lesen was,
was Du nicht liest!
TV SPIELFILM holen. Nur das Beste sehen.
TV SPIELFILM
14 Tage besser fernsehen
Alle Filme mit Bewertung!